玄靈的天平 Ⅲ

永眠的甦醒與無冕的帝王

秀弘——著
非方——繪

推薦序——淺談《天平》重要角色的議題和交織出的故事與抉擇

美國國家衛生院訪問學者　馮啟瑞

思考如何撰寫這篇推薦序時，總是在想：會讀《玄靈的天平Ⅲ》第三部曲的人，幾乎都讀過前兩部，也肯定知道秀弘老師刻畫故事的功力，因此以推薦的方式寫《天平Ⅲ》，形式本身似乎也不那麼重要了。作為一位不喜歡暴雷其他人的讀者，我能寫些什麼拙見，稍微錦上添花、貢獻一些呢？《天平》系列很吸引我的一點，其實是本文結束後的彩蛋，既不劇透後續的作品，也能補充本文沒有特別交代的關鍵。從這個角度想，作為一位相當早期就接觸《聖眷的候鳥》四部子系列的我，大概能談談與角色相關但不同面向的內容——當然，會以不劇透的方式描述。

還有人記得《玄靈的天平——白虎宿主與御儀靈姬》後記附錄的閱讀問卷嗎？當初讀完秀弘老師的第一本「自印刷本」後，填了份問卷寄給他；超乎我預期的是，過了兩個多月，居然收到長達五千字的回覆，裡面有不少值得討論的內容。

首先是詩櫻。當初的（簡答）的問卷中，我把她排序在喜愛角色第一名，寫下「這種生物太稀有了」的註解，而秀弘老師的回覆則是：「詩櫻的部分想請你再詳加說明一下『稀有』的意義（笑）。」

詩櫻被塑造得很接近完人，具備超越同年齡段的成熟，甚至有捨己為人的犧牲心態。從我原先的視角，《天平Ⅰ》的故事結束後，詩櫻的角色刻畫就停留在這個印象，下次作為重要角色登場就是即將發生大事件的前夕。但隨著《天平Ⅱ》推出，我發現詩櫻面對雁翔時，有些想法與行動明顯違背最初理解的那種狀態。一個可預期的問題是，當雁翔與詩櫻遇到一個必須做出重大抉擇，但雙方立場截然不同且無法讓步而產生衝突時，會發生什麼事？

雁翔被我排在喜愛角色第三名，我特別著重他的成長。他在《天平Ⅰ》跨越了不少心裡的坎，從一個相對普通的凡人，成長為「能夠成為英雄」的角色。但事實上，雁翔外在面臨的關鍵問題——找回心柔，直到《天平Ⅱ》完結都還未結束。這個問題絕對是他心中的痛處，更可說是讓他做出過往偏執行為的主因，未來甚至有可能因為心柔，持續鋌而走險，這部分的後續，例如：雁翔如何面臨有關心柔的抉擇，以及如何突破困境繼續成長，相信是非常值得觀看的部分。

根據秀弘老師本人的說法，直到二〇二〇年二月，我的問卷仍是唯一一份在喜愛角色排名裡，放上邱琴織這位主要反派的人。既然如此，就讓我私心地稍微談談反派方面的內容吧。我當初對她的評語是：「正是這種單純至極又有點能力或潛能的人才會變成這樣，我其實非常不討厭這種人。」對我來說，《天平Ⅰ》的主要反派邱琴織不是純粹的惡徒，而是一位擁有自身理念，站在主角群對立面的角色（Antagonist）。琴織內心有跨不過的坎：父親為了收服蛇妖而喪命，還因此被人閒言閒語，亂傳流言。以她當時的處境，在資訊不對等的狀況下，最後很難不選擇走上那條不歸路。作為《天平II》最後出現的反派梟貓，他的意圖與信念是什麼？與將要發生的種種事件關係為何？這些反派之間未來是否又會有所關聯，或者再次登場呢？

最後，補充一些當初秀弘老師寫給我，但之後大概不會特別提及的冷知識吧！冷知識一，秀弘老師喜歡聽著音樂寫作，常會選出一首曲子，在動筆時循環播放，也常常為故事選定主旋律，或為人物選定主題曲。附帶一提，《玄靈的天平》的故事主旋律，是米倉千尋的〈WILL〉；冷知識二，詩櫻的人物主旋律是何真真在《三顆貓餅乾》專輯中的〈Soul Is Free 永不停止的願望〉；冷知識三，雁翔的人物主旋律是Peter Crowley的〈The Last Hero〉。

隨著「聖眷的候鳥系列」兩個子系列的出版，「玄靈的天平系列」發展到第三部曲，越來越多角色加入這宏大的世界觀，令人期待這齣群像劇會交織出多精采的故事。我也私心期待後續的兩部子系列出版，請各位繼續支持，讓這些角色繼續活躍在秀弘老師筆下。

推薦序——靈巫少女們的身影

醫學中心牙科兼任主治醫師　無言

身為秀弘老師的好朋友，開頭我要先承認一件事情：這是我第一本讀完的「玄靈的天平系列」作品。也就是說，本人其實沒有看完《天平Ⅰ》和《天平Ⅱ》。是的，儘管身為他的毒舌死黨，我還是沒有趕在寫這份推薦序之前，看完出道處女作的白虎宿主&御儀靈姬（秀弘老師估計會問我是不是在哭）。

正因如此，以一個半路出家的讀者而言，我覺得《天平Ⅲ》的閱讀體驗絲毫沒有受到影響。簡單講就是，劇情獨立性很充足，讀者隨時都能走進「玄靈的天平系列」的世界，體驗秀弘老師的故事魅力。

故事場景一如往常是以秀弘老師再熟悉不過的老窩——新莊為核心，這個部分讀過秀弘老師作品的讀者們應該都懂，他真的是莫名地熱愛新莊這個地區，估計連往生後的骨灰罈都想好要埋在新莊的某處了吧。作為新北Top 1老司機的他，不僅將我們日常生活穿梭經過的街景融入故事，也把三峽地區的東麓山區添進了本次故事的關鍵場景。

以人物刻劃而言，我覺得秀弘老師塑造的角色確實各有特色。故事中充滿人物之間的各式有趣互動（吐槽、爭執），不時讓人會心一笑。雖然我沒有讀完前兩冊，但閱讀故事時卻不會對人物的互動與對話產生斷層感。詩櫻作為最重要的女主角，走的是簡單暴力的王道美學路線，秀弘老師不厭其煩地用雁翔的視角再三演示給各位看了，但如果就《天平Ⅲ》出場的角色來評選，我最喜歡的角色估計是冰七戍九降書樗。這位毒舌傲嬌小女生，以料理來說很像是一把具刺激性的辛香料，總是能讓對話飄出一股嗆辣的香氣。

整體來說，《天平Ⅲ》算是典型的冒險故事，但也是不典型的東方奇幻／玄幻冒險故事。酷炫的對戰場面、封印著強悍神器的宮廟，以及持續不斷的戰鬥與掙扎，讓讀者們身歷其境地跟著書中角色，一同循著線索探向謎團的中心。動與靜之間，掌握著恰當的平衡，讓讀者在不知不決間，毫無壓力地翻到最後一頁。

如果你是喜歡東方奇幻／玄幻故事的讀者，本書的設定不會枉費你閱讀時損傷的視力；如果你是喜歡冒險故事的讀者，本書精彩的衝突與戰鬥畫面，絕不會讓你失望。下次去新莊的話，你或許不會遇到秀弘老師，但很可能會與靈巫少女們擦身而過。

推薦序——多彩璀璨的秀弘宇宙

《玄社宮秘聞》、《死靈之書》作者　金柏夫

多才又多產的秀弘老師又出書啦！這次是《玄靈的天平》系列的第三集，雖然說是第三集，但在這時間點中還是有不少作品正在譜寫著自己的故事呢！各作品中的人物會不會在哪一天集合呢？這番心情，正如以前觀賞《復仇者聯盟4》時，醞釀十年的美國隊長喊出：「復仇者，集結！」讓人非常期待。

《玄靈的天平》是秀弘老師的眾多作品中，給我感覺最正向陽光的，雖然人物一定會遭受苦難，但等待他們的總是（跟其他作品比起來）圓滿的結局。各個作品營造的氛圍獨特又強烈，令我不禁想起日本小說家乙一，以黑、白乙一區分其作品基調，「玄靈的天平系列」或可稱為是「白秀弘」的傑作。

本書作品的敘事風格整體上比較輕鬆，但筆法上卻依舊富含文學的底蘊，在獲取娛樂的同時，不知不覺也豐富了自己的辭彙，精進了自己的文筆，對於凡事講求效率的現代來說，在文學與通俗

之間取得了恰好的平衡。

※以下內容涉及故事劇情，建議讀完本書內文，再行閱讀※

秀弘老師對於人物的描寫非常深刻，元臻與書檮的關係有如宿敵，在其各自擅長的領域冰、火就給予了暗示，雙方性格上也呈現有趣的反差：使冰的性如烈火、用火的是冷萌美人，巧妙符合道家太極陰陽的觀念。試想，如果用火的個性也如同烈焰，一下子就會走火入魔了吧！

書中也用正邪對立的二元概念帶出一個值得深思的大問題：何謂英雄？

眾所周知，時勢造英雄，眾多環境因素下的巧合才能產生出英雄，而以此誕生的英雄又會造起時勢，兩者相輔相成。我想起跟朋友聊TRPG時的對話：「如何讓玩家覺得自己是英雄？只要讓他們打的人剛好都是壞人。」榮譽的快感會驅使他們去敲打更多壞人，在這虛擬的過程當中，並不需要「就算是再好的人，只要有在好好努力，在某人的故事裡也會變成壞人」。

再探究其最初，英雄的動機可能並不是那麼大義凜然，即使動機符合康德所說的善意志，也可能僅用私心兩字就能解釋，只是恰好達成了比較好的結果。譬如《呂氏春秋・察微篇》中，子貢贖出一個在外國當奴隸的魯人，但不領賞；孔子認為子貢的行為不對，子貢不領賞，大家從此不敢領賞，所以也不願意救助同胞，會讓魯國人喪失了拯救同胞的風氣。子路拯救了溺水者，此人送給子路一隻牛，子路收下；孔子認為從此魯國人一定會救助溺水者。其中的後果並不是可以用純粹的善惡來區分。

面對他人為自己戴上的冠冕，人性不會刻意澄清。雨潼恰好演繹了「崇拜是距離理解最遙遠的情感」這句話，知道真相後，隨之而來的往往是信仰破滅，如此會比較幸福嗎？或許雁翔該一直隱瞞下去，只要隱瞞到雨潼生命終結，他就可以永遠編織自己的美夢並沉溺其中。

最後，雖然詩櫻與雁翔的關係在本書發生了變化，但雙方的心態都是為了對方著想，甚至可以不顧一切。溝通一向都不是件容易的事，即使解釋清楚，也會因為各自的執著而無法互相理解，就算理解了也不見得可以接受，最後知道自己犯錯才有成長的機會。所幸，雁翔還有機會，壓抑之後的高潮會更加振奮人心，期待著吧！

推薦序——英雄的條件

※警告，建議閱讀過《天平》、《天平Ⅱ》與《彌撒》之後再閱讀本序※

臨床心理師　沈士閔

《玄靈的天平》是「聖眷的候鳥系列」的第一部作品，其重要性可想而知，不論是解釋世界觀、形塑角色形象、代入故事主軸、埋藏續作伏筆和延續作品精神，《天平》皆有著舉足輕重的地位。而就是現在，經歷《天平》、《天平Ⅱ》相繼出版後的現在，「玄靈的天平系列」迎來第三集新作，能有如今榮景，無非是秀弘老師的努力，以及包含但不限於其家人、朋友、出版社和讀者們願意且持續地給予支持。

本系列中，白虎與妖狐的出現打亂了雁翔原有的人生，也接觸到玄靈道與詩櫻一眾，並在輕雲的努力（？）下從平凡普通的高中生，轉變為白虎靈裝持有者「虎騎士」。雁翔雖然遭逢人生劇變，卻將肩上的壓力昇華做動力，憑自身才能與眾人輔助，接連解決機場捷運劫持事件與特二高架斷橋事件，還南下防止魔附事件北傳（請參考《彌撒》的書末彩蛋），成為英雄的他不僅找回了妹妹心柔，還能跟詩櫻你儂我儂地進入Good End……事情當然沒有這麼簡單，這可是「聖眷的候鳥系列」啊！

「所以我說，那個英雄的條件呢？」

「英雄的條件，除了要有在背後支持他的美人跟脊椎以外，還要有輝煌事蹟點綴才行。」

「嗯……的確是這樣。美人不好講，但我想脊椎大家都有啦。」

從結果來看，英雄救了許多人，卻也害了很多人。

雁翔確實拯救了許多無辜的市民，大幅減少靈屬世界對現世造成的破壞，雖然有所犧牲，憑藉兩全相害取其輕的判斷，尚可接受。不過站在那些犧牲者的角度，一切的一切是多麼殘忍且不講理。對他們來說，仇恨只是從不可理喻的天災，轉到有具體形象的英雄身上罷了。

成為英雄的條件，在於是否理解、接受自己行為帶來的矛盾，並嘗試進行補償。按此定義，雁翔真的稱得上是英雄嗎？希望拿起本書的各位讀者在看完故事後，不妨嘗試定義「何為英雄」，感受自己與作者價值觀的碰撞，這種樂趣我想不僅是《天平》，「聖眷的候鳥系列」各部作品或秀弘老師的任何作品，都能用上。

總之，《天平Ⅲ》將延續前緣，都更大師沈雁翔和他的快樂小夥伴們又要到哪邊拆除——我是說又會遭遇什麼樣光怪陸離的事件，就等各位翻開下一頁，自行探索囉！

「好，現在機捷跟公路局都得罪完了，下次要得罪哪邊？」

「就看新莊還有什麼地標可以得罪囉……欸對，學校怎麼樣？反正也不差這次。」

「等一下。」

（以上對白純屬設計，沒有任何一間企業、政府機構及學校單位受到損害）

聯名推薦

沈炳信（嘉義市政府警察局長／前中正一分局分局長）
張業珩（秀策法律事務所主持律師）
尹崇恩（潤泰精密材料股份有限公司董事／永安聯合會計師事務所會計師）
黃海（臺灣科幻小說家／全球華語科幻星雲獎得主）
洪金水（天主教恆毅高級中學校長）
張文潔（天主教恆毅高級中學英文老師）
吳志光（天主教輔仁大學法律學院院長）
鍾芳樺（天主教輔仁大學法律系副教授）
范曉雯（前臺北市立成功高級中學國文老師）
胡詞涵（臺北市立華江高級中學國文科教師）
謝宜庭（齊呈聯合法律事務所主持律師）
劉宛甄（鐿醴法律事務所主持律師／溯葯外泌體股份有限公司CEO）

顏永青（青澄法律事務所主持律師）
黃盈舜（長江大方國際法律事務所主持律師）
洪建全（略策法律事務所律師／桌遊設計師）
鄭詠芯（辰豐聯合法律事務所律師）
謝富凱（智呈國際法律事務所主持律師）
黃詩琳（全國律師聯合會個人會員代表／民事訴訟法知名講師「梓潼」）
吳佳漶（永衡法律事務所主持律師／全國律師聯合會環境法副主委）
古麒聖（溯菭外泌體股份有限公司行政總監）
崔乃文（統一超商股份有限公司法務部智財法務專員）
陳世鴻（鴻鑫研發顧問聯合企業執行長／優良公寓大廈評選委員暨講師）
曾繁宇（高點補習班會計師班知名講師）
不眠草（資深書評人／《死靈之書》總校對者）
怡燃字得（《穿到女尊做廢人凰太女》作者）
李筊（《人魚能不能上岸》、《死靈之書》作者）
寂冥（元智大學中國語文學系碩士班／《死靈之書》作者）
謝秉寰（梭特科技股份有限公司應用服務部經理）

目次

第一節　寧靜無波

桃紅色的棍棒猛然來到眼前，敲中我的腦袋。

力道彷彿經過拿捏，飛快落下，卻在最後一刻減速，咔地一聲輕輕打在我的天靈蓋。此種讓人既懊惱又羞愧的體貼，著實有點討厭。

「詩櫻師姐。」

一旁的光頭青年皺著眉頭，朝我走來。不對，正確地說，是朝著留有一頭秀麗長髮、雙鬟繫著兩枚鈴鐺、身材玲瓏有致、受封諸多稱號的靈巫九降詩櫻走來。

「您不能每次與他切磋都放水，要是被人知道的話……」

「唔咦？」詩櫻歪著頭，髮鬟鈴鐺發出清脆的叮鈴響。「這裡不是只有我們三個人嗎？」

「是這樣沒錯。」青年遞了一條毛巾給她。

詩櫻輕聲道謝，將手中的毛巾轉交給我。這種體貼也有點討厭。

她走向不遠處的檜木長桌，提起茶壺，將燒開的熱水倒進鋼製臉盆，取出腰間的手巾，一面浸泡，一面搓揉，半晌之後才擰乾，輕輕擦拭起汗水。

我很懷疑她有沒有流汗。

位於御儀宮後殿左側的武術修練場，寬敞得像一座小型體育館，質感精緻的檜木地板好似拋了光、打了蠟，天花板上的白色燈光映照得無比清晰，整座場地光可鑑人，足見平日維護良好，保養和清潔皆十分用心。

室內大約一百五十坪，全以中式古風裝潢，外觀近似清領時期留下的古蹟建物，卻絲毫不顯老舊。詩櫻說過，這棟修練場的年代並不特別古老，雖然御儀宮建於距今四百年前的清領時期，宮廟本體卻是她的爺爺——九降道遵於日治時期結束之後，才籌備興建。

話雖如此，仍是上了年紀、頗具歷史的建築。

我對那些往昔的歲月並不熟悉，唯一可確定的是，身在這棟建築，我只有一路被壓著打的份兒——照詩櫻的說法，「虎騎士」的正面形象在公眾領域必須維護，因此任何丟臉或可笑的敗戰，必須留在訓練場裡。

這種體貼本身也是羞辱啊……無論如何，都被當成一頭敗犬了。

特二高架斷橋事件之後，我深刻地體認到，未來可能發生的威脅正逐步上升，危險的規模也將漸趨加劇，不能再如先前一般苟且度日。為此，只能下定決心好好修練，從靈術的基礎原理開始學習，一併修習嚴謹的傳統武術。

我得承認，有點後悔來此修行。

近三個月的時間，雖然學了不少關於靈力流轉的基本功，也好好地打磨自己的定力和腿腳，甚至協助追捕殘餘的蛇泥偶、圍堵來自臺中的奇異魔附者，卻發現自己根本追不上詩櫻——不，甚至連略低一階的九降書檮，或旁邊這位光頭小哥都打不過。

當然，前提是我沒使用靈裝。

詩櫻瞇起眼笑，「在場的人，應該都不會亂說話吧？」

「呃，」光頭哥嚥下唾沫，遲疑半晌。「這……這是當然。」

「那就沒問題了。」

詩櫻笑盈盈的模樣，在這些長年待於御儀宮的人們眼裡，似乎別有深意。在我看來分明只是一雙可愛的眸子，他們卻像看見什麼豺狼虎豹，不敢異議，也不敢反駁。

我曾與書檮談過這俯拾皆是的不協調感。

「一切的根源，是永遠不會看場合說話的笨蛋姊姊。」書檮當時如此回答，「明明她腦子裡一點想法也沒有，既無惡意，也無深意，甚至只是順著氣氛說些無腦的話，但笨蛋姊姊身上莫名其妙的頭銜：清玄宗鎮守、兩儀聖御帝、座玄穹法印守護之類的可怕稱號，總是能唬住絕大部分的人，誰也不敢輕易出言，只能乖乖應諾。」

我倒認為不只如此。侍於御儀宮的人們對詩櫻並不存在近似恐懼的情感，不單臣服於純粹強大的力量，更折服於她行為舉止自然散發的典雅氣質，以及超乎年齡的慈愛胸懷，誰都無法抗拒她的魅力，彷彿被施以迷幻之術，在意識迷濛之間膜拜崇敬，乖乖遵從指示。

這種基於個人特質的氣場，影響力遠遠超過一切術式。

我鬆了鬆關節，立起身子重振旗鼓，握緊練習用的淺黃木劍。

「若將實力轉化成數據，」我搔搔頭，「剛才那場比試的差距是多少？」

「關門練技不叫比試，叫做對練或切磋。」光頭哥瞪了我一眼，「你的下盤不夠穩，尤其左小腿，著重踢擊的行動違背了劍術的『形』，容易自招破綻，無端受害。其次，中盤三路通通不行，面對攻擊時——」

「慢著，先等一等。」

我舉起右手，制止他的發言。

「你講了一大堆，卻跟我問的東西毫無關聯。」

「你這小子……」光頭哥一臉不悅，咬緊下唇，眼珠都要爆出來了。

「雁翔，我們一般不會以數據量化個人實力。」詩櫻面帶微笑，取出手巾輕輕拭去桃紅長棍上的細小灰垢。「另外，師兄細心給予指教的時候，作為一介晚輩，不能隨意插嘴。」

「哦。」

「哦什麼哦！」光頭哥這回真的生氣了。「要說『謝謝師姐指教』！」

「好啦、好啦。」

真是繁複囉唆的規矩。

我搖搖頭，重重地嘆一口氣，右手流暢地向旁畫弧，緩緩挪至腰間，以國標舞邀請舞伴的形式，鞠了一個到位的躬。

「謝謝兩儀聖御帝九降千金詩櫻師姐的細心指教。」

「你好煩哦。」

詩櫻半瞇雙眼，搗著嘴笑，立於旁側的光頭哥則咬緊牙關，緊擰雙拳，太陽穴冒出明顯可見的青筋。不得不說，如此極端的溫度差，讓人感覺有些痛快——不對，是有些無奈。

「雖然無法量化，但還是能感覺到個中差距吧？」我端詳著手中那把比正規桃木七星劍輕巧許多的練習用短劍，甩動幾回，向上一拋，再穩穩接住。「暫且不提強得亂七八糟的詩櫻，即使是資質駑鈍的我，也知道自己連光頭師兄和書樗都追不上。問題在於：到底相差多少？如果無法明確知曉這點，實在沒什麼動力。」

詩櫻眨眨眼，歪著頭。「雁翔是為了超越我們才修行的嗎？」

「當然不是。」

「既然不以超越他人為目標，實力差距就不該成為努力的判準。」她瞇眼一笑，聲音很輕，也很柔。「修行的終極目的是修身養性。靈道信仰的修業，除了研習靈能的感知與運用外，也很重視傳統武術的承繼。雁翔，你已多次面臨生死交關的時刻，定能明白體能和武功輔助靈術施展的重要性，以及加緊修練的急迫與必要。」

她轉了轉手中的長棍，「假設我只會使用咒語、咒符與靈術，對棍術一竅不通，體能弱得跑一里就累倒，怎麼可能制服強大無比、速度飛快的靈屬，又怎麼能使玄靈天道之間眾多神靈妖物信服呢？」

「我知道啦……」

我比誰都清楚，面對超越凡常的怪物時，基礎實力有多麼重要，畢竟論起抗衡魔靈妖物，我恐怕是最有經驗的「凡人」了。即便將御儀宮半數以上的道士和靈術師加進來，我也絕對能在「挺身斬妖除魔卻險些犧牲性命」的排行榜中名列前茅。

「至於為什麼該注重禮儀和行止，為什麼要在乎彼此的稱謂，也是基於同樣的理由。傳統武術的人文精神，能以『止戈為武』四字作結。『止戈』是目的，『武』是手段，行為一旦出自不正當之目的，再怎麼合理的手段仍屬不義，是應受撻伐的私人暴行。禮儀與行止，不只是德行的基礎，更是培植正確心念的捷徑。唯有抱持尊重、關懷與體恤的心，才能確保己身不受外力影響；始終維繫『武』的正念，才能保證施展靈術的理由出於正道，不至於墮落為歪道或邪道。」

詩櫻的語調平穩，溫柔得彷若一縷輕紗拂過，言詞內容與相應的氣場卻很嚴肅。她的話語，在我腦中莫可名狀地形成既定印象，悄悄融入潛意識，覆蓋、更替原有的價值觀。

溫柔而堅定的九降詩櫻，比任何神魔靈妖都強大。超越指教、堪比洗腦的獨特魅力，讓一旁的光頭哥雙目炯炯，半張開嘴，微仰下巴，彷彿承接浩蕩神恩似地，滿臉崇敬，溢於言表。

她說的我都明白，但多餘且繁複的稱謂與禮儀，實在太過陳腐，無法恭維。況且，師姐和師兄叫起來儼然有學長學弟制之感，不禁讓人擔心未來更死板、更僵硬、更階級化的修行生活。

「麻煩的事先不管了，再來一局吧，詩櫻。」

詩櫻微微皺眉，嘟起小嘴。「雁——翔——」

「好啦、好啦……」

我併起腳跟，反手握劍使其貼緊手肘，屈起臂膀抬高劍身，斜横於胸前。右手開掌，指尖抵於左臂，手肘高至胸前，兩手交叉於胸前二十公分處。

抬起頭，注視詩櫻晶瑩透亮的雙眸。

「詩櫻師姐，請您不吝賜教，與我對練一場。」

「很好。」

詩櫻嫣然一笑，同樣併起腳跟，左手緊握長棍把段，屈臂置於胸前，打平棍身，右手開掌，抵於左手拇指第二指節，雙手與胸口相距二十公分。

繁複的武禮，是詩櫻特別在乎的程序。她在乎，我就不能馬虎。

詩櫻鬢髮的鈴鐺發出一聲叮鈴。鈴聲方落，我迅速踏出弓步，左腳在前，曲起右腳，左手置於腰後，反轉右手，劍人平行，與地面恰好呈四十五度角。面對這等架勢，詩櫻斂起五官抬高左臂，掌心向我，打平長棍挪至身後。

那是九降流棍術的本形起手式。

詩櫻從不更換招式。或許已將這套起手式內化為禮儀的核心，無論身處何種局面，無論情勢如何險峻，一律以此「形」問候。第一次見到這副姿態，也是在御儀宮內，當時她面對的敵人並不是我，而是某位半人半蛇的妖怪青年。

明明只過了幾個月，我卻感覺相當遙遠。

此刻的我，已不再是純粹操使白虎之力，埋頭蠻幹的傢伙了。

「雁翔，」詩櫻漾出微笑，「我要出招囉。」

「居然還先預告。如此從容的態度，不愧是御儀——嗚哦！」

桃紅長棍轉瞬近在眼前，理當是橫揮的招式，竟以縱向高速敲來，儘管已彎腰閃避，雙腳重心卻被破壞殆盡，隨時可能絆倒。我慌忙地穩住身軀，打平左臂，欲以木劍反擊，詩櫻的長棍卻已迅速擊中腹側。

看來只能用左臂硬擋了！正如是想，棍子在敲上我的臂膀前，戛然而止。

「師姐！」場邊的光頭哥氣得跺腳，十分不滿詩櫻放水的舉動。

我不打算放過她出於體貼卻令人氣惱的心思。抓住停止的瞬間，我向上揮起短劍，劍尖直取她的右頰。詩櫻的表情絲毫未變，彷彿對一切變化了然於胸，銳利的視線緊盯著我，唇瓣微啟，禱唸似地小幅開闔。

劍尖來到她面前，卻被長棍堅硬的尾端抵住，動彈不得。

看來，她剛才施展了某種靈術，使棍法動作變得更加撲朔迷離。

「真奸詐。」我揚起嘴角，「想不到妳也會玩這種小把戲。」

「切磋是不能放水的。」

「妳這個小騙子。」

「確實是呢。」

她嫣然一笑，舉起手腕，桃紅棍身順著短劍掠過我的右臂，長棍底端頂住我的胸口。迅雷不及掩耳的反擊，快得無法閃避，我只能在對她而言易如反掌的攻勢下，乖乖吃一記飽滿的九降棍術。

勉強忍住痛楚，右腕一扭，順勢揮下鄰近詩櫻頸側的木劍。依我的盤算，劍刃應會確實擊中足以判定為致命打擊的肩頸之緣。

詩櫻依然穩如泰山，瞇起雙眼微笑。

倚於胸口的棍梢突然傳來難以抵禦的推力，偌大的力道宛如一柄重錘，我的身軀向後傾倒，縱使雙腳使勁踏地，也無法確實站穩。極力穩住重心之後，正要擊中她頸側的短劍，頃刻遠離她的上盤，隨之而來的是比什麼都快的棍梢。

啪的一聲清響，長棍正中我的前額。

刻意拿捏過的力道，仍把我打得眼冒金星。

我彎著腰，摀住額頭，「差一點就打中了說……」

「差得有一點點遠哦。」

「不准露出『唔呼呼』的笑臉！」

視線中眩目的白光稍微消散後，我重振旗鼓，再度穩住下盤，弓步轉為馬步，快速朝詩櫻揮出兩劍，隨後在她舉棍抵擋的瞬間出其不意地踢出一腳。

——至少對我來說算是出其不意啦。

光頭哥跺腳大喊：「啊，你這小子！」

自以為勢在必得的我，完全沒做好被她擋下甚或反擊的心理準備。

眼角餘光瞥向詩櫻，她沉穩肅穆的表情絲毫未變，面對突如其來的違規攻勢，依然投以溫柔的目光，彷彿任何詭計都只是孩童無序的嬉鬧，不足為奇。剎那間，我深刻地認知到，即使花上一輩子的時間，也不可能打倒眼前這位女孩。

不知是她早已算準攻勢，抑或我的攻擊過於粗糙，詩櫻僅僅挪動腰身，後退半步，空出左手，以食指與拇指托住我手持木劍的手。明明並未承受任何力量，竟突然穩不住身子，無法前進，也無法抽身，眨眼間一陣踉蹌，踢出的右腿失去向前的作用力，化為無意義的空踢。

桃紅長棍輕輕敲上我的天靈蓋。

「哎——真是的——」

我搗著腦袋，扔下短劍，身子呈大字形，一邊喘氣一邊躺下。

「真的是一點破綻也沒有欸，使了小動作還是贏不了妳。」

「喂，臭小子！」光頭哥重重踏著步伐走來，「這是對練，不是自由搏擊，誰准你隨意拋下兵器，朝師姐出拳出腿！」

「囉唆。」

「詩櫻師姐！」

光頭哥發出無奈的吶喊時，修練場的厚重大門驀然敞開。

頭上頂著一隻小石虎的九降書檮，雙手置於腦後，挑著眉頭，揚起嘴角冷笑，帶著看好戲的表情踏入道場。她是九降詩櫻的妹妹，也是御儀宮首屈一指的靈巫，年紀雖小，卻擁有強悍無比的綜合實力。

書檮沒有換上近似漢服的專屬雪白道袍，穿著東明高中的制服，以普通女學生的打扮颯爽現身。跨越門檻後，蜷伏在她頭頂的石虎輕巧躍下，慢悠悠地沿著牆角四處遊走。

「書檮師姐，妳也幫忙說說詩櫻師姐吧！」光頭哥嘆著氣，上前迎接。「詩櫻師姐對這小子太寬容了，這樣下去——」

「沒用的啦！」書檮拍了拍光頭哥的肩，露出目中無人的冷笑。「這對笨蛋情侶愛怎樣就怎樣，沒人管得動，誰都管不著。」

「喂，『笨蛋』和『情侶』兩個詞，都與我無關！」

「你說啥？」「唔咦？」

書檮和詩櫻異口同聲表達不滿，然而一人面露怒氣，一人語帶疑惑。

光頭哥打算繼續告狀，書檮再次拍他的肩，這回的力道似乎大了不少。

「總之，沈雁翔和我笨蛋姊姊的事，你就別管了。」

「可是……」

「你可以下去了。」

「……是。」

身為靈巫的書檮，論實力，論輩分，都有資格命令我的這位「師兄」。

光頭哥恨恨地瞪我一眼，緊蹙眉宇，轉身收拾長桌上的雜物與多出來的毛巾，分別朝詩櫻與書檮鞠躬行禮，緩步倒退，慢慢離開訓練場。

書檮聳聳肩，咂咂嘴。「偶爾利用身分地位指使別人，感覺也挺好的。」

「別在門關起來的瞬間講出這麼糟糕的話。」

「沒辦法，在該死的姊姊底下做事壓力超大，偶爾就是想要口出惡言，聊以紓壓，怪不了我。」嘴上這麼說，滿臉不耐的書檮仍向詩櫻行了完足的屈膝禮。「我想，『官不夠大』的意思便是如此吧。」

「年紀輕輕，別講出這麼討人厭的真理。」

「退一千萬步說，我也是六十四戌中排第七位的靈巫，距離頂點應該不算太遠。」書檮走向兵器櫃，把玩裝設紅纓的長槍。「即便如此，我與姊姊相比，仍是樹叢裡的草芥、魚池中的水草，實力差距堪比鴻溝、汪洋甚至宇宙。——對了，不如我稍微放點水，陪你切磋切磋？」

「不了。」我可不傻。

「真的不考慮一下？」書檮露齒一笑，「保證打得你哭爹喊娘。」

「不用了。」

「哼，你錯過了絕好的機會呢。外面多得是願意付錢，讓我打好幾輪的傢伙。」

「那叫抖M，不叫切磋。」

雖然形式上頗為相似就是了。

九降書檮的實力比普通靈術師強太多了，靈術與道法之外，肉身武術更是截然不同的級別。

靈道信仰的體系中，依據地位、宗派與實力，各宮廟的靈術師分為八鎮、九宮與六十四戌。以御儀宮為根據地的「清羅天宮玄靈道」，屬於八鎮之一的清玄宗，相傳因發跡最早，也最具聲望，「玄靈道」之名經常用以泛稱整個靈道信仰。

所謂九宮與六十四戌，均為靈術師的位階稱號。前者乃九位受封聖御帝、掌璽印、伏神獸之宮主；後者則為六十四名象徵護法戍衛的靈術師。定有位階、受有封號的靈術師，無論宮主抑或戍衛，女性一律稱為靈巫，男性則是靈覡。

書槫曾說，宮戍之間的強度差距，好似烈日比燭光，又似汪洋比湖泊，存在著努力一輩子都未必能夠跨越的深淵鴻溝。

詩櫻的身分是九宮之一的中宮主，書槫則在六十四戍中位列第七，二者都是靈道信仰體系中難以企及的強者。我連靈術師都稱不上，根本不是她們的對手。只要有心，眼前兩名女孩隨時能置我於死地，即使釋放白虎之力，施展全副靈裝，恐怕依舊難改此悲慘現實。

詩櫻放下長棍，撥順道袍。

「雁翔最近的動作有點雜亂。」

「一定又在想那隻狐狸精的事。」書槫雙手抱胸，用力地朝我踢了一腳。「狐狸精由我負責，沒什麼好擔心的。那傢伙才跑掉幾週，整個臺灣也沒多大，目前發現的蹤跡又很新，很快就能找到了啦，別那麼緊張。」

怎麼可能不緊張。

數個月前，我那昏迷超過兩年，始終躺在病床上的妹妹心柔，突然消失得無影無蹤。據值班的護理師說，心柔失蹤當晚，有一名留著銀白長髮的陌生女子擅自闖入病房，說了些難以理解的話。

銀白色長髮的女人，絕對就是那隻狡猾的狐狸。狐狸精是眾多妖物之中，最機靈，也最狡詐的種類，一旦逃脫將難以追蹤。正因如此，詩櫻認為搜索妖狐乃當務之急，指示書檮放下手邊所有任務，親自主導追捕行動，更指派數名高階靈術師全力支援，為的就是早日捕獲這隻精明的妖物。

冰七戍書檮本人出面固然是好，但在多數靈術師眼中，比起其他可能更致命的危險，心柔不值得整座御儀宮、整個清玄宗勞師動眾。

所幸，詩櫻和書檮並不這麼認為。

「臺灣就這麼一丁點大，區區妖狐是能躲去哪裡。」書檮雙手抱胸，哼了一聲，「況且，照你轉述的說法判斷，那隻妖狐不是什麼多強大的靈屬。貌似只有兩瓣尾巴？」

在我記憶裡的模糊印象，確實只有兩條尾巴。

「妖狐的尾巴數量取決於靈修的時長。」書檮聳聳肩，「每一百年分作一裂，換句話說，兩瓣尾巴的妖狐頂多修行一百多年，靈能與實力根本不足為懼。」

書檮在修練場牆上的大型黑板中央，畫出軀幹部分塗滿白色、長相可愛的狐狸草圖，隨後在大大的妖狐腦袋後方，畫出兩個花瓣似的圖樣，並胡亂撇上幾道紋路。看似隨手為之，卻能在眨眼之間繪製出如此可愛的雙尾妖狐，著實令人佩服。

我以右手遮擋嘴巴，湊到詩櫻耳邊，「靈巫的修行包含琴棋書畫嗎？」

「唔咦？」她好像嚇了一跳，紅著臉，摀住耳朵。「當、當然沒有囉。繪畫並非修行的一環，是二妹獨有的能力。」

「能力？」我噗嗤一笑，「妳這說法好像世上存在某種畫圖就能召喚妖物的靈術。」

詩櫻歪著頭，眨了眨眼。

這是什麼反應？該不會真的有吧？

書欑以靈能形塑一條細長的冰棍，敲敲黑板，清清喉嚨。我和詩櫻連忙望向早已完成的狐狸圖樣，收斂表情，佯作無事。

「假設這隻銀狐擁有修練一百年的靈能，大略可以如此量化……」

書欑的冰棍移往位於右方的長條圖，X軸寫了時間，Y軸寫著靈能。第一個長條柱在最左側，標明「第一年」，柱頂大約落在Y軸量表高度的十五分之一處；第二個長條柱標明「第一百年」，約為第一年的三倍左右，雖然差距頗大，但也沒有很高。

她一共畫了九個長條圖，標到第八百年，才勉強抵達Y軸頂端。她在第九個長條柱的頂端畫出一條橫線，寫上「８０００＋」的字樣。

「正常情況，即使是最高級別的九尾狐，也不過只有八千左右的靈能。這種程度的靈屬，半數以上的戍衛靈巫都能輕鬆制伏，無須動用璽印。」

「我有問題。」

我舉起手，望向詩櫻。

「妳剛才不是說，一般不會以數據量化個人實力嗎？」

「是這樣沒錯的呀……」

詩櫻歪著頭，指尖抵於頰側，呆望眼前的圖表。

「那是姊姊太笨，未曾精細地思考靈能與綜合實力的量差。我這張圖，只表明了靈能的差距，若要比較綜合實力，還得考量物理性戰鬥力和肉體特質。這些事情，她也辦得到。」

「唔咦，是這樣嗎？」詩櫻垂下雙肩，鼓著腮幫子。「數據化太困難了，我不知道自己相對於沒有靈力的人，差距究竟為何。」

「差距近乎無限大啦！測不出數據，是因為妳打遍天下無敵手了好嗎！姊姊妳給我閉嘴！」

「原來是這樣啊，謝謝二妹。」

「不准瞇著眼睛擺出這種笑臉！」

書樗使勁跺腳，驕橫地狠狠瞪向詩櫻，卻只換來更溫柔的目光，和更美麗的笑靨。

或許決定不再繼續周旋，書樗以冰棍敲打黑板，力道有些大，棍尖出現明顯的裂痕。不禁慶幸，綜合實力較高的是脾氣好的詩櫻，而非宛如不定時炸彈的書樗。

「以毫無靈力的人為基準，結合靈能的質與靈力總量作級數換算，修練合格的靈術師約莫落在三千上下。剛才陪你練習的無毛師弟接近四千，是『普通人』中一等一的強者。」

這句話幾乎每個字都可以吐嘈。

照她的邏輯，近四千的數值只能算是普通人中的強者，那毫無靈力不就等於廢人了？如此極端的思維，讓我聯想到數個月前，造成機場捷運崩毀的蛇窟女王。

「一匹單尾妖狐至少有五百上下的綜合實力，裂成二尾時約一千五，由此推算，至少要裂分三尾才能超過一名合格靈術師。面對這種等級的敵人，麻煩的並不是強度，而是……」

書樗伸手朝我指來，宛如對學生提問的老師。

我猶豫幾秒，「肉體能力？」

「是的。」詩櫻在書樗公布正解之前，點頭補充。「妖狐是眾靈屬中極為少見的智慧型妖物，機警的反應加上飛迅的速度，雖能制伏，卻不易搜索。二妹的量表只能評比出最直觀的高下之別，無法充分反應體質與體術等物理性體能產生的實戰差距，是美中不足之處。」

「美中不足還真是對不起啊！別隨便插嘴啦，笨姊姊。」

書樗鼓起雙腮，雙手抱胸，詩櫻則揚起嘴角瞇著眼笑，右手拇指和十指輕輕劃過唇瓣，作出緊拉鍊的象徵性舉動。

「如同笨蛋姊姊所說，圖表確實無法反應或考量基礎肉身的體術強度，這也是為什麼靈術師的武術級別如此重要，因為無法從靈力判斷強弱之人，勢必享有更多的資訊優勢。以你為例，靈力和武術都很糟糕，衝動的性格更是超乎常人的廢，拜體內寄宿的白虎神獸所賜，暫時性的肉體強化幅度相當可觀，搭配靈裝就能發揮超越常人的體術表現，勉強足以獨當一面。」

不確定是不是錯覺，好像被人拐彎抹角罵成廢物了。

「妳們的意思是，即使量化數據看起來不怎麼樣，妖狐的物理性體能還是很棘手？」

「才不是咧，那種程度的敵人根本沒什麼。我想表達的是，妖物的實力透過靈術師的靈能感知，只能做最初步的評判，無法得出正確的差距。但那些都不重要，對我來說，只要成功找到那隻妖狐，必定能夠救回你的妹妹。」

「妳好像很有把握。」

「當然囉，現在的情況與過去大不相同。」書檮哼地一聲冷笑，「一個始終因靈魂破碎陷入昏迷的孩子，在妖物寄宿的期間治癒了心靈，甚至回神甦醒，可說是百年難得一見的奇蹟。雖然是令人匪夷所思的個案，但光是能重獲新生，便已值得大肆慶祝，畢竟心柔小妹原本預定要一路昏迷到翹辮子。」

原來還有這層思考。

我望向詩櫻，只見她正色頷首，肯定了書檮的發言。

書檮伸出雙手，猛然拍上我的臉頰。

「現、在、是、我、在、說、話！」她併合的雙掌力道特別大，震得我腦袋發暈，眼冒金星。

「換個角度思考，是不是突然覺得妖狐竄逃還算一件好事？不對，這樣講好像有點怪，搞丟妹妹怎麼會是好事。嗯……就像我有個老讓我想離家出走的姊姊一樣，根本不是件好事。」

冷不防飛出一句自虐發言，讓人有點不知所措。

「總之，現在的狀況比一直躺在病床上半死不活好，對吧？」

「是這樣沒錯，但把自己的妹妹說成半死不活，感覺蠻冷血的。」

「我可不想被一秒不罵姊姊就不舒服的傢伙說嘴。」

不知何時，詩櫻默默佇立於黑板前，抬頭凝視圖表，又是歪頭，又是沉吟，彷彿什麼環節沒能弄懂似的。

似乎察覺我的視線，詩櫻指著圖表，「上面沒有二妹。」

「因為我沒畫啊。」

「唔咦，為什麼不畫？」

書櫻翻了翻白眼，露出深感傻眼的表情，咂了咂嘴，跨大步伐踏向黑板，更在錯身之時故意撞開詩櫻，一把抓起板溝裡的藍色粉筆，在表示九尾狐實力的長條柱最高點右上方，畫出兩個波浪省略號，隨後橫畫一筆，以硬筆草書飛快寫下「冰七戍書櫻」五個字。

「這樣您滿意了嗎，聖御帝九降詩櫻大人？」

「唔咦，怎麼沒有數字？」

書櫻咬著下唇，緊皺的眉頭簡直可以夾死一隻蝴蝶，喉頭發出哼哼兩聲，脹紅的雙頰和怒張的鼻孔，彷彿立刻要蒸出白煙。她轉過身，在自己的名字旁寫下「15000+」。

「這、樣、滿、意、了、沒？」

「那我的呢？」

「誰理妳啊——！」

真虧書樗還能耐著性子畫到現在，看似天不怕地不怕的她，唯獨在姊姊面前毫無抵抗能力，即便心有不甘，卻只敢耍耍嘴皮子，最後還是乖乖聽話，充分展現一物剋一物的道理。

我端詳圖表，暗暗思量，不知道白虎抑或先前碰上的朱雀，會排在什麼位置。

朱雀能夠輕鬆壓制書樗，推測綜合數值應該大幅高於一萬五千點，又白虎與朱雀約在伯仲之間，若能完美駕馭白虎靈裝，或許我能擁有不亞於冰七戍的實力，即使考量物理性體能的武術差距，至少還有機會打成平手。

詩櫻呢？單論靈術師的實力，不只書樗，連那個蛇窟女王和藍髮傢伙都曾說過詩櫻是「最強」的靈巫，這不是主觀的評價，而是客觀層面毫無爭議的事實。就我親眼所見，她能以指訣迅速治癒傷口、能以列車鐵桿擊退雙頭蛇、能夠中斷雙重靈裝導致的肉身崩解、能夠秒速解決孤魂野鬼和落單的蛇泥偶、能夠瞬間擊暈成千上萬的墓坑鳥、能夠解消並反射朱雀的毀滅性烈焰、能夠越權操控寄宿在我體內的白虎，使其吞噬朱雀，再封回我的體內……尋思至此，我不認為能在圖表上找到屬於她的位置。

御儀姬九降詩櫻，恐怕是現世地表最強，甚至宇宙最強的超常存在。

我瞥向氣得兩臉通紅的書樗，注意到一個早該提出，卻被種種原因攔阻而始終沒人提出的問題。

「書檮，今天是假日吧？」

「啥，你昏頭了嗎？如果不是假日，笨姊姊有辦法在這裡陪你對練嗎？莫名其妙冒出這什麼幼稚園問題。」

「既然是假日，妳這身制服是怎麼回事？」

「哦，你說這個啊。」

書檮拍了拍東明高中標誌性的黑色裙襬，雙手叉腰，露齒一笑。

「本小姐九降書檮，正式打開青春歲月的關鍵第一頁了！」

「妳最近壓力很大嗎？」

「哼，你倆就繼續耍恩愛，溺死在兩人的世界吧！身為新北市最優秀學府的新進女高中生，我要利用這三年黃金歲月，把自己的人生塗滿美麗的櫻紅色！」

這傢伙到底在說什麼啊？

她昂首挺胸，掛起蔑視一切的傲氣面容，漾起燦爛的微笑。

「我啊，今天可是穿了制服去約會呢！」

「妳？約會？」「唔咦咦——？」

這傢伙到底在說什麼啊！

詩櫻和我面面相覷，誰也說不出話來。

「約會」指的應該是男女之間以戀愛交往為目的出遊，不至於有其他解釋，也不太可能有什麼諧音哏，腦中飛快轉出無數種可能的玩笑，卻找不出符合情境的答案。

莫非是我聽錯了?約會、約會、約會⋯⋯

「你什麼態度！」書檮伸手召出一顆棒球大小的圓形冰彈，砸上我的胸口。「本小姐稍微享受一會兒青春，有必要懷疑成這樣嗎？」

明明詩櫻也大惑不解，為什麼只打了我一個人！

「二妹，」詩櫻雙手交握，置於胸前。「對方還好嗎⋯⋯？」

書檮白了她一眼，「姊，妳這是什麼意思？」

「因為，妳國中的時候——」

「哇——哇——哇——」

書檮使勁摀住詩櫻的嘴，說什麼也不肯鬆開；後者則滿臉疑惑，彷彿對她這道封口令深感不解。

「沈雁翔，你什麼也沒聽到吧？」

書檮的雙瞳散發出冷俊的殺氣，讓人背脊發麻，不寒而慄。

「沒、沒聽到。」我還真的沒聽見⋯⋯

「真的？」書檮的聲音變得更為冰冷，「完全沒聽到？」

「真的沒聽到，什麼也沒聽到。」

「那就好。」

說起約會，才發現自己從暑假第一天開始時便一直在御儀宮修行，即使早已開學，邁入新的學期，也不曾中斷。換句話說，撇除基礎體力的鍛鍊外，我無時無刻都與詩櫻相伴同行。早已習慣成自然，此時突然細思，才驚覺自己過著每日與她見面的「全新日常」。

這樣算不算約會呢？

所謂的約會，定義上可能是預定或有意成為戀人的相約和相伴，也可能是單純結伴出遊而已。倘若正式交往前和決定交往後都做著同樣的事，過著毫無二致的生活，難道會產生質的改變嗎？

暗自思忖這些莫名其妙的事情真蠢。為了迴避腦中無意義的思維，看來真得撥空帶詩櫻出門走一走，至於這樣算不算約會，就交給心思細膩的鈴鐺女孩去煩惱了。

「二妹，妳說的約會……」

詩櫻正要追問，卻被突如其來的敲門聲嚇一大跳。

一般來說，身為鎮守與宮主的詩櫻在此，任何閒雜人等都不會無故接近，更別說敲出這種彷彿鬧起祝融的急促響音。

書檮扔下粉筆，收斂表情，打開訓練場的大門。

「發生什麼事？」

「書、書檮師姐，不好意思打擾您們了……」

門外的中年女性聲音微微顫抖，面對年少但位尊的書樗，絲毫不敢冒犯。

「找到了！找到狐狸精了！」

第二節　螳螂捕蟬

試圖追蹤北臺灣最強的兩位靈巫，真不是件輕鬆的事。

遠離相對寬敞的省道，轉入未鋪柏油的產業道路之後，狹窄的黃土路面本應僅供一輛汽車通行，卻又設計成雙向通行，徒增不必要的危險。所幸剛過正午用餐時段，人車總量大幅減少，不只便於探尋路線，也降低遭人目擊的機率。

『好懷念啊——』

面具內建的通訊器傳來阿光的聲音。

『機場捷運劫持事件之後，詩櫻和我們的關係好到幾乎無話不談，尤其對你，更是親密至極，實在難以想像會有今日的光景。哎呀，讓人不禁想起當時跟在小詩櫻身後的光輝歲月。』

「誰跟你光輝歲月，那叫跟蹤行為。還有，我和她哪有親密至極，別胡扯。」

『我聽小書樗說，你在特二高架斷橋事件的前一天晚上，幫小詩櫻——』

「閉嘴啦！」

前方隱約傳來人聲，我連忙側轉身子，背貼山壁。

我與阿光共同打造的智慧型面具採用半罩式單鏡片，左側的裸眼設計有助於掌握距離感，在動靜變化迅速的實戰中相當重要，但在隱密行動時，卻有被人認出的潛在風險。

阿光以特殊設備掃描周遭環境，將整合後的地圖顯示於面具的右側鏡片。目前整條產業道路有六輛轎車，沒有行人，也沒有詩櫻、書檮或其他靈術師的蹤影，甚至沒有任何靈力反應，確定無須費心提防，我才沿著水溝繼續往前走。

鏡片顯示的地圖，包含方圓三十多公里內一切高低差及相關資訊的地理環境，戰略地形和安全退路一目了然。數位地圖正中央，阿光在產業道路至三峽區東眼的路途標出醒目的紅光，是他精心計算的最佳路線。作為技術支援，也就是所謂的GUY IN THE CHAIR，阿光一向坐鎮在安全的祕密基地，評估來自各種單位、各類組織和各方領域的資訊。身在現場的我，最好的選擇就是遵照路線前進。

他老掛在嘴邊的祕密基地，不過就是自家地下室那間堆滿月兔小美手辦、電腦周邊設備和家用電視遊樂器的御宅族小窩，除了六個四十吋大螢幕，還有專門用來打造金屬器具的自製機械研究桌。比起基地，堆滿零件、線路和黑油的空間，更像個維修工作室。

『小翔，前面沒有馬路了。』

「改走獸道？」

『我不確定那裡有沒有獸道給你走。地圖上顯示的結果，看起來什麼通道也沒有，得破壞樹叢開闢道路才行。我幫你找找最短的路徑……』透過通訊器敏銳的收音設備，能夠聽到他飛快敲打鍵盤的聲音。『小翔，我修正地圖的路線了，沿著東眼溪上游的東南分支走就行。若以這條路線前進，抵達大豹溪時，詩櫻也差不多要找到妖狐了。』

「差距多大？」

『不大。依你的腳程，五分鐘內就能與她們會合。』

會合。真是有趣的用語。

以現在的狀況，不要演變成難以收拾的僵局，就是不幸中的大幸了。

『我還是第一次看到小翔趕路時刻意不用白虎之力呢。』

「你看得出來？」

『肉眼當然看不出來。』阿光笑了笑，『還記得吧，這副面具除了可以偵測周圍的靈能，也會一併感應你的靈力流轉。』

真是無比糟糕的設計。就好像能夠破壞別人系統的程式，往往也是自己電腦的防護漏洞那般。

雖然只有阿光知曉，資訊透明但毫無隱私的狀況仍讓我不太自在。

「雖然比較費力，但我不想在面對最強大的敵人之前，消耗任何一絲靈力。若非必要，就算斷了這雙腿，也絕不預先使用白虎之力。」

『腿斷了根本沒勝算吧。』

有道理。舉例錯誤。

『小翔口中的敵人，不是心柔體內的銀色妖狐吧？』

「你覺得呢？」

照著阿光指示的路線，離開產業道路，踏上長滿雜草的乾硬泥地。老是待在新莊的我，對同在新北市的三峽區相當陌生。離開省道七乙之後，視野所及幾乎全是綠野叢林的自然景致。穿越東眼溪，沿著大豹溪走，最後步上東麓山，是阿光擬定的路線，全是未曾聽聞的陌生地名。我像個開啟導航獨自出遊的鄉巴佬，雙眸不斷映入新穎的環境，宛如置身異界國度，十分具挑戰性。

聰明的阿光八成在聽見我想「追蹤」詩櫻時，就猜到當下的局勢了。以往，九降詩櫻所代表的御儀宮勢力始終是友方，擁有龐大的靈道資源，也有強悍可靠的靈巫；如今，我不顧她們強加的「指令」，越權私行，打算介入追捕，親自保護心柔的安全。

公然為敵的舉動，非常冒險，但我並不後悔。

她是心柔，是我無可取代的，最重要的家人。我會誓死捍衛著她，就算與全世界為敵也無妨。

越往深山，偏離道路的泥地寸步難行，高過腰身的灌木與野草叢生，增添行走的難度，每踏一步，就得拿事先準備的求生小刀劈斷樹枝，一路披荊斬棘掃除障礙，才能繼續前進。

靜謐的山野令人沉澱思緒，然而自從踏進山區，就不斷嗅到異常的臊味，撲鼻而來的並非屎尿或樹葉腐敗的臭味，亦非野獸的體味。瀰漫鼻腔的是屬於人類的特別氣味，幾乎占據方圓半公里的廣大範圍，令人難以相信此處毫無人跡。

「阿光。」我壓低聲音，「你確定附近沒有任何人？」

『確定，而且也沒有靈能反應。』

這未免太不自然了。阿光設計的靈力探測器未曾失準，假設儀器功能完全正常，鏡片地圖和阿光雙雙證實周圍絕無人影、亦無靈屬，但我體內的靈能卻能感知到某種不可見、不可測的細微波動，只能謹慎地減緩行動，放輕腳步，仔細迴避任何可能發出聲響的雜物，以策安全。

越是接近東麓山，無可名狀的奇異惡臭就越發濃厚。

「看來是屍體吶。」

來自腳邊的聲音嚇了我一跳。

始終跟在一旁、默默不語的小石虎，撥弄鬍鬚，發出老邁的嗓音說人話。

「大概就在前方五百公尺處，做好準備吧，小子。」

「什麼樣的準備？」

「目睹至少五十具屍體的心理準備。」

倘若真有五十具屍體，倒也不難理解此處何以瀰漫這等濃烈惡臭了。

讓人在意的是，假設真有數十具屍體野曝於此，且已飄散濃厚的腐臭味，為何各家媒體均未報導，實在不合常理。一次失蹤那麼多人，絕不可能無聲無息，合理的解釋大概有二，要不是無人知曉，要不就是死者皆為必須隱藏的對象。

穿越兩層矮叢，揮刀砍出通道，一條接近烏黑的暗紅溪水映入眼簾。

世上沒有漆黑的河，也沒有深紅的水，即便是紅海，亦非真的紅色。眼前平緩的流水應是阿光所說的大豹溪，水量雖少，但水勢湍急，不太可能淤積黑土，更不可能混成紅水。

定睛一瞧，占據河道的黑色物體並非汙泥，而是數以百計，身穿漆黑護甲的死屍。

喉頭猛然一陣作嘔，胃部猛然收縮，翻湧出難以抑止的酸水，我趕忙皺緊眉頭極力忍耐，摀住口鼻，順了順呼吸，小心翼翼地上前察看。

放眼綜觀大豹溪上游，河中、河岸及岸上緩坡遍布著黑衣人員的屍體，他們的槍械多被泥沙覆蓋，身軀遺留的創口，看似野獸的利爪所為。我抽出手巾充作手套，將一具面朝泥地的屍體翻了過來，想不到竟竄出一群蒼蠅，逼得我猛揮臂膀奮力驅趕。

濃烈的屍臭味穿透鼻腔，闖入大腦，噁心的氣味與畫面使胃部再次洶湧泛起酸水，一波接著一波，彷彿體內殘留的食物正不停打轉，甚至沸騰，亟欲尋找出口。因應眼前超越常理的不安景象，肉體與心靈的強烈反應直接展現於眼角，擠出的些許淚水，不知是用來清洗雙眼，還是洗滌靈魂。

此時，我誠摯地希望詩櫻伴在身邊，用她輕柔的聲音娓娓道來，闡釋生與死的真諦。

這群武裝人員並未配戴軍用或警用的徽章，僅於左胸繡上一枚閃電圖騰，表徵其為俗稱「雷霆特勤隊」的超常事例與特殊應變勤務部隊，是專職負責超越凡常之特異事件案例，直屬於總統且不受任何機關制衡，高於軍、警、消的獨立武裝單位。

三大超常事例應變機構之一的雷霆特勤隊，不只是壓制恐怖行動的菁英，更是剿殺妖魔鬼怪的能手。不消說，我也屬於他們職權範圍內的「超常事例」。

『小翔，這……』

我環顧四周，「從遺體數量判斷，確實可能有數十人命喪於此。」

『我不記得最近有什麼特別的大事件。』

「上一次出現如此嚴重的人員傷亡，已是臺中車站封城事件了。這陣子沒有任何大規模的超常災難——至少就我所知沒有。」

坦白說，自從認識那個藍髮傢伙之後，已經打破所有常理，我的「所知」根本不可靠了。

『或許和機場捷運劫持事件、特二高架斷橋事件和臺中車站封城事件一樣，採取了某種強制性的資訊控管？』

「有可能。但還是很奇怪。」

受害範圍極廣的特二高架斷橋事件在藍髮傢伙與雷霆等應變組織的粉飾下，先由媒體描述成嚴重的機密軍事運輸意外，再以數十噸的炸藥重新炸開烈焰融斷的位置，掩蓋整起事件涉及朱雀神獸的超常真相。雷霆執行勤務時，本就不受公開原則拘束，軍事意外究竟由誰負責，或者究竟有無這趟運輸任務，對百姓來說均是難以觸及的祕密資訊。

目前所知，雷霆隊員死亡人數最高的單一事件，是今年四月十五日的機場捷運劫持事件。據說雷霆當時正在執行周邊維安與資訊圍堵，過程卻完全偏離藍髮傢伙預視的結果：斷裂的高架軌道及後續引發的管線爆炸事故，直接導致兩百多名隊員死亡，更有數百名傷者。此外，軌道掉落之處恰好鄰近住宅區，平民百姓的傷亡更加慘重。

與機場捷運事件和特二高架事件不同，臺中車站封城事件顯然無法完全封鎖媒體，也沒能抹除百姓私自拍攝的影像，僅透過輿論的方式，軟性地將現存畫面導向有心人士蓄意造假。現階段雖無任何可供辯證的具體事實，各方媒體卻不像過去那般噤聲，反而逐步強化對於雷霆、蒼溟和天央三大機構的批判，讓人不得不留意。

萬一某天藍髮傢伙再也控制不了媒體，再也無法隱藏超常事例的危害，我們的日常生活還能維持現狀嗎？屆時，尚能擁有一絲小確幸的平民百姓，還能以理性的雙眸，注視異常且殘酷的世界嗎？

『小翔……你能……嗎……』

「阿光，你聽得見嗎？」

面具的通訊設備受到干擾，儘管衛星地圖和即時路線的功能還在，卻無法聽見阿光的聲音，或許附近存在某種通訊阻斷裝置，一時無法確定問題來源。

盯著一具具動也不動的屍體，我沉住氣息，靜心思忖。眼前的狀況讓人不禁懷疑，東麓山是否發生了嚴重的超常事例，而且並未成功壓制，至今仍在他處肆虐。

數量龐大的死屍占據視線可及的大豹溪上游，要完全避免踩踏他們，簡直是不可能的任務。我闔上雙眼，雙手合十，虔心默禱，祝福他們能夠前往更美好的世界。

祈福完畢，繼而邁開步伐，渡過溢滿屍水的大豹溪。

河的對岸，鄰近緩坡的泥濘土壤，橫躺著令人難以置信的少女身影。

海藍色的短髮沾滿灰泥與黑土，醒目的湛藍旗袍破了好幾個洞，白皙肌膚與貼身衣物裸露在外，全身傷痕累累，狼狽不堪。

我倒抽一口氣，皺著眉，謹慎地躡步上前。來到少女身旁，四周空氣彷彿驟然凝結，肩頭忍不住輕顫，背脊發麻，不敢相信眼前所見。

少女半掩的雙眸是澄澈的青藍，藏著近乎無敵的超能預視，以及絕頂聰明的驚世奇才。

名為李輕雲的藍髮少女，動也不動，躺在屍體之間。

※　※　※

一名身穿漆黑裝束，年約三十，蓄八字鬍，長著一張國字方臉的嚴肅大叔，隨著稟報要事的師姐進入修練場。

詩櫻與書櫄似乎不認識他，兩人面面相覷，表情充滿疑惑。

大叔在詩櫻面前肅然立定，腳跟一敲，抬起臂膀行了標準的舉手式軍禮。詩櫻眨了眨眼，呆愣半晌才趕緊側轉右腳，小腿貼住左足，屈起左膝，以身穿修練型褲裝之姿，回了得體的屈膝禮。

「九降大小姐，冒昧打擾，我是超常事例與特殊應變勤務部隊北區第一大隊的大隊長伍騰佐，隊伍的伍，舉國歡騰的騰，輔佐的佐。」

「您好，我是——」

「妳就不用了啦。」書樗咋舌插話，「他都叫你九降大小姐了，沒什麼好自我介紹的。」

「但這是禮貌呀。」

方臉大叔伍騰佐似乎不需要詩櫻自我介紹，也沒有進一步要求在場人士表明身分。稟報消息的師姐退去之際，我在逐漸掩上的大門縫隙中，看見眾多整齊排列於御儀宮內庭的黑衣武裝人士，想必是與伍大隊長一同前來的雷霆隊員。

書樗微瞇雙眼，正以為她在打量伍騰佐，想不到轉眼便朝對方擲出一枚冰錐，以十分驚險的微小差距，扎入大叔腳邊的地面。

「二妹，妳在做什麼？」詩櫻被她的舉動嚇了一跳。

「這傢伙雖然踏著正步行軍禮，卻把所謂的禮貌當作表面功夫，表裡不一。」書樗努努下巴，要我們往下看。「妳們自己看看這傢伙有什麼不同。」

差別非常明顯，我們腳下穿的是襪子，他是靴子。

伍騰佐也立刻察覺問題所在，先是面不改色地朝詩櫻頷首致意，繼而蹲低身子褪下長靴，放上門邊的木製鞋櫃。再次起身時，他側過頭，悄聲說了「這裡沒事，都退下」等語，想必門外待命的雷霆隊員們，因書櫥的舉動而有所反應。

伍騰佐將一張印滿小字的A4影印紙交給詩櫻。

「九降大小姐，由於事出緊急，請容本人在此代表雷霆特勤隊向您提出請求：請您伸出援手，協助我們殲滅妖物。」

詩櫻飛快閱讀紙上文字，瞄了我一眼才問：「伍大隊長，這份文件寫的全都屬實？」

「句句屬實。」

詩櫻點了點頭，兀自沉吟。

她面對伍騰佐的態度，比起對待宮內的師弟師妹還更肅穆，也更慎重。

代表御儀宮與九降家的詩櫻，挺直腰桿，交疊雙手置於上腹，板起臉孔微微皺眉，莊嚴凜然的神情讓人肅然起敬。

「伍大隊長，我認為這件事應該由李輕雲總長親口轉告。」

「是的。」伍騰佐緊皺眉宇，低下頭去。「總長基於某個理由，無法親自向您提出請求……」

詩櫻凝視眼前之人，沉穩地點了點頭，抬起手，擺到伍騰佐肩上，輕拍兩回，卸下莊嚴的表情，換回一貫的溫柔面孔。

「沒事的，伍先生。」她捧住伍騰佐的雙頰，迫使對方抬起頭來。「請先提供您目前掌握的所有資訊，讓我初步評估狀況，安排後續的應對方式。」

或許被詩櫻溫暖的態度震懾住，伍騰佐愣了半晌，隨即恢復軍人本色，清了清喉嚨。

「交給您的文件是目前確定的全部資訊，附在其中的相片翻拍自道路監視器畫面，是此刻能找到的最後影像。」

「您誤解我的意思了。」詩櫻的表情依然柔軟，語調卻散發不容敷衍的氣息。「我想知道的是，您是否已透過蒐集而來的各項資訊進行綜合評估，將照片裡的身影判定為敝宮正在追捕的對象，才向我提出協力請求？」

詩櫻的問題讓伍騰佐一時語塞。

書樗嘆了口氣，一把搶過詩櫻手中的紙張，來到我身邊，使勁撞我的臂膀，粗魯地遞來那張紙。紙上雖未寫明地點，主要壓制對象的欄目卻記載著疑似狐狸的妖怪，現狀欄目則註記派遣在外的某雷霆中隊恐怕身陷困境的事實。

附件的照片，是因高速躍動而不太清楚的銀色野獸。

「雁翔，」詩櫻望向我，輕聲開口：「是那隻狐狸嗎？」

我緊盯照片，仔細掃視影像每個角落，才擰起眉宇，皺著鼻子點頭。

「伍大隊長，根據您提供的文件，我認為雷霆特勤隊預計壓制的目標與敝宮執行中的靈靖任務有所重疊，殊途同歸，理當無須增派人員另行協助，更無由我親自介入的急迫需求。」

「不是這樣的……」

伍騰佐眉頭深鎖，緊咬下唇。

「喂，你這傢伙到底怎麼回事！」書樗用力拍擊伍騰佐的背，瞪直雙眼，投以銳利的目光。

「在你面前的是玄靈道中宮主聖御帝九降詩櫻，是御儀宮清玄宗的鎮守，倘若你有什麼天大的理由非得專程跑來打擾，就快點照實說！」

或許被書樗的氣勢嚇了一跳，伍騰佐點點頭，默默地將目光轉到我身上。

察覺他的視線，詩櫻眨了眨眼，朝我走來。

「這位是沈雁翔，是李輕雲總長給予『虎騎士』之名的白虎宿主。」

「虎騎士……？」伍騰佐眉宇深鎖，似乎有所顧忌。

「雁翔很快就會離場，請您不用擔心。」

「咦？」

我有沒有聽錯？為什麼我要離場？

詩櫻朝我走來，雙手交握，置於腿前，正經八百的姿態使我忍不住嚥下一口唾沫。

這是她獨特的「工作模式」。一旦切換為此模式，將會以無法抗拒的溫柔聲調，搭配難以辯駁的強硬態度，提出某些我不太喜歡的指令。

「為什麼我感覺妳真的打算叫我出去？」

「可能是因為……雁翔很瞭解我？」

詩櫻一面苦笑，一面輕輕拍掉沾在我訓練服上的毛絮。工作模式解除了。

她低眉垂眼，迴避我的視線，凝望腰帶附近的某個位置。

「妳的意思是，我沒有資格留在這裡聽接下來的對話。」

詩櫻點點頭，表情有些複雜。「這是有關靈靖任務的談話，如同二妹先前所說，妖狐和心柔的事情交給我們處理就好，請雁翔放心。」

「放不放心是一回事，特別把我拒於門外是另一回事。」

「這只是單純的任務編制。關於捕捉妖狐之事，我希望雁翔不要插手，以免發生不必要的危險，招致更壞的結果。」

詩櫻重新交疊雙手，回復為工作模式的冰冷姿態。

「我明白，雁翔格外在乎心柔妹妹，對妖狐更是恨之入骨，但妖狐的存在卻有助於心柔妹妹的靈魂重建，甚至使她成功甦醒，恢復意識。正因處於如此矛盾的狀態，考量到執行者的心理平衡，我不得不讓你遠離這個任務。」

「我沒有傻到會做出錯誤的決定。」

「確實如此。就結果論，雁翔一直以來都選擇了正確的手段。無論是多麼犧牲、多麼危險的手段。」她抬起眸子，迎上我的視線，漾出苦澀的微笑。「有時候，奮不顧身的做法確實能換得良好的結果，但有時卻會在毫無所得的狀況下，白白賠上性命。我們不確定妖狐基於何種理由，基於何種目的幫助心柔妹妹甦醒，一般而言，寄宿於人體的妖物不具備直接干涉宿主心靈的能力，更別說是協助重組，甚或觸發復甦。眼下情況太過罕見，可能隱藏著連我都無法立即察覺的潛在問題，或許與心柔妹妹的靈魂息息相關，又或許將大幅影響整個玄靈道法的世界。依據情況的不同，可能發生必須加以傷害，才能束縛或壓制妖狐的局面——屆時，我無法確保雁翔真的能夠選出『正確』的做法。」

「傷害？」我不禁皺起眉頭，「妳們打算剿滅心柔嗎？妳口中的任務，難道不是找人，而是殺人？」

「不是的。靈靖任務的宗旨是搜捕擅自掠奪人類肉身的妖狐，但妖狐不可能乖乖聽話，甦醒的心柔妹妹也不見得與原來的性格相同，很可能連靈魂的本質都已遭受汙染……」

「九降詩櫻，妳到底在說什麼？」

我朝詩櫻踏出一步，站在旁側的書樗猛地抓住我的肩膀。

「蠢老虎，姊姊說的只是假設狀況。」她強力的手勁使我動彈不得。「在還沒見到人時預先做出最壞的打算，安排最周全的計畫，本來就是領導者的責任。聽好，今天不管狐狸有沒有拐走你的妹妹，御儀宮都不可能袖手旁觀，再怎麼說，這都是靈屬干涉人世的嚴重越權，哪能放任她胡搞。我方處理這類事件的經驗超過三百年，與你這半路出家的傢伙截然不同，別在這裡丟人現眼。」

緊握的拳頭不住顫抖，鼻腔和腦袋逐漸發熱腫脹，咬緊牙關正想說點什麼，立於書樗身後的詩櫻無聲地斂起面孔，輕輕搖頭。

清脆的鈴鐺響音成為仲裁的宣判，築起一面隱形的高牆，將我排除在外。

使勁扔下木劍，劍尖敲上每日清潔、常保光亮的檜木地板，發出清脆的巨響。抓起三條手巾，一條抹臉、一條擦手，最後一條則披於頸項，稍作打理，跨著大步走向門口，抬起右腳猛力一踹，厚重的檜木大門轟然敞開，把在外待命的雷霆隊員嚇得擺出作戰姿勢。

步出修練場，我側過頭，望向身後，只見木門留下一道清晰的足印。門內，詩櫻輕抿下唇、低垂眉尾、充滿歉意的表情，看上去有點寂寞。未待收回視線，木門已緩緩闔上，將詩櫻等人留在目不可及的領域。

於此瞬間，我已將她們視為敵人，是阻擋在我和心柔之間的大敵。內心的不平宛如熱浪狂潮，臂膀與雙肩止不住震顫，悶於胸口的怒氣始終無法釋放，只能藉由肌肉的顫動獲得短暫的抒解。

為什麼要阻止我參與任務？

按照詩櫻的說法，她們似乎會在符合特定條件，確定沒有更好的手段時「傷害」心柔，以確保妖狐不再危害世人。雖說這是最壞的打算，但她真的明白自己在說什麼嗎？那是沈心柔，是我的親妹妹，是昏迷兩年以上，未曾真正享受人生的十五歲少女。她好不容易奇蹟似地被妖狐喚醒，卻立刻變成御儀宮靈巫的討伐對象，如此苦難，怕是連修羅道都比這輕鬆百倍。

根據伍騰佐傳來的噩耗，雷霆某中隊正受困於某處，而造成此一結果的直接近因，很可能是照片中形似妖狐的靈屬。顯然除了御儀宮外，雷霆也在追捕妖狐，但從剛才會面的情況可知，詩櫻似乎並不知道此事；換句話說，決定與詩櫻會面前，雙方是各自行動、各懷鬼胎的狀態。

雷霆的行動絕不可能考量心柔的性命，他們的宗旨從來都是殲滅為主、壓制為輔，只要確定無法成功圍捕，就會轉為武力消滅，不留任何後患。相比之下，御儀宮的行動方針倒是友善許多，由詩櫻與書槫主導的靈靖任務，追捕妖狐的首要目標是捕獲，而非剿滅。

但情況改變了。

既然牽扯整個雷霆中隊的人命，就算詩櫻願意出手協助，任務的本質勢必轉變為殲滅。即便資料並未載明更多細節，但妖狐鐵定造成雷霆不得不向詩櫻求援的險惡局勢。最令人費解的是，身為總長的李輕雲並未親自到場，竟由大隊長前來傳達，疑雲重重，詭譎不明。

詩櫻是否願意犧牲大局以保全心柔性命，也必須懷疑。她確實是不折不扣的大好人，卻也是靈道信仰體系位高權重的領導者，慮及靈能秩序的平衡，擅自干涉人世的妖狐與被寄宿的心柔，相對之下只是微不足道的少數，沒有捨大救小的道理。

就算她為了我而特別重視心柔，清玄宗的宗主和靈道各鎮的大人物，也不見得允許她做出違背原則的決定。

無論如何，我有必須親自前往的必要，而且絕不能空手去。

截至今日，九降詩櫻是我親眼所見，地表上最強大的靈巫，也是舉世罕見、獨一無二、超越凡常的最強人類。她的靈能強得足以輕鬆壓制神獸，熟諳的靈術多不勝數，對於咒符道術和靈屬妖物的知識，更是無人能及。非但如此，她直接承襲九降流棍術，武學體術華麗強勁，即使沒有靈力，也能隻身挑戰上級靈屬。

面對如此強敵，光靠體內的白虎和單純的靈裝，無法與之抗衡，也無法全身而退，更別提冰七戍書樗這位聰明機警的靈巫也同時在場，局面之險峻，可見一斑。

我得為了心柔與她們正面交鋒，爭取時間或製造空隙。

這可不是鬧著玩的。

無法停止腦中紛亂的思緒，表面上盡可能力持鎮定，以平常的表情和舉止向沿途相遇的師兄師姐打招呼，以免招惹多餘的注意。穿過書樗曾經埋首製藥的草藥房，途經詩櫻曾經臥床養病的別房，我躡手躡腳地步入田圃，費盡心思迴避溼軟的泥巴，避免留下明顯的足印。

田圃後方有片提供學徒對練的堅硬泥地，由於早飯時間剛過不久，御儀宮多數人員正忙著迎接上午進香的人潮，無暇顧及此處，四周空無一人。小心翼翼地在對練區的木柵欄旁等待幾秒，確定周圍毫無人聲，才閃身進入牆垣與廂廊間的空隙，踏上石造花壇直朝後院前進。

所謂的「後院」，相對於被稱為「前院」的御儀宮，專門用來指稱位於別房正後方的庭園深處，閒雜人等不得擅自進入的九降家大院。儘管與詩櫻關係良好，我卻鮮有進入後院的機會，於是利用有限的時間與機會，盡可能記住大院中較為特別的場所。

每次入內，心中總會泛起難以言喻的波動。

女孩子的家終究只是普通住家，本就不該懷抱任何粉紅泡泡式的幻想。

抵達庭園最深處的朱紅大門，抬頭眺望寫著「聖慈萬千」的牌坊，拉住沉重的黃銅龍頭門環，右腳輕踩門板，飛快點踏三步，借力使力翻越門扉，成功潛入九降大院。

宅院的警備並不森嚴，防護等級與設備多半來自御儀宮的延伸，人力和物力並無明顯提升。一般情況下，光是在數百位靈術師、修道者和信眾香客的眾目睽睽之下，穿越御儀宮三個大殿、一個後殿、三個殿前庭和兩個自然造景庭，已是不可能的任務，遑論尋得後殿深處的廊道，翻越高聳的門扉進入九降大院。

九降大院的中式庭園，恐怕是御儀宮總坪數的五倍大，直到今天，我仍未完全踏遍，只在詩櫻短暫的引領下，稍微熟悉最前端的三幢建物而已。我不禁想，說不定新莊區新海大橋至大漢橋間靠近大漢溪左岸那一大片區域，全是她們家的土地，畢竟地圖上只顯示出一片青綠，分不清楚到底是不是私有地。

一位嘴裡哼著演歌，身穿純白圍裙，繫著法式編髮側馬尾的中年女性緩緩走過，她的雙手因為園藝作業而沾滿黃土，可能是庭園的花草照料者。我在第一幢房舍的轉角處停下腳步，等對方離去後，沿著房舍的牆垣走，不一會兒便來到位於庭園左側的長形矮屋。

這間稍微低矮的房舍，是九降詩櫻曾經領我進入的九降家專屬武器庫。

武器庫一詞聽起來很古老，九降家卻為它加裝了非常現代的設備：電子鎖。這個惱人的物體，是整起潛入計畫最麻煩的阻礙，要是沒有十足的把握，誰也不會特地前來此地。

所幸，我確實地記下了詩櫻當時按壓的門鎖密碼。

環顧周遭環境，確定四下無人，才緩緩伸手。

「你真的要這麼做？」

一個粗啞低沉的老邁嗓音從身後傳來。

剎那間，我的血液衝向天靈蓋，腦袋一片空白，額前猛冒冷汗，懸於半空、即將觸碰電子鎖的臂膀微微顫抖，彷若被人點穴一般，無法動彈。

未曾聽聞的聲音，讓全然的未知成為無窮的恐懼。

打從暑假至今，待在九降大院已有一段時日，雖不敢說認識所有的人，但能進出重要地區的並不多，我也大多見過或曾有接觸才是。身後之人想必與九降世家關係密切，可能是家人、僕從或重要賓客，無論何者，都不是能蒙混過關的對象。應該採取什麼行動，究竟何時該採取行動，都必須嚴加考慮，避免衍生不必要的危險。倘若對方靈能深厚，武功高強，恐怕難以全身而退；若有必要，或許連轉過頭應答都該避免，三十六計走為上策。

從嗓音的來向判斷，對方在較低之處，應是上了年紀的佝僂老人。若是詩櫻的近親，光憑年齡無法判斷強弱，甚至可能越老越強。

怎麼辦？該回應，還是直接逃跑？

「別想太多，我是你的夥伴吶。」

對方的語氣突然變得輕佻，甚至發出輕到不易聽見的呵呵笑聲，原先散發的威嚴全消失了。突如其來的態度轉變，反而加深我的疑慮。九降世家的龐大宗族，除了書檮之外，或許存在同樣擅長愚弄別人的親友，即使秉持友善的態度，也絕不能掉以輕心。

「喂喂，你這小八嘎（バカ），打算無視我到什麼時候吶？」那人「咖嗚」一聲清了清喉嚨，咂咂嘴，「聽好，沈雁翔小朋友，我知道你是誰，也知道你想來這裡『借』什麼。奉勸一句，就算走投無路也千萬別碰那個鎖。你以為是電子鎖吧？真是笨啊，真是超笨啊！這可不是電子鎖！那玩意兒的數字盤是假的，按壓數字的程序是為了記錄入侵者的指紋，根本就打不開。」

「……你到底是什麼人？」

「回過頭來不就知道了？」

別無他法，只能慢慢轉過頭去，卻什麼也沒看見。

「這邊啦，這邊。」

循著聲音來源低頭確認，人是沒有看見，動物倒有一隻。

小小的貓科動物前足並立，圓睜棕色大眼，仰起頭來直瞅著我。我確定自己見過這隻小動物，不同的是，當時的他似乎被書檮頂在頭上。

「石虎？」

「虧你分得出石虎和貓呢，明明同樣是貓科動物，我卻始終分不出母老虎和內人呢——哎呀，不小心說了冷笑話，請別見笑啊。」

「哦、哦……」

這隻石虎，真的在跟我說話。

「你現在八成想著『哇勒這隻霹靂無敵可愛的小石虎居然說人話了天啊我要趕快錄音錄影打卡上傳網路或乾脆開直播跟大家炫耀』吧？抱歉吶，我的專屬肖像權可是非常昂貴的呢。」

「原來有在賣啊。」

「你才在賣，你全家都在賣。」石虎哼了一聲，撥撥細鬚，「要不是我及時阻止，你早就觸發警報，引來一批穿道袍的小鬼了。」

「呃，謝謝？」

「你確實該道謝，不僅如此，更應該買些好吃的給我。玄望暫且不提，亞涵那個不肖女居然天天餵我保養食品，連個燒肉、海鮮或鰻魚飯都不給吃，活到這把年紀還得受這種活罪，真是造孽；忙得昏天暗地的詩櫻根本自顧不暇，累到把我當成家貓，光給罐頭不給飯；書檮那孩子根本不受控制，書呆子易棠幾乎天天不在家，就連最可愛的禮杏也——」

「慢著，等一等，」我用指頭擰住眉間，「你到底是誰？」

「那些小妮子不知道自己面對的是什麼。白虎啦、朱雀啊什麼的根本不足掛齒，這次的傢伙太不妙了，非常不妙！」石虎的後腳搔抓地板，彷彿那裡埋有什麼東西似的。他弓起背脊，咂咂嘴，喃喃自語。「詩櫻那個小傻瓜絕對會把你打入冷宮，因為你是整起事件的核心關鍵嘛！哎呀，我能理解想要把不確定因素封起來的思維，可是啊，可是吼，看見手筋，就算再怎麼弔詭也得硬著頭皮下，這才符合棋理嘛，你說是不是？」

手筋是什麼經脈穴位嗎……？

「小子，對我來說，雖然你是靈力薄弱、武術拙劣、資質駑鈍的超級半桶水，全身上下唯一可取的，就是這張勉強配得上我可愛孫女的臉。不過，儘管實力普普，在關鍵時刻、大敵當前、亟需救援之際，靈活的腦袋加上強悍的靈裝，仍能成為不亞於任何人的可靠戰力，完成不可能的任務。」

「呃……」

「我不會看錯人的，活到這把年紀，沒有看錯玄望，沒有看錯詩櫻，當然也不會看錯你。即使眾人不讓你去，我偏要把資訊全塞給你，讓你這手好棋回到正確的位置。」

石虎仰起頭，闔上雙眼，露出一副發表演說之後享受聽眾掌聲的驕傲姿態。

我輕拍雙頰，猛力甩頭，重新確定自己的大腦沒有問題，確認眼前所見並非幻覺。

「所以，那個，呃……請問您到底是誰？」

「我？」

石虎哼笑一聲，提起前腳撥了撥細長的鬍鬚。

眨眼間，四周揚起一陣清煙，越來越濃的煙霧中，出現一名身形佝僂矮小、額頭布滿皺紋的老人。他的雙眸閃爍炯炯光芒，銳利的眼神凝視著我，散發令人望而生畏的氣場，精神矍鑠之姿與老邁的面容形成強烈反差。

「我是九降道遵，首鎮清玄宗的宗主，九降大院世族當家，中宮主聖御帝九降詩櫻的祖父。」

他露出整齊潔白的牙列，衝著我燦爛地笑。

「你可以叫我貓爺爺就好了，沈雁翔。」

第三節　獨斷獨行

俯身輕按李輕雲的頸項，傳遞上指尖的只有冰冷的觸感，測不到脈搏。覆蓋在她雪白面容上的泥土已經半乾，儼然是自然的妝容，神似挾帶灰白小點的陶製藝術品，毫無不協調的異樣之感。

自稱貓爺爺、外表為石虎的九降道遵緩步上前，以貓爪撥開李輕雲胸前早已斷裂的旗袍盤扣，漂亮的鎖骨和白皙的胸口袒露在外。我仔細查看上腹部和胸膛的撕裂傷，不小心瞥見她小巧平坦的胸部，只得趕緊移開視線，卻不知道除了檢視外傷之外，還能看哪裡。

貓爺爺沉吟半晌，左前腳踏上她的鎖骨，右前腳則穩穩踩著乳房，或其實是胸口，坦白說，側著臉的我無法看得清楚。

「嗯……嗯嗯嗯……」

「貓爺爺，你發現什麼了嗎？」

「32A？還是32AA？糟糕，沒親手捏一下真的無法判斷。」

貓爺爺轉瞬化作人形，活動十指關節，伸向李輕雲的胸部。

「喂！」

「嗚喵——！」

我一把扯住貓爺爺灰白漢服的後領。他使勁掙扎，揮舞雙臂，我也穩住下盤，不斷加強力道。

「反對暴力！」貓爺爺伸直雙手，卻怎麼也摸不著李輕雲。「來人啊，有人欺負年長者啊，有人虐待動物吶！」

「你根本不是什麼年長者，只是個色老頭！況且，你現在是人形姿態，誰跟你虐待動物！」

我把貓爺爺拉到後方，蹲下身子，簡單打理李輕雲的衣物。

她不可一世的臉蛋，不再展露目中無人的表情，不再綻放青春活潑的氣色，直挺挺地躺在汙泥之中，彷彿靈魂已然出走，空留一副軀殼作紀念。指尖拂過她毫無氣息的冰冷臉頰，無法感受任何生命的躍動，籠罩著死亡的陰影。

或許這才是伍騰佐不得不尋求詩櫻協助的理由：雷霆的總長出事了。而且顯然是在壓制妖狐的行動中意外喪命，的確無法執行原有計畫，必須採取新的應變措施。北區第一大隊的大隊長伍騰佐，管轄範圍很可能包含中央政府所在地，有很高的機率能代理李輕雲的職務，成為代理總長指揮雷霆特勤隊。

他絕不可能放過殺害總長與眾多下屬的罪魁禍首。

以我對李輕雲的瞭解，假使她過去所說的「悲劇」是指自身的死亡，那麼幾個月來的神隱，應該已妥善處理必須安排之事，不留任何瑕疵，只待我們這群凡人乖乖把戲演完罷了。

作為讀過結局的人，這種離場方式到底算不算幸福？或許只能等我歸西，才有機會問她了。內心的悲傷夾雜不斷浮現腦海的過往回憶，思緒翻湧如潮，令人無力又煩躁。

雙手合十，我低下頭，靜默一拜。

「小子，你在幹嘛？」

「就算李輕雲生前多麼難搞，死者為大，一拜二拜總不失禮。」

「你在說什麼啊？」

貓爺爺捻起唇邊翹起的白鬍鬚，驀然化作貓形，以貓爪剗去李輕雲臉上的泥塊，一會兒繞向左側，一會兒繞向右側，最終跳上她的前額，抬起頭來望著我。

「這女孩還有救啦。」

「還有救？沒呼吸、沒體溫，也沒脈搏了欸！」

「看起來是靈屬造成的致命傷，雖說肉身有損，但魂魄的傷勢更嚴重。她的靈魂正在彌留，既無法脫離肉身，又無法回歸玄靈之域，困在混沌奇異點，類似半死不活的狀態。這女孩送到醫院就會被宣告死亡，但她的靈質還沒越過葬頭河，仍屬於生者，費點心思還是拉得回來。」

「她還活著……」我甩甩頭，「不，你的意思是她已經死了，但還能救回來？」

「就算你換個說法重講一遍，我的話也不會改變。聽好，這個藍頭髮的小姑娘對凡俗塵世來說已是死人，但玄靈道對生死的評判取決於靈魂的存否，無關乎生命的跡象。正常人類死亡後，大約需要數十分鐘的時間，靈魂才會自然且安然地離去；若是遭受靈術或靈屬的攻擊，受到沒有外在致命傷的純粹靈魂崩毀，是能以特定手法修補，嘗試在靈魂散失之前把人救回來的。嚴格來說，這女孩的狀況並非死亡，而是『準死亡』的一種，至於旁邊那些肚破腸流、失血過多或身首異地的武裝人員是真正死亡，神明下凡都不見得能救。」

仔細查看，李輕雲身上的確沒有致命外傷，即便是狀似獸爪的抓痕，也只是皮肉傷，並未見骨，亦未大量失血。她的表情相當平靜，蒼白的肌膚和泛黑的眼眶，的確像是陷入重度昏迷的傷者。然而，沒有呼吸，沒有脈搏，即便此刻無法偵測，但腦波大概也消失了，從科學的角度判斷必定已死的狀況，居然還有機會救回性命，實在讓人詫異。

靈魂破碎的概念，說不定與心柔長達兩年以上的昏厥有所關聯。

「怪不得你這色老頭想去摸她的胸部，我一時以為『這個變態居然連屍體都能亂來』，打算拍照、錄影傳給詩櫻，舉發你汙辱屍體的惡行，想不到居然是因為還有得救。看來你不是普通的變態，不至於那麼該死。」

「不是普通的變態，那是什麼？」

「還是變態。」

我將李輕雲抱上河岸，置於較平坦的草叢間，隨後摀住口鼻，從附近搬來幾具雷霆隊員的屍體，堆放在她原來的位置，撿拾可見的藍色髮絲，盡可能營造此地沒有她蹤跡的假象。

倘若被人發現我特地藏匿李輕雲的屍體，那可真是跳進日月潭泡三年都洗不清了。

我抱著李輕雲，離開河床，走了數十公尺，找到一棵順眼的大樹，用求生小刀劈開周圍的矮叢，將她塞進狹小的空地。為了避免遭受動物侵襲，我取出一張白色咒符，默唸咒語打算施展道術。

「這是誰寫的符啊，魔神仔的字都沒那麼醜。」

「我寫的啦……」

符紙上歪七扭八的字樣，連我自己都看不下去。

詩櫻說過，咒符的強度雖與字的美醜無關，但越工整的文字，越能確保高等術式的成功率。以我的標準，能用就好了。我擲出咒符，在李輕雲身邊施展一道護身敕符咒。

護身敕符咒是以我的靈力總量為準，勉強提供至少三個小時的穩定防護，阻擋比我弱小的生靈和靈屬。當然，一切的前提是我在接下來的戰鬥中，成功生存下來。

我在鏡片螢幕中的地圖標示此處位置，重新設定目的地，讓導航系統更新最佳的通行路線。搶回心柔之後，必須回來取走這具「屍體」。

此刻的我，無瑕顧及倘若心柔無力行走，應該如何搬運兩名少女的可怕問題。

貓爺爺盯著正在運行的護身敕符咒，嘴裡喃喃自語。

「小子，你真有趣。」

「這又是什麼意思？」

「你明知道我是什麼人，也知道我可能有超越多數人的龐大靈力，卻不打算向我求助。」貓爺爺咯咯笑了，「我提供了這麼多資訊，還以為大概提升不少好感度和信任度，你卻一次也沒拜託過我，身為爺爺還是覺得有點傷心吶。」

「信任度是有，好感度還需要努力。」

「真冷淡啊，明明面對詩櫻的時候總是手足無措。」

「……誰手足無措了，是她手足無措！」

為了避免話題轉到令人難以應對的方向，我得趕緊補充。

「不請你幫忙的理由，與信任度完全沒有關係。你是九降世族的當家，也是清玄宗的宗主，更是詩櫻的爺爺，綜合能力必定不亞於她；正因如此，你的靈能絕對屬於太過強大、太過濃厚、太過危險的層級，在必須隱藏之時，反而容易被人辨識出來，成為顯著的缺點。」

「小子，感覺你誤解不少事情吶。你覺得我這宗主和詩櫻那小妮子的鎮守職位，孰高孰低？」

事實上，我不知道宗主和鎮守到底哪個比較崇高。先前聽說詩櫻也會被宗主責備，但不確定究竟是基於「職位」還是「輩分」；倘若中宮主聖御帝和首鎮清玄宗鎮守具有地位層級的同一性，詩櫻的鎮守一職，可能才是實質意義的最高領袖。

我坦白說出心中想法，貓爺爺動動貓耳，捲起尾巴，不住點頭。

「你的理解並沒有錯，詩櫻的鎮守職位才是清玄宗實質意義的最高負責人，宗主算是……內務總理吧！掌管人員修練、器物管理與藥材統整，原則上不會介入外部事宜。」

「但這不代表你的靈能很弱，也不代表不易被人發現。」

「確實如此，你的發想挺不錯的。依循這套思維，你有沒有想過為何詩櫻的靈能如此強大，卻一次也沒留下能被感知的蹤跡？比方說現在，你需要我提供的位置資訊才能追尋至此，單憑靈能感知無法找到她，不是嗎？」

有道理。我想了想，不禁皺起眉頭。

「難不成你們擁有某種隱藏靈流的手段？」

「當然囉。」貓爺爺咧嘴一笑，「但我醜話先說，就算設法隱藏靈流，也絕不可能瞞過詩櫻。她是有史以來最強大的靈巫，更是歷代最優秀的聖御帝，我想不只這個世界，她在『每一個世界』恐怕都是最強的靈術師。」

「即使你有能力瞞得了她，也不見得會幫我吧。」

「真不愧是你，連這點都看得如此透徹。我啊，只是在下棋而已，你有聽過棋子反過來跟棋手說『喂喂喂，你不要下三三，給我去下星位』嗎？我的責任是將棋子擺到最佳位置，綜觀棋局，靜待變化，見招拆招。所謂的棋局，只要找出當下每一個手筋，將每一手落在最好的位置上，必然能夠獲勝。身為棋手，最重要的是千萬不能讓情緒影響局勢，不要急躁，不要緊張，也不要衝動，平常心面對每一次挑戰，不小心走出壞棋也無妨，重點在於得勝，而非完美無暇。」

聽著聽著，視線不禁移往掩在樹叢中的藍髮傢伙。

貓爺爺的言論和她長期奉行的旁觀者原則非常相近，不同的是，貓爺爺會無視棋手的意願，主動將棋子扔上棋盤，再把主導權還給棋手；李輕雲則會輕拍棋手的肩，對他們說「這邊比較不利，你要不要試試另一邊」，然後由棋手們自行判斷，自行長考。

二者相同之處，在於誰也不會真的干涉，都是推了一把隨即放手觀察。這種在旁看戲的心態，說得難聽一點，就是不負責任。

李輕雲曾說，總有一天我會明白這種苦痛，但我認為那是不可能的。

面對一場悲劇，只要有能力干涉，我一定會選擇出手；此刻的我，已不再是以前那個任由天搖地動，一概冷眼旁觀的我。

面具的系統已計算出新的最佳路線，我拿小刀劈砍幾根樹枝，蓋在李輕雲身上，補強原有的掩護，便跨越雜枝落葉，繼續前進。

撞見雷霆的慘況以來，通訊器始終沒有聲音。下意識想詢問阿光東麓山的狀況，才想起訊號遭到屏蔽的事。

阿光與我設計的面具，是為了克服智慧型手環「腕環機」通話時可能遭遇的訊號穩定性問題，和衍生的內容隱蔽性問題；兩者的共同解決方法是「獨立訊號」，不僅違反中央政策擅自讀取百姓無法使用的管制基地台，更從每個基地台分割出一定的自由頻寬，以不占線路的方式維持短暫的專屬訊號。

這項機制所擷取的基地台，包含軍、警、消的緊急接收管道，配合中央政府在機場捷運劫持事件後大幅擴充緊急頻寬的政策，面具的通訊頻寬可謂取之不盡，用之不竭。侵奪基地台訊號絕對不合法，但虎騎士本身就不是合乎法治的存在，舉重以明輕，沒什麼好在意的。

使用這項專屬訊號之後，還是頭一次遇到全無訊號的狀況。能夠視法律為無物、完全屏蔽一切訊號的器械，恐怕是三大超常事例應變機構的傑作。

只能靠自己了。

所幸只是訊號屏蔽，而非電磁脈衝，否則連面具的主系統都將全數失效。

朝東麓山的方向行進，背後的死屍惡臭逐漸消失，嗅覺慢慢恢復正常，盤旋腦海的作嘔景象仍讓肚腹不住翻騰，難受不已。

這是一座未經開發的野山，保留原始而完整的自然環境，沒有人類踏足的痕跡，野生動物也很怕人，容易受到驚擾。穿越幾個矮坡，鼻腔不再聞到屍臭味時，依稀能夠聽見前方、亦即東南東方向傳來不屬於自然山野的特殊噪音。

啵啵啵的聲音入耳，我花了幾秒才分辨出是來自遠處的槍響。

既然有槍聲，可能意味著詩櫻和書樗沒在第一時間進入戰場。那些槍聲不像正常的爆破子彈，比較接近先前看過的橡膠彈或壓制彈等非致命武器，或許現在還是「嚇阻」階段，而非「壓制」甚或「殲滅」。

等到雷霆搬出能量彈，就為時已晚了。

東麓山儼然成為獵捕靈屬妖物的戰場。

「十五個人啊。」貓爺爺撥了撥細鬚。

「只有這麼少人？」

「不，我指的是現場共有十五名靈術師。」

他抽著鼻子，停下腳步，抓住我的褲管，飛快攀上我的肩。

「詩櫻和書樗都在，玄女宮的小姐和慶燐宮的人也來了。切記，你不是去交戰的，盡可能別把大局弄壞吶——就我所知，這是臭小子你最擅長的事。再者，妖狐的實力不弱，目前只有那傢伙在場，沒發現其他非人類的靈能反應，行動時著重於捕獲和解鈴，不必強攻，也不必冒險。」

貓爺爺瞇起的雙眼何以能夠看見如此繁複的細節，此刻實在無暇探究。儘管他口口聲聲說詩櫻是最強的靈巫，但自己必也擁有近乎可怕的強悍靈能，更有數十年的實戰經驗，才得以立即掌握局勢，給予精準的建言。

但他的建言，存在許多難以理解的名詞。

「我有問題。」

「你幹嘛舉手啊？」

「總覺得提問應該先舉手。」

「我又不是老師，要問什麼就快問，別做出多餘的舉動。」

「玄女宮和慶燐宮來了什麼人我實在懶得過問，但『解鈴』是什麼東西？」

「你有沒有聽過『解鈴還需繫鈴人』？」見我點頭，他也頷首，「解鈴指的是以外力強行解除宿主與寄宿者間的內在連結，由於寄宿的一方通常是靈屬，這套作法也就漸漸被人當成解除聯繫關係的意思。術式名稱的『鈴』，本該寫成靈異的靈，但因為比劃較多，字義也容易讓人誤解為解消靈能，就統一改為鈴鐺的鈴。」

「既然有解鈴之術，為什麼會出現必須移轉靈力，換取和解機會的狀況？」

「你是指跟我們家詩櫻啾啾啾的那個儀式吧？」貓爺爺用可愛的石虎臉，擠出不可愛的笑容。「話說回來，同枕共眠的那天夜晚，兩位好像挺開心的嘛。」

「囉唆。」想不到這個色老頭居然懂DQ哏。

「設法與靈屬和解並非解鈴，那是寄宿者過於強大，雙方級別相差甚鉅時，才會採行的下下之策。面對妖狐這種程度的靈屬，無須退而求其次，直接快、狠、準地解決就好。真正意義的和解，在我們的術語中稱為『冰釋』，客觀上是利用短暫的力量均勢，迫使強大的一方放下成見，共同維護和諧的聯繫關係，達成相生共存的特殊狀態。」

「雖說沒這個必要，但你認為詩櫻她們會不會嘗試和解？」

「這還得看對方的聯繫關係有無試行和解的空間。舉例來說，假設聯繫關係處於岌岌可危的狀態，一方太弱且他方太強，或許還能提升弱方促成和解的機會；但以這隻妖狐的情況來看，她似乎正在設法保護宿主，不只幫忙恢復意識，甚至協助維繫靈質，這種友善的相生關係根本沒有和解的空間。以你為例，成功破除虎將軍的幻象、驅使白虎神靈現形之前，就存在著和解空間；相反的，另一個蜘蛛妹妹和寄宿者處得太好，根本沒有這招可用。——這些你應該比誰都明白啊，喂喂，別跟我說你全忘記了。」

想不到貓爺爺對之前發生的事瞭若指掌。看來，就算身為中宮主聖御帝，詩櫻依然得向九降家的宗主回報所有靈屬威脅的事件。

「解鈴之術會有風險嗎？」

「小子，你覺得手術有沒有風險？」貓爺爺噗嗤一聲，爽朗地笑了。「就連利用內部靈能調節的和解都有風險了，倚賴外力與靈術的解鈴，風險當然不小。正確來說，解鈴指的並非特定術式，而是『切斷聯繫』的行為，就好像『手術』又可細分為切除闌尾手術、心臟移植手術和腦神經修復手術等，困難程度天差地遠，每次需要的專業技巧也截然不同。」

「解鈴之人的手法、時長、風險和成功率也都不同，對吧？」

「你這小子挺聰明的嘛，下你這著棋果然是對的。你可知道，光是人類與靈屬間的聯繫關係，得在御儀宮上多少堂課嗎？哼，那些凡夫修道者，老是埋怨我講得太多又太雜，怎不反省自己老把腦子塞進奶子，連這麼簡單的基礎也不懂。」

其實我能明白其中的苦楚，玄靈道的聯繫關係體系，的確不好理解。

靈屬與人類的聯繫關係，堪比嚴密謹慎的商業契約，特別重視雙方的強弱平衡；聯繫之間的內部關係又近似於神經系統，細緻、綿密且難以區辨，光是思忖該如何應變已非易事，遑論考量寄宿雙方的關係與情緒，視綜合情況進行取捨。

突然明白為什麼詩櫻希望我不要介入了。

「雷霆現在還沒使用致命性武器，是否可以認為詩櫻目前不打算採取強硬的解鈴手段？」

「笨啊你！」貓爺爺抓起我頭頂的一撮頭髮，「雷霆又不歸清玄宗管，照他們一貫的作風，你覺得會是先軟後硬，還是跟你這種滿腦子邪淫的小鬼一樣先硬後軟？」

「誰跟你滿腦子邪淫──好痛！」

這老頭居然拔了我一撮頭髮！

「只要是公家機關，一定都是先軟後硬。好比說，警察開槍前得先開一發空包彈，情侶上床前必須先好好洗澡，都是既定的程序，不容改變。」

總覺得第二個類比有點奇怪。

貓爺爺用貓掌輕拍我的頭，催促前進。山坡越來越緩，顯然已相當接近平穩的臺地，甚或平坦的山頂，同時也代表我們非常接近情勢混亂的交戰區。

六百公尺外的山林突然閃出幾道火光。

「慢點。」貓爺爺抓住我的耳朵，「你看那邊。」

前方的樹叢外，發出閃光的林木後方有塊寬廣的草地，十二名身穿黑色長袍的道師分作三列，手中各拿兩張咒符，定睛凝視著交戰區域。

放眼掃視，並未看見詩櫻和書檮的身影。

「看來我的小孫女們不打算放妖狐走啊……」

「你怎麼判斷的？」

「猜猜看，那十二個傢伙手裡拿的是什麼？都是金光咒符吶！非但如此，從道袍上的刺繡判斷，她們全都是通過靈流修練的正規靈術師。」

貓爺爺拍拍我的右臉，示意我朝右方走。他毛茸茸的下巴靠上我的肩膀，嘆了一口氣。

「金光咒是最強的道術之一，也是搭配靈力之後相當可靠的靈術。二十四道金光咒——不對，是十二道金光『靈』咒，真的是下了重手。詩櫻大概是將這群靈術師暗伏於此，作為後衛的防線與圍堵的陷阱。畢竟妖狐生性狡猾，面對超越自己實力的聖御帝和戍衛靈巫，不可能強攻，遲早會逃向山腳。」

「然後就會被這十二道批金光靈咒打中。」

「希望那隻狐狸是個抖M，這二十四發打下去真——的會很爽。」貓爺爺咧嘴嘻笑，細鬚不住抖動。「重點在於吃下這一波攻勢之後，還能不能活下來了。」

我不禁皺起眉頭，對於心柔可能遭遇的危險感到焦急。

「放心吧，詩櫻絕不可能在沒有脫離聯繫的狀態下，使用足以致命的手段。」貓爺爺停頓數秒，笑了笑。「你想問什麼是『脫離聯繫』，對吧？」

用力點頭。

「真懷疑你平常在御儀宮有沒有好好聽講，這都還是靈術學科的基礎範圍而已……啊！你這小子鐵定也是腦子塞進奶子的傢伙！罷了，簡單來說，脫離聯繫就像你將體內的白虎釋放在外，以完整的靈質形體現身，並非靈裝，亦非其他驅使方式的半吊子狀態。最明顯的判斷方法，就是靈體消散的程度；確實脫離聯繫的完整靈質，幾乎與實際物體無異，不會產生透光或薄霧的狀態。一般而言，任何類型的聯繫關係都能正常脫離，只是方式略有不同。一強一弱的場合，強的一方為了保全弱方性命，選擇脫離聯繫是很常見的例子；相生關係就更不用提了，甚至可能產生靈質混同的作戰形態。詩櫻採取的策略，八成是用強制剝離之類的靈術，迫使妖狐脫離宿主，再將其逼往金光靈咒的暗伏陷阱，一舉拿下。」

「這樣能保住心柔的性命嗎？」

「你說呢？」

「……我就是不知道才問啊。」

「笨啊，我剛才不就說了，任何形態的解鈴方式就和手術一樣，能否成功，能否保命，很大程度仰賴施術者的技術以及受術者的狀態。但所謂的手術，也有很大的運氣成分存在，即便是天才神醫碰上神護之軀，亦有產生不明併發症，進而導致死亡的可能。」

「慢著，照你這麼說，不管詩櫻打算做什麼，都必然承擔一定的未知風險，也必須仰賴難以控制的運氣成分？」

「你終於聽懂了。」

「那這場戰鬥無論如何都會害到心柔啊！」

「不然你以為我下你這著棋做什麼？」貓爺爺敲了敲我的左後肩，要我偏左側走。「放心吧，詩櫻這小妮子雖然天資聰穎，偏偏個性優柔寡斷，常會落入選擇困難，無法果斷做出決定。她是御儀宮的實質掌權者，也是九降世家的下任當家，更是清玄宗的下屆宗主，一個小小的女孩擁有多重身分，且肩負繁重的職務，實在不可能充分考量一切因素，做出最俐落的判斷。——換作是你，面對今天這種局面，會怎麼做？」

「我會先拿下心柔和妖狐，再慢慢尋找最合適的解決方案。」

「但雷霆已經為此死了一大批人，甚至險些失去重要的總長。」

「儘管如此，我仍會優先保全心柔的生命。」

「為什麼？」

「因為她是我的妹妹啊！」

「這就對了。」貓爺爺露齒一笑，「人類之所以能堅定立場，通常不是基於什麼大愛和了不起的真理，多半是依循個人情感，摒除客觀，擁抱主觀，讓個人好惡凌駕於一切事物之上。管他死了多少人，管他還有多少人命受威脅，管他什麼玄靈道法的秩序平衡，自己在乎的人事物一概優先，沒有例外。」

「這不代表我是錯的。」

「我沒說你是錯的吶。憑良心講，你這種有點自私的做法，才是我亟欲引入的概念。在九降家、清玄宗、玄靈道，甚至整個三千世界裡，穩定的秩序與和諧的平衡被人吹捧得太過重要，好像客觀面的正確遠比主觀面的情緒來得更為高尚。這可是天大的笑話啊！倘若摒除一切情感，放棄個人主觀，一切思維不就淪為邏輯，那人類還需要靈魂做什麼？」

貓爺爺的話，讓我不禁想起四月那時，聽見李輕雲發表那番棄我保櫻的言論時，詩櫻強烈的抗拒態度。在她心中，人類的靈魂是等價的，世俗地位、客觀評價和外在資源，不會增減靈魂的質量；那是貨真價實的平等，儘管一個人受盡環境折磨，或受人欺凌鄙視，也不代表他較為低下，更不代表他的生命毫無意義。

然而，此刻她棄心柔保大局的做法，已違背當時的信念。

「小子，你聽好，」貓爺爺搓搓我的頭，「身為玄靈道最具威望的靈巫，詩櫻是不可能錯的，她所做的決定可說完全正確，是身為中宮主聖御帝和清玄宗鎮守最完美的選擇。只不過，數個月來連番發生難以想像的秩序失衡，擔任決策總指揮的小妮子疲於奔命，恐怕漸漸懷疑起心中抱持的信念了。小子，你可知道詩櫻不願保留妖狐性命的原因？」

「免除後患？」

「怎麼可能只有這樣。」貓爺爺停頓半晌，撥撥細鬚，嘆了一口氣。「如果是單純妖物的暴走，處理起來還算簡單，最怕是人為的秩序失衡，有幕後黑手躲在妖物後方。他們就像悖德的操偶師，處心積慮，機關算盡，只為動搖祥和安寧的平凡世界。」

「真有這樣的人？」

貓爺爺瞇起雙眼，「我們很快就會知道了。」

不知不覺間，我們已經抵達交戰區的外圍區域。

雷霆持續了五分鐘以上的射擊與圍堵，終究沒能抓住行動快速的少女。

少女？我不敢置信地瞪大雙眼，緊盯前方穿梭於雷霆部隊列陣的女孩。她纖細靈活的手腳和清秀稚嫩的臉龐，布滿銀白的紋路與漆黑的圖騰，一頭及肩的中長髮隨著靈巧的行動飛舞。

錯不了，那是心柔，是我在病床上沉睡兩年的妹妹。

小巧的瓜子臉面無表情，眼神空洞，彷若行屍走肉。

她身上的淺黃色吊帶裙沾有幾抹血漬，從略顯暗褐的色調判斷，應已留置數日之久，並非此刻戰鬥的血跡。吊帶裙下的純白棉衣像極了病人服，破損的袖口有著貌似野獸啃咬的痕跡。

她臂膀與小腿上的銀白紋路，應是妖狐靈裝的外在顯現。狐狸閃電般的速度，我在機場捷運事件親身體驗過了。倘若心柔已經駕馭靈裝，就算雷霆派出五個中隊也不可能將之擊倒；別說擊倒，光要跟上對方都很困難。

讓人在意的是交雜於銀白紋路之間的黑色圖騰。圖騰的樣式沒什麼規律，有的形似羽翼，有的狀似獸爪。

貓爺爺喃喃道：「局面比我想得還更糟糕吶。那個沒胸部的小妹——」

「那是我的妹妹。」

「你那個沒胸部的妹妹——」

「喂！」

「咳哼！總而言之，那個小姑娘不只施展出難纏的靈裝，還被下了嚴密的詛咒吶。」正想追問，貓爺爺舉起前腳阻止了我。「詛咒的形式有很多，大致可分為外因性和內因性兩類。你最熟悉的黑蛇咒就是外因性詛咒，不只可以束縛人身，更伴隨著慢性生命威脅，是很難根除的強力詛咒。你妹妹身上的則是內因性詛咒，本質上沒什麼威脅，但內藏的制約效果有點棘手。」

「怎樣的制約？」

「不知道。」他搖搖頭，「就像保密協定一樣，立下這道詛咒的人究竟附加什麼內在約束力，身處局外的我們不可能知曉。」

「心柔明白自己身上有詛咒嗎？」

「不知道。」

「……」

「你不要這個臉嘛，很多事情，老師也不見得比學生懂嘛。」

先前見過的黑蛇咒除了肉體拘束，特定情況下還具備「主僕操縱性」，被詛咒者的肉身遭到占據後，詛咒會淘空靈魂原來的位置，侵奪殘存的意志，將活人化作蛇咒的泥偶。

就算心柔身上的詛咒沒有這種效果，也至少存在著必須由施咒者或靈術師破除的潛藏作用；雖然沒有證據，但我認為正是這個潛藏作用，迫使妖狐在此與雷霆交戰。

倘若如此，詩櫻的計畫就不是首選了。

「若我成功從詩櫻手中搶回心柔……」我瞇起雙眼，壓低聲音。「你有辦法處理那道詛咒，在不嘗試解鈴的前提下讓她恢復心神嗎？」

「就算可以，你覺得我會幫忙嗎？」

好問題。如果出手協助，貓爺爺即為抵觸詩櫻的背道者，就算他是御儀宮清玄宗的宗主，也不能擅自違抗實質領導者——清玄宗鎮守九降詩櫻的指令。貓爺爺目前的所作所為還能推到我身上，一旦出手，便成為真正意義的共犯，就算有九條命也脫不了身。

然而，什麼也不做，放任妖狐迎面吃下二十四記金光靈咒，絕非上策。

我匍匐前進，壓低身子緩慢接近戰區，從草葉間的狹縫，隱約看見分別穿著桃紅、雪白和丁香紫道袍的三名少女，她們散發出來的龐大靈能，遠遠超過埋伏在外圍的十二名黑袍靈術師。位於兩旁的雪白靈巫和丁香紫靈巫，正將能量稍弱的靈流送往前方；正中央的桃紅靈巫，醞釀著不可思議的強烈靈流，莫可名狀的壓迫感讓我背脊發麻，冷汗直流。

「貓爺爺，你先前說過，詩櫻不會在沒有切斷聯繫的狀況下進行強攻。」

「理論上是。」

「我可以將她們正在準備的靈術陣式，看作剝離寄宿的手段嗎？」

「勉強可以吧。」貓爺爺咧嘴一笑，「不過嘛，『強制剝離寄宿』的切斷聯繫方法，本身就是一種強攻吶。」

這可不是好消息。

「話說回來……」貓爺爺撥撥細鬚，壓低聲音。「詩櫻專注於集中靈力，到底打算施展什麼靈術？不不不，如果是這樣……嗯，不對……」

「到底怎麼了？」

貓爺爺的前腳一陣搔抓，心情略顯不安。

「那小妮子太急了。」

原先穿梭在雷霆列陣之間的心柔，頭頂毛髮宛如帶著靜電般猛然豎起，似乎感應到樹林深處的莫大靈能，高聲驚呼，使勁踢開面前的武裝隊員，蹬足逃跑。說時遲，那時快，面容年輕的隊員在摔倒時誤觸某種裝置，手裡的金屬器具驀地迸出一道刺眼的藍色能量。

迅如閃電的能量眨眼即逝。我曾在機場捷運劫持事件看過，那是雷霆特勤隊用來壓制超常異種的高科技能量兵器，安靜無聲，無後座力，卻足以致命。

心柔嘗試閃避，能量彈仍擦過她的左臂，細小的血絲飛散而出。她瞥了一眼，仰首長嘯，右臂一揮，輕易扯破那名年輕隊員的胸甲，以銳利的左掌刺穿他袒露在外的胸口，頓時鮮血如柱，噴濺而出的液體伴隨醒目的臟器和肉塊。

震驚的雷霆部隊重振隊伍，齊聲扣下槍身的特殊扳手，喀的一聲，伴隨而來的槍響挾帶火藥的致命之音。剎那間，我感受到來自四面八方，直向中心集聚的異常靈流。

「伍大隊長！」詩櫻宏亮而威嚴的聲音響起，「請摀住耳朵，閉上雙眼！」

想必如此短暫的時間，根本來不及遮目掩耳。

才聽見詩櫻的警語，隨即傳來的是近似金屬摩擦的高頻率噪音，尖銳的刺耳聲直攻耳膜，緊接著眼前閃出穿透山野的炫目彩光，亮麗的五種色光瞬間迸射，又瞬間相合，化作難以直視的白金光輝。

貓爺爺使勁踩踏我的頭，把我整張臉壓進泥土中。

「……的，別……先……」

他說了些什麼，我卻無法聽清楚。

耳朵好似浸泡在水中，呈現失重的臃腫感，彷彿遭到抽離，任何聲響都被阻卻在外，無法成功傳遞。視野所見的一切，只剩無邊無際的純白，浩瀚的透明堪比無色之水，比虛無還虛無，比空洞更空洞。儘管隱約能感知形影的位移，大腦神經元卻無法判斷任何光源的行進模式，奇異的白幕籠罩偌大的空間，萬籟俱寂，世界彷彿失去了時間和方位。

「別在……」

頭上傳來陣陣抽痛，卻找不出正確的痛處，感覺自己的肉身已與靈魂脫離。

「……子，快給我動起來！」

軟軟的貓掌連續打在我的臉上。

我逐漸拾回意識，腦袋非常沉重，眼前的白幕慢慢化為白霧，視線逐漸恢復，聽力正在重建，大腦和心神卻依舊震撼不已。

一陣微風輕拂雙頰，才發現臉上的面具已在突如其來的攻擊中震得無影無蹤。

「小子，快給我起來，難道你想讓那隻妖狐被殺嗎！」

一句聲如洪鐘的叫喊敲醒了我，連忙拾回遊蕩四方的神智，重新組合，緊閉雙眼，強迫抓回身體的主控權。

再次睜眼時，我忍不住倒抽一口氣。

蹲身抱頭的心柔被雙尾妖狐緊緊包住，狐狸的身軀布滿駭人的傷痕，鮮紅血液汩汩流出，讓她看起來像隻普通的狐狸。

妖狐唧起心柔嬌小的身軀，一躍而上，跳向空曠處。十二名埋伏許久的靈術師，同聲誦出咒語，整齊畫一地擲出咒符。金光咒的符紙發出靈流的瞬間，我奮力撐起身子，咬緊牙關，重心移往左腳。溫暖的靈流瀰漫周身，確認靈裝完成的剎那，飛快甩出右腳。

月牙型的破空之刃，瞬間切碎二十四道正要施展的金光靈咒。

用力躍起的妖狐被突如其來的風刃震懾住，身軀傾斜，失速墜落。其中兩名靈術師抽出新的咒符，準備再次施術，妖狐微覷雙目，在半空中旋轉身子，俯身向下，前爪揮砍三次，抓得她們鮮血橫飛。

咚的一聲，金黃色的柱型鈍擊，震退沾染鮮血的妖狐。心柔脫離妖狐之口，在草坡上翻了三圈，橫躺在地。

強大的靈流正一波波向樹林凝聚。

叮鈴——叮鈴——

清脆悅耳的鈴鐺之音，伴隨沉穩優雅的腳步聲，在林木之間悠然揚起。

御儀宮的第一把交椅，玄靈道最強的靈巫，中宮主兩儀聖御帝。

身穿桃紅道袍，豎起朱紅長棍的九降詩櫻，神情肅穆，凜然現身。

第四節　兩儀聖御帝

裂尾狐狸精和心柔已被團團包圍。

妖狐豎起一身美麗的銀白細毛，狼狽地散發困獸之鬥的危險氣息，目露凶光，朝向四周呲牙恐嚇，發出狂野的低吼。伍騰佐大隊長提前安排的兩支區隊，早已在半徑一百公尺的範圍內，拉出密不透風的維安封鎖線，武裝陣列後方，更有三支後援區隊隱藏於樹林外。

這次絕不能讓她逃了。

「九降大小姐，」伍大隊長無視額上的汗水，嚴肅地板著臉孔。「區域圍堵已完成，請問我能否直接下達殲滅命令？」

「不行。」

「請告訴我理由。」

伍大隊長眉頭深鎖，嘴角下垂，顯然對我秒速給予的答覆極為不滿。

如此露骨的反應並不讓人意外。對他來說，心柔與狐狸精或許是造成中隊失蹤、導致李同學下落不明的元凶。他的仇恨當然需要列入考量，但此刻更重要的並非妖狐，而是牽制這隻妖狐的不明力量——隱藏於帷幕之後，擅斷萬靈生死，操弄靈魂天平的未知操偶師。

「如您所見，妖狐正與她的宿主——名為沈心柔的少女處於聯繫狀態，目前無法確定二者的緊密程度為何，最壞的情況下，可能必須面對實力倍增的妖狐靈裝。」

「靈裝完成的可能性有多少？」

我瞇著眼，仔細觀察心柔隱約散發的靈力波動。

過去在輔仁大學附設醫院病房的她，只是個陷入昏迷的普通少女，體內既無靈力，更無妖狐寄宿。兩年前，黑虎將軍吞噬了銀白妖狐，間接導致心柔的靈魂支離破碎，徒留肉身，始終未能甦醒；機場捷運劫持事件時，雁翔主動釋放虎將軍口中的狐狸精，施展結合兩名靈屬的雙重靈裝，成功打倒琴織與強大的雙頭黑蛇。

之後，妖狐重獲自由，消失得無影無蹤。

雖然妖狐不再受虎將軍制約，心柔卻沒有立刻恢復意識，身陷永無止盡的沉眠。

雁翔不曾放棄追捕妖狐，他相信，妹妹能否復甦的關鍵就在狐狸精身上，也相信妖狐終有一天，會再次現身。我不這麼認為，卻也不願否定雁翔的想法。按照往例，成功脫離聯繫，恢復自由之身的靈屬，沒有回頭重建關係的必要，何況宿主已經受到嚴重的精神損傷，並不適宜靈屬寄宿，根本沒有捨本逐末的意義。

直到心柔從病房消失的那天，我才明白，妖狐從未放棄這個女孩。

個中原因令人費解，但我在意的並非行為的理由，而是行動的方式；靈屬妖怪反於常理的舉動和太過高調的行止，才是真正的疑點。

依照護士小姐的說詞，帶走心柔的不是狐狸精，而是「擁有一頭銀白長髮的女性」。除非具有仙性，否則任何靈屬嘗試化作人形時，不只必須消耗大量靈力，還得背負痛苦的副作用，更須符合特定的靈術層級，而且不是每次施展都能成功。

甘願付出如此龐大的代價，只為潛入病院，帶走肉身靈魂皆已受損的宿主，是極度「不尋常」的狀況。更反常的是，狐狸精冒險拯救心柔之後，非但不低調行事，反而頻頻攻擊人類，甚至導致一整個雷霆特勤隊中隊失聯，這絕不是靈屬妖怪正常的思維與行為模式。

更讓人詫異的是，此刻的心柔，體內居然流淌著足以散逸於外的濃烈靈能。

「伍大隊長，您知道我是不談機率的。」

「是的，我明白。是我太急躁了。」伍先生重重嘆一口氣，「對不起，九降大小姐，整件事搞得我很緊張，才會一直出言不遜。」

「我明白您的苦衷。」

「其實也沒什麼苦衷，或許是我們太仰賴總長的預視能力了，漸漸喪失實戰判斷該有的直覺。」

他笑了笑，抬起手，似乎打算像對待朋友那般拍我的肩，卻懸在半空，猶豫半晌。我輕輕托住他因長年作戰而粗糙不已的大手，放上自己的肩，輕揚嘴角。

伍大隊長嚥下唾沫，搔搔鼻尖，點頭致意後才抽回手臂，走回雷霆的陣列。

「老姊，隨便勾引大叔是很不好的行為哦。」二妹的聲音從後方傳來。

「唔咦，我、我沒有啊……」

「要是被沈雁翔知道了，說不定好感度會瞬間歸零。」

「唔咦——那可不行！」

「著急了，著急了，真有趣。」二妹嘻嘻竊笑，雙手抱於身後，輕輕撞我右肩。

二妹和我一樣，是受封稱號的上級靈巫，身上那套以雪白漢服為基底的特製道袍，是她的專屬服裝，腰間束帶刺繡的陰陽兩儀和黃龍圖騰，是御儀宮清玄宗的正統圖徽。

與慣用長棍的我不同，二妹的強項是連綿密集的冰靈術；然而，她也不曾疏忽武術修練，正因如此，才能赤手空拳地名列於六十四戍衛的第七位。

「姊姊不讓他跟，我還蠻意外的。」二妹露齒而笑，「莫非是不願意被他看見妳身為最強靈巫的殘忍面貌嗎？」

「不是這樣的。」

「近親關係確實有點……該怎麼說，難以保持理性嗎？沈雁翔一向仰賴情感辦事，作為靈術師的潛質也不錯，唯獨修行遠遠不足，與體內白虎的聯繫關係也很脆弱，但好歹也——」

「二妹，妳不能只看見眼前的敵人。」

我輕撫右鬢的鈴鐺，凝望惴惴不安的狐狸精。

「心柔與妖狐是顯而易見的威脅，打倒她們並不難，但妳也察覺到那股異樣氛圍了吧？過去可曾有過現在這麼頻繁、危險、混沌的秩序失衡？眼前的狀況絕非個案，上回的朱雀失控事件中，惡意偽造的白虎宮印就是人為肇事的鐵證。某個人，基於某種原因，憑藉某種手段，積極地使靈屬妖物喪失理智，逾越界線，頻繁侵襲凡俗人世，產生嚴重的秩序失衡。」

「妳認為這隻狐狸也是其中之一？」

「她是近期少見的強悍妖物，也是少數留有明顯詛咒的靈屬，算是難得能親眼查證幕後禍首的機會。若有必要，就算使用武力，也要逼出隱藏的制約術式。」

「既然如此，樹林外埋伏的金光咒陣是怎麼一回事？」

「第二保險。」

「用來追擊逃跑的狐狸精？」

「對。」

「用二十四道金光咒追擊？」

「是的。」

「妳應該知道這種策略很可能直接消滅對方吧？」

「……」

「姊。」二妹斂起笑容，皺緊眉頭，湊上前來。「妳不是單憑『矯正秩序失衡』這個粗淺的理由，才決定下此重手的吧？」

二妹身為第七戍衛的實力果然不假，立刻看透我偏離常規的布局與策略，察覺其中的異狀。

但我無法說出實話。不是不願，而是不能。

「也罷，我就當作是妳太過冷血，連心上人的妹妹都不放過。」

「唔咦……」

「聖御帝大人有心上人了？」

來自左側的提問嚇了我一跳。身穿丁香紫道袍的靈巫不知不覺已在身邊。

她是玄女宮觀幽道鎮守之女，六十四戍位列第十二的紀元臻，代表玄女宮參與這趟靈靖任務。她的腰間配戴一把收於鞘內的寶劍，劍格處刻有醒目的覯幽鎮饕餮圖騰，不只是地位的象徵，更是實力的表徵。

元臻與我相識許久，此番前來，彰顯出覯幽鎮對於此行的高度關心，與外頭十二位來自慶燐宮的靈術師一樣，都是追捕妖狐的任務協力者。

「是啊，我們家鎮守終於墜入情網了。」二妹搭住元臻的肩，露齒一笑，朝我挑眉。「很難想像吧，那個正經八百的九降詩櫻，不只懂得耍弄長棍，還懂得怎麼釣夫婿了。」

元臻的視線在我和二妹身上來回流轉，最後停在我的臉上。她輕柔地點一回頭，將右掌置於左胸，作出玄女宮專屬的致敬之姿。

「恭喜您，聖帝大人。」

「才、才不是二妹說的這樣！我們還沒有正式確定……」

「日期選好了嗎？」

「元臻，我無法從表情判斷妳到底是不是真的相信……」

她眨了眨眼，把頭歪向一側。

元臻是個表情變化很少的女孩，不知道是天生如此，還是受過特殊訓練，從我認識她到現在，幾乎不曾在她臉上見過明顯的五官反應。無論是自由對練、諸鎮競儀或靈靖任務，她的面部表情從未透露任何情緒，是個無法以心理戰投機取勝的對象。

不確定玄女宮遣她來此，為的究竟是協力，還是探查。表面上，追捕妖狐的靈靖任務決行時，是爺爺主動向北部各宗派提出協力請求，但這只是形式意義的流程，不代表御儀宮的清玄宗真的需要幫助，前來加盟的靈術師也不見得全心全意地出於善意。

有人的地方就有派別，有派別就會明爭暗鬥，互相算計。日漸蓬勃的玄靈道，各宗、各派、各鎮之間的角力，早已透過各項儀式和競賽，將暗地裡的大小爭執搬上檯面。

就算只是捕獲妖物的任務，也常因為各方目的不同，陷入勾心鬥角的較勁，甚至意氣之爭。

「姊，我有個問題。」

「唔咦？」我眨眨眼，點了點頭。

「這趟靈靖任務的目標，只有這隻狐狸吧？」

「是的。」

「既然如此，」二妹挑著眉頭，伸出食指比著自己的胸口。「對付一隻普通的裂尾妖狐，已有一名戍衛在場，而且是排名第七的我，為何還需要姊姊出馬？」她用力搭住元臻的肩，「更有甚者，玄女宮居然加派了戍衛靈巫，明明只是單一目標的簡單任務，我們的陣容卻豪華得像要圍捕一隻饕餮。」

元臻面不改色，「我只是協力者而已。」

「但妳這個協力者卻是第十二戍。」二妹指向西南方，「比起那群來自慶燐宮、除了基礎咒符和靈術外毫無戰力的雜魚靈術師，我們的強度總和高得太離譜了。」

「二妹說得也太過分了……」

「我說的是事實。這種純粹挾帶政治意義的協力，通常不會派出真正有用的人，就像演戲的龍套，到場意義遠大於實質意義。妳們的出現，讓單純的局面變得很不單純。」

二妹皺起眉頭，來到我們面前，以食指來回戳擊我和元臻的胸口。

「我、認、為，『妳們』絕對有什麼事情瞞著我。」

我抿起下唇，與元臻面面相覷。她的表情毫無變化，只默默地眨了兩次眼。

如二妹所言，我們的陣容的確不同凡響，就算是當時琴織悖道妄行的事件，也沒有派出如此精銳的成員。

正當我語塞之時，元臻面向二妹，臉上依然沒有表情，只慢慢地張開嘴。

「書樗小姐。」元臻毫無變化的五官似乎也讓二妹深感困惑，「您是真的想知道答案，還是純粹想知道自己推論的正確性？」

「嗯，呃……」二妹噘著嘴，沉吟半晌。「老實說，我不在乎妳們背後有什麼盤算，只是想確認這隻狐狸背後是不是藏了什麼玄機。」

「是的。」

「啥？」

「是的，我和聖帝大人確實瞞著您某些事情。」

「哇！這麼阿沙力的表態也讓人有點傻眼欸……」

雷霆構築的包圍網突然傳來兩道輕巧的聲響，沒有伴隨任何火藥爆炸。是橡膠彈。

依照計畫，雷霆必須嘗試困住妖狐，我則是利用這段時間，完成斷開靈屬聯繫的術式，再針對妖狐本體進行一次高強度攻擊。

必須一次成功才行。

雷霆特勤隊之所以願意在面對靈屬妖怪時優先配合靈巫，是因為我們有更資深的經驗、更全面的人手，以及更專業的應對方式，不只能快速解決問題，也能大幅度降低人員死傷。相對的，強力術式偶爾需要爭取安全的籌備時間，這段危險的空檔，必須由雷霆協助掩護，以保全靈術師寶貴的性命。

相輔相成的合作方式行之有年，雙方對於各自的能耐與戰法，早已瞭若指掌。

橡膠彈無法傷害妖狐，除了考量到不提前激怒對方外，更是考量心柔身在戰區中央的「類人質狀態」。既然決定不讓雷霆採取殲滅陣形，便需要給他們交代，不能輕輕放下此事。

「姊，你打算怎麼做？」

二妹雙手撐在頭後，似乎因為無庸戰鬥而感到無趣。

「以妳的靈力，就算放個普通的金光咒也能把那狐狸打趴。」她骨碌碌地轉了轉眼珠，「但考量到安全性與確定性，選個勉強可以把人打死就行了。」

「聖帝大人不考慮使用璽印嗎？」

「用在這狐狸身上？」二妹噗嗤一笑，「紀元臻，妳丟這句話出來，我真得重新評估妳到底是來幫忙，還是來探查敵情的。」

「我們不是敵人。」

「那是現在。」

「是的。但我並沒有這個意思。」

「我當然相信妳囉！妳覺得我是那種會陪妳們勾心鬥角的人嗎？管妳們想動什麼歪腦筋，下次諸鎮競儀時，我照樣把各位打得落花流水。」

「請手下留情。」

「妳真的完全不打算吐嘈我欸……」

二妹默默抬起左臂，那雖然是她施展冰靈術的標準起手式，但此時只是習慣動作罷了。她撇了撇嘴，望向我鬢上的鈴鐺，半瞇著眼。

「姊，妳的決定呢？」

坦白說，我完全沒有考慮使用兩儀璽印。

或者該說，現在的我根本……

「我會使用流星制劫咒，作為切斷聯繫的第一道靈術。」

「真無趣啊。」二妹轉動左臂，充作暖身。「那我就去一旁納涼了？」

「不，我需要妳們兩位的幫忙。」

「幫忙？」

不只是二妹，連元臻都難得地微睜雙眸。

「幫妳什麼？妳一招大金光咒下去，雜魚妖物能不能活命都成問題，還需要什麼？」

「我需要妳們的靈力。」

「啊？」

「請妳們借我一些靈力。」

「等等，等等等等！」二妹猛力甩頭，左掌向著我搖擺。「兩儀璽印執掌者，聖御帝大人九降詩櫻，妳到底在講什麼鬼話？流星制劫咒而已欸，妳如果懶得施咒就老實說，不用裝得好像自己靈力不足，施展這記就需要回家補充好不。雖說流星系列是最上乘的靈術之一，但對妳而言不過是飯後甜點的等級吧！」

元臻眨了眨眼，「聖御帝大人是擔心沒有得手後的反擊，或者其他埋伏嗎？」

「這傢伙有最強的『聖之鏡屏』，根本沒什麼好怕的。」

二妹雙手抱胸，皺緊眉宇，雙眼不斷打量著我，彷彿想用犀利的目光看透什麼暗藏的玄機。

雷霆列陣的圍堵越來越密集，起先還能輕鬆閃避橡膠彈的妖狐，驀地不見蹤跡；正確言之，是回到始終蜷起身子，躲在一旁的心柔體內。

伍先生下達指令，雷霆的陣形從原來密不透風的同心圓，快速轉為方形陣。雷霆的橡膠彈式有兩種形態，其一是不傷害對方，只將目標困在一定範圍內的同心圓陣形，其二則是現在的方形陣。

方形陣，是以捕捉對方為目的，轉拘禁為拘捕的陣式。

在伍先生高喊「抓人」的瞬間，蜷伏在地，毫無防備的心柔突然縱身一躍，躍起五公尺高。要不是雷霆部隊訓練有素，立即向外擴散，心柔險些就要躍出封鎖線，遠走高飛。

那不是人類能辦到的動作。

最壞的狀況已經發生，心柔與妖狐的羈絆，深刻到足以召喚靈裝。

灰色的紋路，已鑲在她白皙的肌膚。

我撥開裙襬，取下大腿上的玄穹法印。

「二妹，元臻，我現在開啟靈流通道，請妳們保持靜心，將靈力穩定地傳入法印。」

「悉聽尊便。」

見到妖狐靈裝的二妹，不再追問需要額外靈力的理由。她屏住氣息，放低左臂，雙手合十，專心運轉體內的靈流。

元臻盯著靈裝後的心柔，似乎打算記住她的動作，右手指頭交互輕敲大腿，按於劍首的左手，指頭波浪般地來回彈動，打著某種節拍。過了十秒，她才朝我頷首，架起與二妹相仿的姿勢，著手調節自身的靈力。

我取出布囊中的金色符紙，輕輕吁了口氣，讓自己的心跳減緩一些。

眼前的敵人不是普通的妖物，而是雁翔的妹妹，是不能輕言放棄的對象。她必須為雷霆人員的傷亡與李同學的失蹤負責，但不是死罪，何況事件背後恐怕另有更黑暗、更邪惡的陰謀。

必須揪出藏於暗處的始作俑者。

靈裝後的心柔讓雷霆隊員手忙腳亂，橡膠彈陣式幾乎失去作用，東跑一回，西竄一周，橡膠彈全部落空，有些甚至打在自己人身上。

我將體內靈力轉至雙掌，掌中金黃色的玄穹法印，環狀外側浮現幾道梵文，隨著靈力注入，文字也越發明亮。就算我身為法寶守護，對玄穹法印依然所知甚少，這是個沒有被充分研究的神器，外部材質亦非現行世界的化學元素組成，從本體到功能都相當神祕。

玄穹法印有著開啟靈流，移轉或分散靈力與靈屬的能力，它無法消滅任何靈屬，也無法吞噬靈力，只能將之收納其中，等待分流。沒有法印的話，開啟靈流的術式太過危險，容易使施術者與受術者雙方走火入魔，蒙遭劫難。能夠安全移轉靈力的法印，成為御儀宮在眾宗派間鶴立雞群的關鍵，更是璽印擁有者接受護神儀式時，用來牽制神獸的重要法寶。

此外，法印作為清羅天宮七法器之一，擁有「可能」七個法寶皆有的靈力吸納效果；之所以說「可能」，乃因至今未曾有七項法寶同時現世的場合。

臺中車站封城事件之後，我才知道吸納靈力與靈屬的功能，並非法印獨有。

玄穹法印的梵文光芒，開始亮得有些刺眼，代表法印已經啟動了。我緩慢移開雙手，掌心肌膚脫離冰冷的環形物體，最後一絲接觸斷開，法印懸在半空，以圓心為軸，規律地縱向旋轉。

已經開啟靈流的二妹與元臻，靈力逐步向此流動，不可見的暖意漫延四周，飽滿健全的靈力溫和得像南方的薰風。儘管二妹習於施展冰屬性的靈術，靈力依然溫暖得像杯溫水，與元臻相比雖然稍微浮躁一些，卻也和諧穩定。

透過玄穹法印的傳導，我的體內累積起相當可觀的靈力。元臻與二妹作為靈巫的級別很高，移轉而來的靈力或許不到她們總額的三成，卻已讓我有點無法負荷，稍不留神恐怕會陷入靈流失序的酩酊或發燒狀態。

剎那間，槍響震破雲霄。

「姊姊！」

來自某處的能量彈掠過靈裝化的心柔，在她左臂留下一道明顯的傷口。

早已陷入瘋狂的心柔怒不可遏，瞪大雙眼，疵牙咧嘴，猙獰的神態已無人類應有的理性，已然是妖物與野獸的嗜血綜合體。一來一往之間，心柔高速的爪擊，剎那間已傷及數名雷霆隊員。

在伍大隊長的指示下，雷霆特勤隊紛紛換上致命武器，轉換為殲滅行動。

不能再等了。

我收束掌間的靈力，關閉由玄穹法印開啟的靈流，將法印環上大腿，握緊手中的金符，緩緩吐氣，抿起唇瓣，再重新吸進一口氣。

混沌浩蕩，一炁初分，金光正氣，元始定象……元真合英，釋帝隱詠，玄冥子欽，永保長生，召流星以制惡，急急如律令。預先默唸咒語，我沉住氣息，掃除心中雜念，將靈力從胸口元神處移往四肢，靜心觀照，慢慢把各處的靈流調節至平衡狀態，頭顱、手腳、軀幹無不相同，不高不低，使蘊含的靈能化為封閉的靜月止水。

定睛前方，舉起指間的金色咒符，向上擲出。

術式開展・流星制劫咒！

炫目的金光籠罩四周，七彩光譜一道道折射灑下，形成巨大的光圈，彷若半圓拱形的彩虹高速向外延伸，擴張至數百公尺外，不只覆蓋大自然專屬的美麗色澤，更將雷霆特勤隊和靈裝心柔完全包覆其中。七彩光暈覆蓋完成之後，我微調靈流，將緊接而來的殞落流星聚焦於心柔身上。

這是非常冒險的一步。

萬一妖狐沒能看清狀況，堅持維繫靈裝，心柔將硬生生被數十枚靈能流星擊中。即使靈裝覆體，也不可能撐過由我施放的流星制劫咒，這是威力遠超過金光咒和大金光咒，與羅剎炎咒同為最上級靈術的特別術式，若無萬全準備，抑或針對咒法的金鐘抗性，貿然迎擊將與自戕無異。

希望雙尾妖狐能夠做出正確的決定。

我絕不能成為威脅心柔性命的罪魁禍首。光是堅持阻止雁翔涉入此事，已讓他難以諒解，萬一出了意外，傷到心柔，甚或殺害……

接踵而來的負面情緒，讓運行中的靈流發生搖擺，雖不影響術式開展，卻足以讓二妹和元臻察覺明顯動搖。

與我相隔二十公尺的心柔狠狠瞪了過來，不確定那究竟是屬於妖狐的心性，或是源於心柔本人的強烈情緒。那雙炯炯眼眸，散發超越人類所能負荷的憤怒、驚訝與憎恨；但我仍能感知隱藏於深處的，讓人揪心的哀傷與無助。

心柔仰起頭，微覷雙眼，緊盯著即將墜落的七彩流星。她在靈能流星最接近地面的剎那，深深吸一口氣，厲聲嘶吼，發出不屬於人類的尖銳高音。伴隨這道刺耳的叫喊，她臂膀上因靈裝而生的紋路頓時消失，擁有美麗銀白毛色的雙尾妖狐高高躍起。

妖狐甫一落地，大張獸口啣起心柔，朝雷霆的反方向飛奔。那是介於我與雷霆之間，直通後方空曠草地的方向。

流星制劫咒致生的炫目光暈緩慢消散，周圍景致逐漸回復大自然原有的豐富色彩，強烈的七彩光芒，使我眼前生出一圈視覺暫留的紫黑薄影。妖狐雖快，卻躲不過已然完成的靈術；流星制劫咒不是用來逼殺妖狐，而是為了掩飾我隱藏其中，悄悄加於心柔的護身敕符咒。

妖狐迅速穿越林木，旋即停下腳步。在她眼前，十二名早已埋伏的靈術師，同步施展加諸靈力的金光神咒。

我輕輕呼了口氣。

結束了。解決狐狸精後，得想辦法讓失去靈屬寄宿的心柔再次甦醒。

下一秒，轟的一聲震天價響，一道十尺彎刀般的漆黑月牙，伴隨劃破蒼穹的神靈之力橫掃而來，輕易斬碎了十二道金光咒，持續朝我的方向飛。漆黑月牙一路橫斬，切碎我尚未完全消散的流星咒，儼然將繼續襲向雷霆隊員的所在位置。

「二妹！」

「嘖，真麻煩！」

在我運轉靈流，擲出金符施展護身敕符咒的同時，二妹迅速揚起一道冰牆，趁著護身咒短暫阻擋月牙的幾秒空檔，粗暴地將雷霆隊員全數推向他處。

黑色月牙持續朝東麓山的密林橫掃。

消弭一切的斷咒之力，屬金的粗糙攻勢，倚賴純粹的肉身作用力，是西方神獸最簡單也最強勁的活用手段。

唯有不合格的靈術師，才會採取如此粗暴的手段。

失控的妖狐為了脫身，將三名靈術師揮砍成傷，企圖逃回林中。我牙一咬，緊握長棍，弓步一出，棍梢不偏不倚地打上折回來的妖狐。

我重新調整因緊急施咒而紊亂的氣息，撥了撥瀏海，整肅儀容，確認衣裳和飾品都在正確的角度與位置，立起朱紅長棍，深吸一口氣，任憑初夏薰風吹拂臉龐，撩起鬢髮，任由鈴鐺叮鈴叮鈴響。

沈雁翔袒露在外的大腿有靈裝化的烏黑虎紋，正色浩然的神情，炯炯雙眼眨也不眨，直視著我，瞳孔中飽含猛烈怒火。

這一瞬間，我發現自己胸口竟湧起一股強烈期待的異常波動。

心跳比往常更快，彷彿體內的護神與靈流正呼應著眼前的對手。

眼前的他，不是單純的白虎寄宿者，也不是過去遭到神獸支配的處境，已是能夠齊力合作、和諧施展周身靈裝與護神專技的特殊相生狀態。

沒有璽印，更未受封，他的力量卻不亞於制伏神獸的一方宮主。

想到自己或許見證了新的御帝誕生，不合時宜的怦通心跳，背叛了我長年的訓練，彷彿體內血液不斷湧現戰意，每個細胞都在傳達躍躍欲試的渴望。

原來身為御帝的我，潛意識中深切嚮往著對等的戰鬥。

我強自鎮定，以凌駕本能的意志，壓抑滿溢在外的衝動。

雁翔一面緊盯著我，一面跨步走向倒在草地上的心柔。

「雁翔，我不會偷襲你的。」

「是嗎？」他微蹙眉宇，伸手按住心柔頸側，確認脈搏。「與我對話的是九降詩櫻，還是清玄宗鎮守的中宮主兩儀聖御帝？」

「在你面前，我永遠都只是九降詩櫻。」

「那這是怎麼一回事？」

他的語氣，冷的像一把冰凍的利劍。

「身為世界最強靈巫的妳，難道沒想到消滅妖狐的代價，可能會是心柔的靈魂破碎，或者直接死亡嗎？」

「我有想到。」

「但妳還是決心埋伏十二枚金光咒？」

「雁翔，事情沒有這麼簡單。」

「那就解釋給我聽！」

面對他的怒吼，我搖搖頭，鈴鐺發出清脆的叮鈴聲。

「處理得當的話，應該只會陷入原來的昏厥狀態。」我將右手置於胸口，「雁翔，我向你保證，絕對會盡一切努力喚回心柔的。」

「然後就像之前一樣徒勞無功？」

一句單純的反問，竟然讓人如此心痛。

難道幾個月來，我的努力和付出還不足夠嗎……

似乎見我躊躇發愣，雁翔牙一咬，左臂勾著心柔，拔腿奔向妖狐。

我早就猜想他會帶走妖狐，正欲上前，右耳卻率先聽見飛快的腳步聲。

雁翔抵達妖狐身邊，伸手想要攔腰抱起的剎那，數枚冰錐以迅雷不及掩耳之勢飛去。他鬆開手，雙腳一蹬，向後仰倒，勉強閃過這些瞄準致命要害的冰尖。

二妹從容不迫地步出樹林，繞過正在處理傷者的幾名慶燐宮靈術師，惡狠狠地瞪著雁翔。

她揚起嘴角，臉上掛著睥睨一切的笑容。

「你的體術反應進步不少呢，虎騎士沈雁翔。」

「書樗，妳這傢伙……」

「剛才的冰錐全是向著你的心臟，沒有任何一枚對準狐狸精哦。」

「難不成我還得向妳道謝？」

「不客氣。」

二妹露齒一笑，行了個屈膝禮。

「架也打了，戲也演了，可以請你交出沈心柔和雙尾狐狸精了嗎？」

「妳們處理這事的最佳方法，就是消滅狐狸？」

雁翔來回瞪著我和二妹。

「這是選項之一。」二妹聳聳肩，面帶笑意。「坦白說，我對於狐狸的死活並不在意，對你妹妹的死活，在意程度也只有一咪咪而已。你知道現在的我，最想要做什麼嗎？」

雁翔半瞇著眼，壓低身子，不作回應。

「我啊，現在只想找個人好好打一架而已。」

二妹說完的同時，雙臂平舉，數枚冰槍順勢而出。她抓住其中一柄，迴旋兩圈，直朝雁翔攻去。

無法顧及妖狐的雁翔，臂膀緊緊勾著心柔，側身而立，準備踢腿。

抓准兩人距離最近的瞬間，我使出兩回起風咒，將他們甩飛出去。

「痛痛痛……」「死姊姊妳幹什麼……」

兩人分別倒在左右兩側，同聲埋怨。

說時遲，那時快，起初癱軟蜷在地面的妖狐忽地躍起，我立刻掏出破魔咒符，打算將其擊落，一面巨大的冰牆突然從天而降，砸在妖狐的逃跑路線上。

「一個及格的靈巫，絕不會犯這種沒留一手的低級錯誤。」二妹朝我哼笑一聲，「顯然某人已經為愛沖昏頭，完全喪失身為靈巫的尊嚴與自覺了。」

才沒有這回事。我噘著嘴，鼓起雙頰。

被雁翔引開注意，無意間忽略了妖狐，確實是很大的疏失；但那是因為，我以防範一位御帝的規格對待雁翔，動用了多數注意力，設法摸透並阻止他的威脅。

妖狐繞了個半圈，試圖再次逃跑，二妹卻施展更多的冰錐，將其團團困住。雁翔身手靈活地滾向一邊，放下心柔，旋即飛快撐起身子，拔出腰間的訓練用短劍，朝我一揮，藉由一記佯攻重振旗鼓，立足而起。

他完全不留喘息機會，才剛站穩，隨即又劈來一劍。我以長棍格開這回攻擊，旋即向前突刺，直接以棍梢擊打他的胸口。面對宛如套招一般的既定攻擊，雁翔稍微後傾，利用倒下的反作用力，向前踢出一腳。

由下而上的縱向踢擊揚起一陣月牙風刃，我側過身，灌輸靈力於棍身與棍梢，向旁一揮，直接擊碎那道風刃。純粹基於力量發動的月牙風刃，與漆黑的屬金風刃大有不同；屬金的消弭之力是神獸的力量，是護神專技，通常需要掌領璽印才能完全駕馭，進而自由施展。沒有璽印的雁翔，形同未受加冕的王，一切力量都受牽制，甚至可能反向摧毀他的靈魂。

他能使出真正神獸之力的時間，非常短暫。

「妳這傢伙，居然完全不使用靈術。」

「雁翔也是呀，面對我時居然放棄了白虎靈裝，甚至不用屬金的攻擊。」

「妳明明就知道原因。」

「不使出全力，絕不可能打倒我。」

「就算使出全力，我也一樣打不倒妳。」

「是嗎？」我摀著嘴笑，「這麼說好像也是。」

「不准在戰鬥中笑得那麼可愛！」

「雁翔，」我試著露出微笑，臉頰卻很僵硬。「你不攻過來嗎？」

「妳呢？」

「通常是男生會先進攻。」

「這是戰鬥，又不是談戀愛。」

雁翔瞪了我一眼，拔出腰間的短劍，笨拙地附上靈力。

附著靈力之後，他會藉由揮砍使出一部分白虎之力；對付我，解消的屬性沒有意義，所以應該會是斬斷性的屬金攻擊。他絕對會想到被擋下後的反擊，因此會在揮劍的同時，將重心移往左腳，準備以右腿掃出一記月牙。

這回，他很可能會使用漆黑的破空月牙。

雁翔吁了口氣，右臂一拉，飛快刺出一劍。這是佯攻，尚未修習刺擊的他絕不會以這招定勝負。我不加閃躲，他的短劍果真在半途折回，向後收了幾度角，隨即轉為斜砍。

我挑起長棍，棍梢敲擊他的劍身，同時定睛於蠢蠢欲動的虎紋右腿。

如我所料，短劍被擋下的瞬間，他左大腿肌肉一收，右腿猛然提起，朝著我使勁側踢一記。右腳板劃過半空時，腳尖生出一道烏黑的氣息，果真是白虎的神獸之力；烏黑靈流的周邊空氣並未消散，反而裂出一道風之破口，不出所料，是斬斷性攻擊而非消弭性攻擊。

屬金的護神專技，強度形同受封御帝者的璽印攻擊。

雁翔果然是足以執掌璽印的不及格靈術師。

不自覺揚起嘴角，滿心雀躍，體內血液正享受棋逢對手，甚至挑戰強者的快意。

我向後一跳，一跳之後又是一跳，拉開距離的同時，雁翔的踢擊已然完成，漆黑細長的風斬刀刃飛快襲來。我取下右鬢的鈴鐺，夾於兩指之間，短促地吸了口氣，將熟諳的咒術調節於鈴鐺中，微瞇雙眼，緊盯那道向著我來的風刃。

鈴鐺周圍浮現清晰的麒麟圖騰，向外發散的清風徐徐擴展，既柔且暖的氣息籠罩整片高地，漆黑的破空月牙沒能切斷突如其來的靈流，只能懸在半空，任憑力道逐步減弱。

與我隔空相望的雁翔睜大雙眼，對眼前的形勢詫異不已。

他伸出左掌，試圖抓取這股奇異的風動，卻什麼也碰不到。

「雁翔，你確實有成為璽印執掌者的潛質。」

我搖晃右手，指間的鈴鐺發出叮鈴聲響，顯現於外的麒麟圖騰隨之閃動。

「儘管如此，面對真正的璽印之力，還是差了很大一截。」

第三聲鈴音敲響，舒適且令人心曠神怡，包容的同時也化解一切術式的清風，轉瞬收束，向著身在其中之人——尤其被我指定的目標，罩起大範圍、全方位的壓制型靈術。

「哇啊——！」

雁翔環抱雙肩，咬緊牙關，忍受這股不可見的強勁攻擊。

兩儀璽印擁有許多面向，以陰制陽，以柔克剛不過只是冰山一角。

對付半吊子的無冕之帝，卻已綽綽有餘。

雁翔跪倒在地，身上毫髮無傷，靈裝卻已強制解除，回復為凡人之身。

他瞪著地面，大口喘氣，無助地凝望自己的雙腿，試圖理解到底發生什麼事。

「想不到姊姊對付妖狐靈裝時捨不得用，面對愛人時倒是很乾脆地開了璽印，果然看似柔弱的傢伙都是超級抖Ｓ。」

才不是這樣。之所以還有餘力驅使璽印，是因為預先收下了元臻與二妹的靈力，若非額外的靈能總量，現在的我根本無法成功施展。

光是啟動半吊子的璽印之力，便已讓我感到吃力。

真正面對那名幕後黑手時，恐怕不會有使用完整璽印的機會。

二妹解除用來囚禁妖狐的冰板，一腳踩在狐狸身上。銀白妖狐因為吃痛而驚叫，縮起身子，不住顫抖。

「結束了。」二妹回收所有冰槍，「不只沈心柔和狐狸精，連沈雁翔這個無視姊姊命令的違規修行者也一併落網，真是可喜可賀，可——」

一道瘦弱的身影猛然閃出，事出突然，二妹來不及抵禦，直接被撞倒在地。

襲擊而來的是赤手空拳的心柔，她推開二妹後，立刻撐起妖狐，扶起她的的身子。

我連忙施展一記破魔咒，亟欲追擊；頃刻間，心柔竟張開雙手，擋在咒術前方。

無法收回的攻擊，不偏不倚打上心柔嬌弱瘦小的身軀。

她的左半身遭咒術橫掃，宛如利刃所傷，濺出鮮血。

「啊啊……」

眼前突來的意外，讓我驚呼出聲，腦袋一片空白。

妖狐趁著我因為誤擊而震驚的空檔，拋下心柔，四足並起，如閃電一般竄逃離去。

同樣震驚的雁翔，發出震天狂吼，朝我踢起一記破空月牙；趁著我準備化解月牙，他快速抱起心柔，釋放體內的白虎之軀，翻身騎乘，高速離去。

虎騎士已然遠走，我則雙膝跪地，凝望自己的雙手。

空無一物的掌間，在我眼中卻彷若沾滿鮮血。

不是別人，是心柔的鮮血。

第五節　紀元臻

我連自己怎麼睡著的都不知道。

睜開眼時，只見一片烏黑，陰暗之中每樣東西都很模糊。溼潤的瀏海沾黏額上，頸部也浮著薄薄一層汗，衣服緊貼著肌膚，汗涔涔的觸感相當不舒服。側躺的姿勢不知維持多久，左頰熱熱燙燙的，沉甸甸的腦袋下，左肩與左臂僵硬且痠疼，一時竟動彈不得。

慢慢移動頸項，正想翻身平躺，胸口、腰部與雙腿忽地劇痛，彷彿數千根針在皮下來回穿刺，由內而外，上下傳導。

那時，我理當帶著心柔逃過一劫，遠離了詩櫻與書檮才是。

緊要關頭之際，我調節了九成以上甚至全部靈力，向詩櫻使出一記破空月牙。我不認為那次攻擊真的有效，畢竟面對她，所有攻擊都是佯攻。

之後，我帶著心柔逃跑，沒命似的奔跑，衝出山林，奔下山野。

但腦中沒有回到家中的記憶。

莫非是在半路上沒力了？

我挪動左臂，嘗試忍耐身體各處的劇痛，以右手撐住臉部前方的物體，稍加使勁，想借力使力拱起上半身。

右掌才剛擺上，奇妙的溫度嚇了我一跳。

這個觸感不是床鋪，是女性的大腿。

「你終於醒了。」

未曾聽聞的聲音，細小溫柔，儘管語調沉穩，卻是不折不扣的娃娃音。

太過可愛的嗓音背叛了她冷靜的口吻。

我忍俊不禁，噗嗤一笑。

她面不改色，「怎麼了嗎？」

「妳的聲音完全搭不上冷靜的態度。」

「大家都這麼說。」

「……居然同意了。」

明明知道我已清醒，她卻不打算動。起先以為頰邊的熱度來自久壓，想不到有一半來自她的體溫，害我登時胸口一緊，臉龐越發滾燙。

我抿了抿嘴，嚥下一口唾沫，鎮定心神。

「那個，請問……」

「我是紀元臻，玄女宮覲幽鎮的靈術師，今年十七歲，未婚。」

「呃，妳好。」未婚？聽著十七歲少女以嚴肅的口吻說出貌似重點，卻又不是重點的簡介，不禁莞爾。「我以為來自宗廟的靈術師，自我介紹都很長呢。」

「你喜歡那種形式？」

「非常討厭。」

「那我就不說了。」

紀元臻的大腿非常柔軟，全身痠痛無力的我，躺在上面舒服得想要賴床。

但現實是殘酷的，一來我不認識她，無法確定是敵是友，二來我有要務在身，必須趕緊找到心柔。心念至此，胸口突然一緊，熱血直衝腦門。再次嘗試起身，卻因為不想碰到她的身體，找不到施力點，屢屢失敗。不知不覺間，已逐漸習慣體內的痛楚，除了偶爾襲來的抽痛，肉體回復得差不多了，就差從這尷尬的狀態脫身而已。

「我可以坐起身嗎？」

「可以。」

見她沒有任何動作，我撇撇嘴，「妳能稍微扶我一把嗎？」

她的大腿微微震動，或許正在點頭，卻忘記我的角度根本看不到了。

紀元臻伸手攫住我左側的肩頭與上臂，施力的時候，指尖傳來的溫度讓我再次分神。

右臉突然被柔軟的球狀物體壓住。

「嗚哦……等、等等，紀元臻……」

「我拉。」

她的雙手與上身頓時化作夾子，稍加施力，將我翻回正面。突如其來的力道使我失去重心，身子傾斜，大腦感應到即將掉落的錯覺，四肢產生反射動作，雙手一揪，緊緊攬住她的腰。

我的臉，完全埋入大而柔軟的胸部之間。

「抱歉，我太用力了。」

「唔唔唔……」我趕緊鬆開雙手，亟欲後退卻被自己抽痛的腿絆住。

「未能完全駕馭神獸，卻仍施展神獸專屬力量的負面效應，不只讓你體內的靈力流轉化作止水，更讓休息補充的靈能逐漸散失，使肉體無法快速修復，失去靈裝的優勢，將痛楚奉還於宿主身上。」

「嗯嗯嗯，唔唔唔……」

這不是說明的時候，快把我推開啊！

就算立刻賞我一巴掌也無妨，把人埋進自己的胸部還正常對談，未免太奇怪了。

「真正讓我訝異的是，並未執掌任一璽印，亦未受封玄靈御帝的你，居然能正確驅使神獸之力，雖遠不及正式的御帝，卻是毫無瑕疵的璽印靈術。」

「唔唔……」鼻子和嘴巴都被胸部壓住的我，真的快斷氣了。

「如果你願意，我想占用一點時間，弄清楚這究竟是怎麼辦到的。這種超脫現存體系的——請問你是否覺得呼吸困難呢？」

「唔嗯！」

「不好意思，我自顧自地說太多，沒注意到你的狀況。」

她輕輕拉住我的肩，向後扶正，稍微為我調整腰部與上身的角度，以協助身障人士的手法一一挪動我的身軀。

這是我第一次以正確的視線與她四目相接。

紀元臻的五官相當立體，鼻子高挺，兩個眸子炯炯有神，臉上卻不帶一絲情緒，冷冰冰的，像戴了一副面具，與童稚天真的娃娃音完全不搭調。她留著暗紅色長髮，瀏海向兩旁自然分開，將兩道山黛眉展露在外，後腦的丸子頭上戴著精美的髮髻，髻上鑲有白珍珠和紫玉髓精雕的紫羅蘭小花，瀏海向兩旁自然分開，露出兩道古典、婉約又內斂的遠山眉。

恢復自由的我，連忙吸了三口大氣。

「抱歉，」她微微頷首，「我完全沒想到那個姿勢會讓人無法呼吸。」

而且還是各種意義的「無法呼吸」啊……

她眨了一次眼，那是半分鐘來唯一的表情變化。

「要不是胸口感覺到你呼出的熱氣，可能真的會不小心悶死你。」

「妳差點成為世上第一位用胸部殺人的靈術師。」

「是的，非常萬幸。」

總覺得她各方面都遲鈍得讓人感到不可思議。

環顧四周，這是個相當儉樸的房間，簡易木門與刷白的牆，除了角落空無一物的書桌外，沒有多餘的家具，只有這張床鋪特別豪華，天絲材質的雪白被套四周，飾以精緻的蕾絲，床架上頭更是撐著夢幻的圓頂公主帳。

「紀元臻小姐，請問這裡是？」

「請不要加『小姐』。」

她表情木然地說，聲音比起先前，似乎稍微強硬了些。

「紀元臻，請問這裡是妳的房間嗎？」

「不是。」她眨了一回眼，「你希望身在我的房間？」

「沒這回事。」

「母親大人說，不能帶男孩子回房間，這是相當褻瀆而且汙穢的事。」

「聽起來是位管教嚴格的媽媽。」

「我們家是男賓止步的。」

「爸爸怎麼辦？」
「父親大人不是男賓。」
「原來如此。」家人不算在內，外人男賓一律止步。
「撇除家規，我也判斷你不會特別想要待在我的房間。」
「為什麼？」
「綜合書檽小姐的言論和各方資訊，你與聖帝大人互相抱持好感，對其他女性應該毫無興趣。」
「誰跟妳說對某人抱有好感，就會對其他人沒興趣？」
「那只是藉口而已，請不要放在心上。」紀元臻再次眨眼，「就我的理解，男性待在可愛女孩子的家中，身心靈會逐步放鬆，直接提升靈流的回復效率，自然也顧不得你與聖帝大人的情感了。」
「雖然剛才那句話有很多破綻，但我想先弄清楚一件事：這裡是某個可愛女孩的家？」
「是的。」
「……妳不會私闖民宅了吧？」
「我絕不會做偷雞摸狗的事情。」儘管口吻強烈，她依然面無表情。「這裡是我朋友的家，她知道我的身分，對玄靈世界也有所認識，不用擔心。」
「不不不，要擔心的可多了。首先，我不認識妳那位朋友，相識之前先入家門，這麼唐突、尷尬又失禮的局面，我還是第一次遇到；再者，妳也未免太缺乏防備了，就算我和詩櫻互相喜歡，並不代表沒有襲擊妳的可能。」

「你想襲擊我嗎？」

「問題不在那裡……」

「關於這點，我是有詳加思考的。我是玄女宮的靈術師，從小到大居住在僅限女性出入的領域，熟知的男性皆為親屬，與男性距離如此遙遠的我，根本不會被當作尋常女性。」她望著我，面無表情地伸出食指，抵在右頰，並以左手微微拉下衣領，露出鎖骨與乳溝。「即使擺出如此下流的姿勢，你也不會有任何感覺吧？」

咕嘟。我在寂靜無聲的時刻，吞了一大口唾沫。

紀元臻不加思索地做出甜美撩人的動作，搭配可愛的娃娃音產生倍數加成的效果，讓始終面無表情的她變得格外迷人。

這傢伙的觀念異於常人，思維錯亂得令人頭疼。

她挺起胸脯，「我對自己毫無女性魅力這點，非常有自信。」

妳的自信到底從何而來。我以指尖擰著眉宇，皺起眉頭。

「在妳心中，所謂的女性魅力是什麼？」

「能夠憑藉女性之所以為女性的本質，吸引不特定男性，誘發保護慾和性慾。」

「……姑且不管妳對或不對，妳心目中最有魅力的女性是？」

「我認為聖帝九降詩櫻大人的魅力是最上乘的水準。」

「這我倒不否認。」不自覺說出令自己害羞的話，所幸附近並無熟人，否則要被笑到世界末日了。「以詩櫻的最高等級為標準，妳心中的最低限度、也就是勉強及格的女性是？」

「第七戍九降書樗。」

秒答。這個回答速度若被書樗聽見，怕是會被作成冰山扔進太平洋的。

這女孩竟能一本正經道出如此惡毒的評判。我的頭更痛了。

「妳剛才說自己『毫無魅力』，換句話說，妳認為自己的魅力在書樗之下？」

「是的。」

「綜合評判？」

「是的。面容、身形、儀態，甚至性格，我都遠遠不及書樗小姐。」

並沒有。光是這副身材，就把那個洗衣板甩到完全看不見車尾燈了。

與我認識的某位沒自信少女不同，紀元臻的價值觀存在嚴重偏差，自有一套不同於普世價值的量表。她不是對自己沒自信，而是沒辦法與正常人立於同等標準看待事物，經過半小時的相處，已屢屢推翻我心中對她的認識與理解，最初的冰山美人形象，漸漸轉為現在的冷萌蠢呆。

「說句實話，妳和書樗是完全不同的類型。」

我的腦海浮現九降書樗的形象：半高不矮的身長、總是越過掌心的袖子、些微起伏的胸脯、纖細的腰身及結實的臀部，綜合觀之，她是容易受歡迎的女性，穿上道袍也是很亮眼的靈巫；相對的，紀元臻有著與詩櫻相仿的身長，豐滿的胸部更是凹凸有致，除了可愛的娃娃音，外型與舉止都相當成熟，比起書櫄，她的整體氛圍還更接近詩櫻。

上述充滿問題的比較，真說出口就不得體了。

「你是說，我和書櫄小姐同等級囉？」

「為女性分級，是愚蠢男人的做法哦。」見她面無表情地將頭向左偏，似乎不太滿意，我便嘆了口氣。「硬要說的話，妳和書櫄的類型完全不同，或者該說『受眾』不同吧。」

「這麼說，女性魅力受到男性喜好類型的影響？」

「妳要這麼說也行。」突然覺得自己像個父親，面對青春期女兒的提問，必須特別審慎，字斟句酌才行。「比方說，偏好身高矮小的女孩，或對看起來較為稚嫩的女性有好感的人，心中的評價就很可能把書櫄排在妳前面。相反的，喜歡成熟女性，或對身高有所偏愛，或者對……某些身體部位有特別要求的人，就會認為妳更有魅力。」

紀元臻靜靜聽我說話，過程中完全不眨眼睛，始終盯著我的瞳孔，好似要從中判斷真假，讓我有點尷尬。好不容易唱完獨腳戲，沉默的帷幕落於兩人之間，她仍瞅著我，動也不動，維持了數十秒。

「那麼，你是哪一種呢？」

「我？」

「撇除聖帝大人的話，你是偏好哪一種女性？」
「這問題也太直接了。」
她似乎沒有打退堂鼓的意思，眨了一回眼睛，晶瑩透亮的眸子始終凝望我的雙瞳。
我所認識的靈術師，包含詩櫻、書槫、邱琴織、光頭哥以及紀元臻，都是言談時堅持注視對方眼眸的人。這種習慣在平時倒也還好，探問癖好時還牢牢盯著，未免太折磨人了。
我又嚥下一口唾沫。打從清醒開始，我到底吞了幾次口水啊？
「我應該是比較偏愛妳這類型的。」
「原來如此。」
「我指的是『類型』，也就是身高較高、凹凸有致、穿著與體態相對成熟的那種。」
「我明白的。」
總覺得自己補充了很該死的多餘資訊。
平心而論，紀元臻的氛圍與詩櫻十分相近，或許在她們紀家也是擔任姊姊的角色，才會散發出同樣成熟穩重的氣質。說是穩重，不露聲色的神情早已超越「穩重」的範疇，甚至落入「冷靜」或「冷漠」的程度。
摸不透情緒、摸不著脾氣的人，有時也蠻恐怖的。
「看來是我疏忽了。」紀元臻的目光短暫從我臉上移開，幾秒後又挪了回來。「若你所言屬實，而非場面上的客套話，我的女性魅力似乎比自己想像中來得高，與懷有特別偏好的男性共處一室，的確有點危險。」

「等等，我這不是什麼特別偏好……」

「如果我現在稍微往後移動三十公分，會很失禮嗎？」

「不會，妳我現在這種膝蓋碰膝蓋的距離，真的太過火了。」

「我有個問題。」

「請說。」

「如果在你心中，我的綜合評價比書槫小姐高，是否代表你不只把我看作一般女性，而是看作潛在的戀愛對象？」

如果她的表情不是如此嚴肅且毫無變化，我鐵定會把這題當成陷阱而小心作答，必要時，為了保全性命，可能還得好好奉成一番；然而，她正經八百的模樣，使我不自覺卸下了心防。

「在妳心中，高過最底線的就是戀愛對象嗎？」

「潛在的。」

真是新穎的想法。

「紀元臻。」

「是。」

「妳是笨蛋吧？」
「很多人這麼說。」
「果然如此，那我就放心了——不對！都被人這麼說了，就趕緊加強自己的基本常識啊！」
「有點困難。」
她的雙眸再次移開，低垂眼簾，但也僅此一瞬，隨即又抬起眼。
「我的父親和兄長說，所謂的常識就是要親身嘗試。」
「這是冷笑話啊！」
看來紀家女孩這顆有問題的腦袋，出自哥哥爸爸兩位罪魁禍首。
遙想當初，詩櫻的人際互動雖然禮儀到位，細節應對也十分周全，卻常鬧出笑話，彷彿是活在上個世紀的大家閨秀，或許是她們身處菁英世家，早已習慣固有的禮儀規範，以致與一般普羅大眾的應對進退格格不入。
她們周圍全是水準超標的人群，以致無法銜接通俗的基礎交際。
紀元臻對於男女分際的遲鈍程度超乎想像，嚴重到我想直接開班授課。
「紀元臻，妳有好好上學吧？」
「有的。」
「理論上，學校可以學到絕大多數的生活常識，也能訓練基本的交際，只要別太孤僻……怎麼了？」

「學校是什麼？」

「……我真的得請人跟你父母親好好談一談了。」

她望著自己併起側坐的雙腿，稍微往前挪動，膝蓋輕輕抵上我的膝頭。

「原來這樣的距離是NG的。」

「我是沒差，換做別的男性可千萬別貼得太近。」

「你不會因此起心動念？」

「不會。」

「就算我是略有姿色的女性也一樣？」

「妳可不是略有姿色……唉，妳真的得重新設定心中那套魅力量表。」

我大嘆口氣，搭住她的雙肩，盯著那對圓潤無邪的眼眸。

「紀元臻，無論使用哪套量表，無論採取哪種標準，無論任何類型有所偏好，我以一名正常男性的眼光斷言，妳屬於必須小心防範騷擾的美麗女性。」

近在眼前的紀元臻眨了兩回眼睛，目光向右瞟去。

糟糕，說得太過頭了。我趕緊收回踰矩的雙手，挪動腿部，稍微往後移動。

幾秒之後，她的視線才轉回我的臉上。

「看來，與你共處一室其實是相當危險的舉動。」

「可以這麼說。」

「那還真令人頭疼。」

動也不動的她，看起來絲毫不覺得「頭疼」，反而我的太陽穴不住抽痛，怎麼也想不到，與價值觀不同的人對話，竟會如此辛苦。還沒開始處理正事，大腦便已過度運轉，令我疲累不已。

「紀元臻，妳是在哪裡遇到我的？」

「遇到？」她像個機器人般緩緩搖頭，先慢慢轉向右邊，接著向左，最後回到正面。「我沒有『遇到』你，我是在你騎著老虎下山的路上，施展靈術突襲，解除虎神的外在形體，才將你帶過來。」

「妳襲擊我？」

「是的。」

說完，她也不打算繼續補充。

頭又開始痛了。我擰眉搖頭，「為什麼要襲擊我？」

「你再這麼跑下去，很快就會用盡靈力，使體內的靈能平衡失序，危害自身生命。正常來說，失序狀態很像感冒，嚴重一點頂多無法行動，但你的情況卻略有不同。你體內的靈流非常粗糙，靈力總量雖比凡人高了不少，調節的功夫卻很差，萬一進入失序狀態，可不是吃個藥或睡個覺就能痊癒。」

「話雖如此，但我是死是活與妳無關吧？」

「的確如此。」

「為什麼要出手幫我？」

「我只是試圖減少可能的負面效應而已。」她眨了一下眼睛，「追捕妖狐的靈靖任務中，作為玄女宮協力方的靈術師，我必須支持、服從、實行聖御帝九降詩櫻的決定。」

「妳質疑她的決定嗎？」

「某層面來說，聖帝大人的決定不合常規，畢竟實力稍弱的妖狐，不會因為靈裝化而成為威脅。聖帝大人打算消滅妖狐的理由，不是真的想斬草除根，而是想藉由妖狐的死，揪出她認為的幕後黑手。」

「妳指的是造成多次『時變反應』，自稱『梟貓』的傢伙？」

「是的。」

「為什麼妖狐會和那傢伙扯在一起？」

「原先都只是單純的懷疑而已。妖狐的特質是善變與狡猾，這類靈屬實在不可能為了前任宿主，而且還是昏厥不醒的宿主，冒著生命危險潛入病院，高調地將人帶走。」

原來這幾天來，詩櫻將御儀宮的主要人力全部調去追捕妖狐，理由並不在於心柔，而是為了揪出身分不明的幕後黑手。

「真正確定妖狐與梟貓有關，是靈裝發動的瞬間吧。」

「因為出現那道顏色怪異的紋路嗎？」

「是的，」她眨了兩次眼睛。「想不到你理解得這麼快。」

「好歹我也是正在接受靈術修練的『非普通人』。」

話雖如此，我之所以能一眼發現不同，是因為曾經施展白虎與妖狐的雙重靈裝，親眼見過屬於狐狸的銀白紋路。心柔靈裝後近似於黑色的深灰紋路，不是正常的靈裝狐紋，很可能已被某種術式介入，但我沒有立刻從這一變化聯想到梟貓。

「看來我得好好感謝妳的襲擊了。」

「不客氣。」

「另外一個問題，妳把我的妹妹放在哪去了？」

「附近。」

「附近？」我轉過身，準備跨下床鋪。「妳指的是外面嗎？」

雙腳正準備踏往地面，紀元臻突然拉住我的臂膀。

「不是外面，就在這裡。」

「什麼意思？」

「你的妹妹，」她的手指朝下一比，「就在這裡。」

探頭一看，心柔正安穩地睡在床鋪下方的地面。那是一張約莫十公分高的記憶床墊，床墊上覆蓋一件厚厚的冬被，我的妹妹就安枕於這舒適無比的臨時小床。

姑且不論這是誰家，紀元臻的女子力實在值得敬佩。

美中不足的是這危險的距離。不管怎麼看，一旦我貿然下床，必會踩在心柔身上。

「妳是想讓我親『腳』踩死妹妹嗎……」

「我會提醒你。」

「萬一妳剛好不在呢？」

「不會的，你躺在我大腿上。」

「對哦，」想到這裡，雙頰再次發熱。「萬一妳想上廁所呢？」

「我會忍到你醒來。」

「這也未免太奇怪了……」

看著心柔紅潤的小臉，搭配沉穩的呼吸，心中大石總算放下，鬆懈之際居然打了個大呵欠。

紀元臻看了看我，隨即輕拍自己的大腿。

就算我很想睡，也不會再躺上去了。

「紀元臻，我們應該是初次見面吧？」

「是的。」

「妳對我的事情倒是瞭若指掌。」

「此乃當然。」紀元臻伸手撥動旁分瀏海，「數個月來，虎騎士沈雁翔在玄靈道的領域可是無人不知，無人不曉。」

「因為白虎寄宿的緣故？」

「不。」她眨了一下眼睛。「家喻戶曉的原因，是聖帝大人頻繁說著『元臻妳知道嗎，雁翔超厲害的，他成功和體內的虎將軍和解了』或『想不到那名虎將軍居然是白虎神靈，這樣一來雁翔就是制伏神獸的人，不折不扣的無冕御帝呢』之類的話語。」

「說話就說話，不用刻意模仿她的語氣。而且妳也模仿得太像了吧……」

「大家都這麼說。」

那妳就該檢討啦！不對，該檢討的是九降詩櫻，到處逢人說些亂七八糟的話！

「另一個原因，」紀元臻向旁一望，「則是這名女孩的事。」

「心柔的事？」

「為了你的妹妹，聖帝大人幾乎跑遍各大廟宇，拜見了數以百計的道長高人，甚至前往交代南院籌劃相關事宜。」紀元臻再次眨眼，「這名女孩的狀況非常特殊，一般而言，靈魂破碎之人會在一段時間後自然死去，彌留的時間並不久——至少不會有兩年多那麼久。失去靈魂，肉體卻仍存在的狀況，百年來恐怕只有這麼一件。」

詩櫻面對如此稀有的案例，私下費盡心力地奔走，我竟然還想把責任怪罪於她……

沈雁翔，你真是罪該萬死！深沉的懊悔登時令我萬分羞愧，恨不得一頭撞上牆壁。

「雖不確定聖帝大人是否知曉，但有不少廟宇對你們兄妹身上的聯袂異狀感到不安，甚至取了不太友善的名號。」

「什麼名號？」

紀元臻依舊面不改聲，但開口的瞬間卻讓我感覺到可怕的陰沉。

「羅剎的子女。」

一股奇異的冰寒之氣，沿著我的背脊，沿著肩頸，直入腦門。

羅剎，根植人心的形象是吃人的鬼怪。羅剎分有男女，男的醜陋，女的美麗，歷與夜叉相對，世世與阿修羅為敵。

羅剎的子女，意味著我們不被看作人類，直接歸為妖物。

就算我冒著生命危險施展雙重靈裝，協助解決雙頭蛇邱琴織；就算我奮不顧身地為詩櫻爭取時間，最終打倒朱雀，仍然不被人類認同，不被這些玄靈道者認同。

總以為只要不再自私，就能得到他人理解，獲得認同，得到歸屬。

我錯了。到頭來我只是化外之民，是不容於凡俗的異常之人。

牙關緊咬，雙拳緊握，體內氣血翻騰，內心的熊熊怒火一時難以消散。

「很討厭的名號吧？」

我望著她，一時搞不清楚紀元臻想說什麼。

她的食指點了點我握緊的拳頭。

「人類對於自己不瞭解的事情，總會特別恐懼；越弱小、越無力的人，就越害怕未知。身為與眾不同的人，我們應該導正秩序，促使俗世與玄靈共容，消除歧視，達到真正意義的平等與平衡。」

「上一個這麼想的人，打算用蛇咒水強制所有凡人獲得靈力。」

「走火入魔者，所在多有。」她收回指頭，轉而以手掌輕輕疊上我的拳，「在你心中，這些起了如此名號的道者們，與聖帝大人、書樗小姐和我，哪一方比較值得信賴呢？」

「這還用問？」

「既然如此，你可曾聽過聖帝大人語帶歧視，甚至口出惡言，把你貶為不倫不類之徒？」

「沒有。」

「這是因為我們不怕你。」

紀元臻的手比詩櫻稍冷一些，卻比冰之書樗溫暖一點。

「白虎神靈究竟是為了什麼目的，在不受駕馭的狀況下，自願待在你的體內，非常值得探究；你的妹妹在靈魂破碎之後，為何沒有自然死去，一直活到妖狐回頭找她，最後還成功甦醒，同樣耐人尋味。不過呢……」

她總是面無表情的臉，以不易察覺的幅度，悄悄動了嘴角。那是一抹非常不顯眼的微笑，卻是一道珍貴的美麗笑靨。

「對我們來說，你和那名女孩好好活著，才是最重要的。」

瀰漫胸膛的憤怒頓時失去著力點，像個洩了氣的皮球，彈不起來，也滾動不了。

突然覺得，在意怪異名號的自己，實在太不成熟了，何必在乎那些無關此事的道者，有哪些無知的評價。

若我真的如此歹毒，詩櫻早就離我遠去了。作為最強靈巫的她，根本不可能容許背於常理的威脅長存於世。至少，我不是玄靈道的敵人。越弱小的人，就越容易對未知感到恐懼；我充其量只是無人明白的未知，並非邪惡。

清楚認知這點，心中突發的憤恨驀然煙消雲散。

「紀元臻，我突然覺得妳的自我介紹不太老實。」

「什麼意思？」

「妳說自己是玄女宮的靈術師，我覺得不太準確。」

「確實如此。」

「果然。」我露齒一笑，「再怎麼說，我生起氣來可是比白虎還可怕呢。上一個光用言語就讓我息怒的人，可是被妳們認定為最強靈巫的那一位呢！」

「原來如此。」

「所以，妳到底是什麼人？」

紀元臻眨了兩次眼睛，挪動雙腳，後退幾吋，慢慢走下床鋪。

她小心地避開沉睡的心柔，踏上空蕩蕩的木地板，右手置於左胸，雙腳微曲，上身略向前傾。

「我是紀元臻，玄女宮覲幽道鎮守之女，六十四戍位列第十二的靈巫，今年十七歲，未婚。」

喂，就說未婚二字是多餘的了。

第十二戍的靈巫紀元臻，無法掩飾流露在外的獨特氣質與靈道智識，唯獨宛如七歲孩童的價值觀與一般常識，必須好好加強。

然後我突然想起某個生命危急、亟需幫忙的人。

「紀元臻，妳在山上有發現一群……呃，糟糕。」忘了自己將輕雲的肉身藏在樹叢中，甚至加了護身敕符咒，實在難以發現，只能姑且一問：「妳有沒有在下山的過程中，發現一個藍色頭髮的女孩？」

「沒有。」

她眨了一下眼睛。

「妳說的那名女孩，已經被帶走了。」

「什麼意思？」

「字面上的意思。」

等等，妳字面上的意思我不懂啊……

心中疑惑未解，床邊突然傳來兩聲清咳。

我連忙下床，花了幾秒避開心柔，才成功踏上房間的地面。

跪到心柔身邊後，輕輕拍著她的胸口。這是無意義的舉動，卻是一般人面對他人咳嗽時，最常表現出來的關心行為。

「沒事的，哥哥在這裡。沒事的。」

心柔揉揉眼睛，緩慢睜開雙眼。

「妳醒啦，心柔？」

她眨了三回眼睛，彷彿試圖看清楚周圍環境，繼而瞥向我擺在她胸口上的手。

剎那間，她可愛的五官擠皺成團，右手向上一揮。力道不小的耳光，直接打中我的左頰。

瞪大雙眼的心柔，環抱肩頭，唇瓣發顫。直望向我的眸子，飽含出乎預料的惡意。

「你……」

她遲疑半晌，才慢慢開口。

「是誰？」

第六節　沈心柔

我正身在某位不明女性家中，端坐於絨布沙發，彷彿每吋肌膚都受針扎，才待了十分鐘，便覺得待了數個時辰。

遍布全身的痛楚早已被心寒的現實掩蓋，瀰漫大腦的心靈痛楚，比起肉體損傷來得更加深沉。恍惚之間，連視線落點都難以固定，任憑眼珠子左右飄移，完全靜不下心。

心柔與我相對而坐，雙腳收在椅上，抱著小腿，默默盯著自己白皙的手背。

我們在紀元臻的催促下，來到位於一樓的客廳。能在北部擁有一棟獨棟樓房的家庭，即使不算富有，也絕對不只小康。

客廳裡沒有電視，儉樸素雅的布置，讓人不禁聯想到生活規律的學者或教師；一旁的櫥櫃陳列著許多可愛的布娃娃，又讓人覺得此處或許曾經住著一位尚未成年的少女。組合式會客桌鋪著一張灰棕色的格子餐墊，上頭有幾圈拳頭大的水漬，可知屋子的主人有時非常馬虎，總把裝了冰飲料的馬克杯放在這裡，而且一放就超過數小時。

紀元臻對這房屋似乎瞭若指掌，才剛下樓，便在催促我們入座之後閃進廚房，著手準備飲品。

倘若如她先前所言，這裡真的不是她家，這種走朋友家宛如走在家中的自在程度實在太驚人了。

「你們……」心柔抱著腿，小巧的嘴藏在膝蓋後方。「說的是真的嗎？」

「嗯。」

我望向她的眸子，那張粉妝玉器的白皙臉蛋，襯得烏黑雙眸更加明亮動人。

「至少在我記憶中，妳就是我的妹妹。」

「但我沒有那份記憶。」

「是啊。」我也只能苦笑。「那也不代表我錯了。」

心柔的屈膝坐姿我很熟悉。她動了動裸露的腳趾，用大拇趾按壓二趾，反覆交錯。

看著她腳趾的動作，突然想起心柔過去曾決定挑戰為期一周、以腳趾代替手指的生活，由於太過可愛、太過有趣，我和她約定成功後的獎品：月兔小美限量紀念吊飾。只見她興致勃勃地嘗試，用靈活的腳底板和趾頭，克服生活各方面的問題，包含飲食和閱讀都能輕鬆過關，唯獨洗澡，無論如何都無法用腳解決。

對於獎品特別執著的她，始終不願放棄這個難以達成的挑戰。

「哥，我決定不洗澡了。」

「一周？妳確定？」我露齒一笑，「明天同學都會笑妳哦，『唉唷，這什麼味道，原來是臭臭的心柔！』，被人這麼說也沒關係嗎？」

「我想要獎品。」她噘著嘴賭氣。

「妳覺得哥哥是那種撒個嬌就會直接大放送的人？」

她用力搖頭，鼓起的腮幫子卻固執地不願消去。

心柔與我相差兩歲多，剛升小學六年級，還綁著略顯稚氣的可愛雙馬尾。儘管我說這種髮型已不適合六年級的女生，她仍因為自己熱愛的網路偶像，堅持作此打扮，無論如何不肯退讓。

我摸了摸她的頭，「下次再挑戰別的吧，獎品又不會跑掉。」

「限量物品會跑掉。」這倒也是。想不到她還挺機靈的。

「那妳就再試一試吧。水裝滿一點，單純沐浴的話也許可行。」

「這樣很浪費水欸。」

「妳是家庭主婦嗎……」

我與心柔有很長一段時間，幾乎過著無父無母的生活。兩年前，我剛升上國中，父親丟下一句「家裡交給你了」便長期未歸，埋首於工作，雖然每個月都有匯入定額的生活費，但對沒有足夠自理能力的我來說，一方面要照顧妹妹，一方面得計算家用經費，實在太過棘手。

當然，最主要的原因還是我太貪玩；這也是心柔最終執掌沉重家務的契機。

爸爸留給我們一棟位於新莊富貴街的透天厝，說是透天厝，其實已是有模有樣的獨立別墅。直到升上高中，我才知道住家附近的土地和建物都很昂貴，稍加估算，透天厝及坐落土地的價值恐怕超過上億元，輕易勝過數百公尺外的任一戶副都心豪宅。

這麼大的房子對我倆而言，不過是沉重的負擔。家務的分配上，理當由身為哥哥的我當家作主，但我卻太過懶散，使得九成以上的雜務，如打掃、洗衣、修補、換季甚至請水電工修繕等，皆由心柔一人出面處理，一手包辦。

我因此獲得了大量的自由時間，全都投注在足球隊上。

事後一想，當時若能好好幫她的忙，或許可以避免妖狐侵襲的悲劇。

她依舊堅持不懈，用腳推著一堆與洗澡無關的器具進入浴室，乒乒乓乓地苦戰。實際上，我根本不可能進去檢查她有無使用雙手，但依據她正經八百、一板一眼的個性，即使在我眼不可及的地方，也一定會堅持到底。

當我決定重新埋首於回收場撿來的國家地理雜誌，浴室裡突然傳來鏗鏘巨響，嚇得我肩頭一震，全身都跳了起來。

連忙趕去，敲了門，卻沒有任何回應。

「心柔？妳怎麼了？」

依舊沒有回應。一股寒意自脊骨攀上腦際。

心中升起前所未有的恐懼，失去心柔的駭人思緒閃入腦海，僅剩一人的生活，根本不在我預期的未來之內。

再次敲門，聲聲呼喚，仍然沒有應答。

只能放手一搏了。我後退幾步，決定就算撞爛整扇門，也絕對要救出心柔。

邁出步伐，毫不猶豫向前衝。右肩準備撞擊門板的剎那，木門喀嗒一聲向內敞開。

心柔提著浴巾遮掩身體，雙頰泛著紅暈現身。

「哥？」

咦咦咦咦——

突如其來的變化讓人措手不及。我趕緊收回踏出去的腳板，但身子已經傾斜，重心不夠穩，肩頭毫不減速地撞上左側門框。還來不及喊痛，失去平衡的身軀踉蹌歪斜，直朝前方撲去。

「呀啊！」

眼前一黑，我的雙臂環住心柔，身子卻停不下來。

「哥，等……我站不穩……咿！」

向前的作用力加上重心錯亂，我推著她摔往浴室深處，噗通一聲，雙雙跌進那座由父親的設計師朋友規劃，號稱嘔心瀝血之作的四人大浴缸。

「心柔。」

「是……」

「以後我喊妳的時候，請盡快回答。」

心柔別過臉去，雙頰通紅，點了點頭。

我聳聳肩，雙手撐著浴缸底部，掌心施力，小心翼翼地挪開身體。嘩啦一聲，原本浮漲水中的衣服瞬間黏貼於肌膚，彷彿全身被海藻纏住一般，噁心的觸感沿著脊髓攀上腦門。

重重嘆了口氣，右腳跨出浴缸，冰冷的磁磚同樣令人難受。

「哥。」心柔在我背後悄聲呼喚。

「妳還是得乖乖洗澡。」

「我知道啦！」她的聲音有些模糊，八成正鼓著腮幫子說話。「約定就是約定，挑戰就是挑戰，貿然逃避的話，月兔小美會生氣。」

「我相信月兔小美管不到這裡。」

「她是異世界的大惡魔，管轄領域無限大。」

區區一個網路直播主居然有這麼逆天的設定？

「心柔，世上沒有惡魔。假設真有那種東西，必然也有相應的神明存在，既然我拜拜祈求的事情從來沒實現過，印證了神明並不存在的客觀事實，如此一來，惡魔的存在也——」

「哥的廢話真多，你這樣會有人喜歡嗎？」

「這我哪知道。」

「對了，常在場邊看你們踢球的那個姊姊如何？」才在回想足球場邊到底有哪些人時，她立即補充：「就是那位明明還有空座位，卻老是站著看球，胸部很大而且頭上掛鈴鐺的姊姊。」

「心柔，妳該不會很常來看球吧？」

「咦？沒、沒有啊，才沒有。」

「嗯——」

「這、這些不是我要說的啦！哥不要岔開話題！」

面對與我相依為命的妹妹，就算她胡亂撒野，我也會順著她，何況她完全相反，如此貼心、善良、可愛的女孩，沒道理不好好疼愛。

「哥，我問你哦……」

她的聲音變得細微飄忽，彷彿清煙慢慢飛散。

「爸是不是，不要我們了？」

爸這個字，對我來說已經不具任何意義。

他只是個定期把錢匯回來的傢伙，除了履行法定的基本義務，其餘責任一概不負。正因他是如此自私的傢伙，我才對於「家」的概念深惡痛絕。雖然只是藉口，但我頻繁在外鬼混的逃避心理，或許與此相關。我曾花不少時間尋找國中男生能夠應付的兼職工作，可惜年紀太小，沒有監護人、也就是那個不負責任的父親簽名，根本無法打工，甚至連手機都辦不了，只能繼續使用早已不在的母親留下的門號。

在我心中，父親形同草芥，什麼也不是。他回不回來，還要不要我，根本無所謂。

但這種答案，不適合說給心柔聽。

她才剛滿十一歲，以世俗價值觀判斷，仍是乳臭未乾的小丫頭，正是需要親人照顧、需要完整家庭呵護的年齡。可惜沈家連如此簡單的需求都無法滿足，早早讓她過著與未成年兄長相依為命的日子，沒有長輩的經驗傳承和榜樣，許多生活常識只能自己摸索，不斷經歷挫折與失敗。

有人說，世界上無條件愛著彼此的只有家人；而我，就剩下心柔了。

我不願對她說謊，也不願替老爸說話，此時此刻，只剩第三個選項。

「心柔，其他人我管不著，但我絕對不會離開妳。」

我咬著牙，緊緊握住她的小手，瞪視空無一物的門，以及門外那複雜、險峻且扭曲的世界。

四周一片靜默，只聽見水珠落入滿盆浴缸水的聲音，一滴接著一滴，逐漸使我心跳趨緩，跟著水珠之音，慢慢化作同一頻率。

心柔低著頭，輕輕顫抖，發出細小微弱的啜泣聲。

我的答案既非肯定，亦非否定，巧妙地迴避了困難的問題。事實上，她根本不可能接受我模稜兩可的回答；雖然她心中早已有答案，但終究想從我口中聽到正面的回覆，安慰殘破不堪的心靈。

心柔的哭泣聲緊緊揪住我的心，剎那間我竟險些跟著落下淚水。

我全神灌注擰緊眼瞼，努力壓抑心中洶湧泛起的苦痛與悲傷，收回即將泌出的淚珠，深吸一口氣，緩緩調節呼吸，維持哥哥應有的姿態。

望著心柔低垂螓首，雙肩微顫的單薄身影，我只能將其擁入懷中。

這是現在唯一能做，有能力做的事。她是我唯一的家人，我也是她唯一的靠山。

我會用盡一切力量，不惜一切代價，保護好世上最重要的人，不讓她受任何傷害。

因為我是她的哥哥。天可以崩，地可以裂，唯有這層關係，永遠不會改變。

誰也不曾想到，這層理當永遠不變的關係，居然只剩我一人記得。

「沈……雁翔。」

坐在對面的心柔，噘著嘴，以不太流暢的發音喊我的名字。

「為什麼你看起來這麼痛苦？跟那兩個姊姊戰鬥留下了什麼後遺症嗎？」

望著那雙野貓般挾帶警戒的眼眸，就算是天不怕、地不怕的我，心也涼了半截。

「真沒想到會有被親妹妹叫全名的一天。」

「我不是你的妹妹。」她移開視線，嘴噘得更翹了。「我並非完全不相信，畢竟正在泡茶的巨乳姊姊肯定了這番說法，而我也另外有足以佐證的線索……」

「什麼線索？」

心柔瞪了我一眼，哼了一聲。

「照片。」她啟動腕環機，盯著畫面操作半晌，卻因為使用者的設定，投影畫面沒有透光，故而無法看見顯示的內容。被妹妹不信任到這種程度，也算是種新體驗。「其實我不記得過去設定的密碼，但這台機器很雞婆地安裝了瞳孔解鎖，讓我輕易找回以前使用的幾個社群系統。」

「那妳應該有看到我們的合照。」

「是的，我有看到。」她在每個字上加了重音，全力表達自己對此相當不滿。「不只合照，連信箱裡頭的收件匣，甚至草稿匣都出現一堆你的名字。更讓人不爽的是還沒傳上社群的照片，裡頭滿滿的合照不提，還有一堆……嘖。」

心柔砰的一聲把腳砸到桌上。這可不是她會有的舉動。

或者，是她在我面前特別忍下不做的舉動。

「我的結論是，『那個』沈心柔的確非常愛你這個哥哥。」

「什麼這個那個，妳就是心柔。」

「才不是。」她再次瞪了過來，「我和她完全不一樣。至少我對你不存在這麼噁心的愛意。」

「兄妹之間是能有什麼噁心的愛意。」

「在我的記憶中，你這個人並不存在。我相信你們說的，但你們口中的沈心柔，從我的角度來看，就像一本以自己為主角的第一人稱小說，用著我不熟悉的口吻，做著我沒印象的事，抱著我難以理解的情感，過著截然不同的生活。」

她充滿惡意的目光稍稍減弱，視線自我的雙眼往下飄，沿著鼻頭、嘴唇，最終停在胸口一帶。

她細長的柳眉不住擰緊，把大大的雙眸壓成一條細縫。

我沒有失去記憶的經驗，對於記憶重疊毫無概念。就算心柔此時恢復過往記憶，照她所言，也像倒入池塘的黃油，是外來的，難以相容的。假設情感是經驗的原生產物，重獲甦醒的心柔恐怕很難回復為過去的模樣，因為時間無法倒轉，共同度過的歲月早已消逝，無法重走一遍。

對我而言極為重要的那幾年，再也不復返了。

「看著你痛苦的表情，我只覺得不悅而已。」心柔皺著眉頭，緊握雙拳。「你是擁有記憶的人，用著我不熟悉的目光、語氣和態度與我交流，但從我的角度來看這些全是傲慢——記憶程度凌駕於他人的傲慢。我根本不懂你話語中隱藏的情感，也無法真切地感受你的痛苦，你卻一直擺出緬懷過去的悲傷表情，好像失去記憶這件事是我的錯一樣……」

「我沒有這個意思。」

我只是對自己的無能為力，深感氣憤與懊惱而已。

失去記憶的心柔，大概也已忘記過去辛苦的日常生活了。

「如果你真的是我哥哥，希望你能為我做一件事。」

我沒有說出「什麼事都可以」這種虛偽的空話。她望著我，持續數秒之久。

「請你不要再把我當成以前的那個沈心柔了。」

這是非常不公平的要求，卻是「現在」這個心柔最需要的待遇：獨立性。在我心中，甚至在任何人心中，她都附屬於過去的心柔，儘管沒有自己的記憶，儘管才剛甦醒而宛如嬰孩，眾人仍將她視為在沈家生活十多年的少女。

她的甦醒，對我來說是救贖，對她而言卻是毀滅。

尤其甦醒後立刻成為靈術師們的追捕對象，必須搏命逃亡，對一個十五歲的柔弱少女而言，更是無邊的煉獄。

然而，她想要的獨立性，我卻發自內心不願意給，因為我仍盼望著「奇蹟」。

我對世界的認知在四月之後產生巨變，任何說得通和說不通的事實，交織成超越凡常卻貼近真相的宇宙；神明、魔物、妖怪、靈魂確實存在，奇異詭譎、虛實混同的人事物，將凡俗塵世與玄靈領域合而為一。

天地萬物相生相剋，詭譎神祕的世界既然能夠奪去心柔的記憶，必也存在使其恢復的方式。以往的我，腦中絕不會產生如此「幼稚」的想法，但我現在有白虎的力量，也認識會預測未來的人，還擁有最強的靈術師朋友，面對任何複雜難解的困境，都不會輕言放棄。

令人困擾的是另一個問題，倘若成功尋回心柔過去的記憶，「現在」這個心柔算不算死了呢？

「你不打算滿足我簡單的願望，對吧？」心柔的臉頓時蒙上一層黯淡，垂下眉宇，嘴角打平，露出苦澀的微笑。「到頭來，妖狐離開之後，我就是一個人了。」

「不是這樣的！」

我的雙掌拍上桌面，發出砰的巨響，嚇得心柔瞪大雙眸。

「妳就是心柔，不管有沒有記憶，我都把妳看做自己的親妹妹。這個世界充滿我不能理解的事，有關喪失記憶，現代科技大概幫不上什麼忙，但擁有狐狸精的妳一定明白，世界的『理性面』恐怕占不到一成，剩下九成以上全屬未知。也許對你來說，恢復記憶就像讀著以自己為主角的小說，但對我而言，卻是找回重要家人的唯一途徑。」

她眼中挾帶的敵意稍稍減弱，望過來的目光，比起不耐煩，更多的是對這番話產生的好奇心；她越發低垂的眉宇，則散發出孤身一人的寂寞，和亟需依靠的無助。

「身為妳的哥哥，我不可能撒手不管。」想像著與心柔分道揚鑣的生活，不禁緊蹙眉宇。「我能給妳的承諾是，假使能夠找回記憶，也一定會用最理想的方式，讓『現在』的妳，與『過去』的妳完美合一。」

「世上哪有兩全其美的事，哥是笨蛋嗎。」

「相信我，這世界有很多莫可名狀的奇蹟，連能夠預測未來的人都料想不到。」

心柔眨了眨眼，噗嗤一聲，摀著嘴笑，銀鈴般的笑聲與過去幾無不同。

一聲哥，一道熟悉的微笑，讓我確信眼前的女孩就是「那個」心柔，不只心頭一暖，更強化了我心中兩全其美的終極目標。

「哥真是笨蛋呢。」

「這句話我已經聽膩了。」

話是這麼說，但我可是百聽不膩呢。望著那張笑臉，心中沉重的大石放下一半。或許只是從未自覺，她始終是我潛意識的精神支柱，讓我得以對抗這殘酷的世界。

廊道方向傳來陶瓷碰撞的聲音，喀嗒喀嗒的，光是聽著就覺得很危險。

紀元臻小心翼翼地踏出腳步，面無表情，雙臂卻搖晃不已，緊闔的嘴巴不斷發出「嗯？嗯，嗯嗯？嗯——」的聲音。

「這些杯子真的很愛亂動。」

「第一次見到平衡感差還怪杯具不好的人。」我的白眼都翻到外太空去了。

紀元臻放下茶盤時，心柔默默低喃一句：

「杯具實在太悲劇了。」

咦？我望向她，她卻立刻撇過頭，緊抿唇瓣，自顧自地憋笑。

不管有沒有記憶，這孩子都是天真可愛的。

紀元臻的目光來回逡巡，不改形色的臉上彷彿加了問號，不懂剛才發生了什麼事。她闔上雙眼，食指抵在眉間，木頭人般佇立不動。

心柔與我面面相覷，一時無語。

「啊。」紀元臻睜眼驚呼，「原來是同音詞的冷笑話。」

「那叫做諧音哏……」這傢伙沒問題吧？

「啊哈。」她望向心柔，眼睛、鼻子、眉毛完全不動，僅微微張開雙唇。「哈、哈、哈、哈、哈、哈、哈。」

心柔睜大雙眼，嘴巴開成梯形，彷彿看見什麼妖魔鬼怪。

「元、元臻姊，您有聽懂就好了，不用勉強笑。」

「是這樣嗎？」紀元臻立刻停止可怕的笑聲，「有人跟我說，聽到笑話，跟著大家笑是種禮儀。」

「禮儀就是可做可不做的假高尚規範。」我的補充似乎也讓心柔覺得傻眼。

「可是那個人說，乖乖遵守禮儀的話，有機會能和她的笨姊姊一樣受歡迎。」

聽到笨姊姊三個字，罪魁禍首的名字立刻浮現腦海。可惡的九降書檮，連這種老實人都騙，還要不要臉。

紀元臻突然走到我面前，右手置於左肩，屈膝行禮。正想出言發問，她隨即轉身，向心柔行了同樣的禮。

「有兩件事，必須先向二位致歉。」

她正經八百的慎重語調使我寒毛直豎。紀元臻是來自玄女宮的戍衛級靈術師，更是與詩櫻同行追捕妖狐的成員，倘若將我們帶來此處的行為是個陷阱，此時此刻，仍受白虎力量負面效應所苦的我和已與妖狐分離的心柔，宛如甕中之鱉，毫無脫身機會。

我屏住氣息，右手摸入口袋，發現一張咒符都沒有。突然驚覺，原先掛在腰上的桃木劍同樣不見蹤影，這麼晚才發現自己被人卸除武裝，太過馬虎而招致不利狀況的局勢，讓人更陷絕望。

紀元臻先眨了一下眼睛，默默瞥向我埋進口袋的右手，以大約五度角的幅度偏著頭，隨後眨了第二下眼睛。

「第一件事，是無意間打斷氣氛良好的二位……」

「她是我的親妹妹，哪有什麼氣氛好不好。」

「親妹妹？」紀元臻又眨了一下眼睛。「親妹妹就不能氣氛良好嗎？」

有道理，是我反應過度了。

我攤平雙手，掌心向上，隔空做出往前挪移的動作，示意她繼續。

「第二件事，是關於這個東西。」

紀元臻的右手舉向胸前，伸入丁香紫的道袍內襯，我見狀霍地起身，動作之大嚇了心柔一跳。

倒是紀大小姐一派無事，直望向我，慢條斯理地取出一面八卦鏡。

我的警戒尚未解除，「這該不會是清羅天宮七法器之一的法寶？」

「當然不是。」

紀元臻將八卦鏡平擺桌上，乾的卦象恰好對準我的座位。

「這只是普通的八卦鏡。」她隨即搖搖頭，「這樣說好像不太對。」

「確實不對。」我白了她一眼，「有個名為九降詩櫻的人說過，就算是普通的法器，只要拿在靈巫手中，也能發揮強大的力量。」

「這倒不假。」

這傢伙真的很欠吐嘈。

儘管如此，惜字如金的她似乎不打算多做補充。

「之前，我說了謊。」紀元臻面無表情地望著我，「起初，我說過將你們帶回來的原因，是想減少任務的負面效應，實則不然。」

「莫非妳想把我們交給詩櫻？」

「怎麼會呢。」紀元臻再次微幅偏頭，「我說謊的只有那部分，主觀上對聖帝大人的決定存疑這點，絕無虛言。」

「那妳隱瞞了什麼？」

「我隱瞞了目的。我想嘗試不造成宿主負擔，消滅聯繫關係的方法。」

「我不懂，這不就是詩櫻想做的嗎？」

「不。」紀元臻輕輕搖頭，雙眼依舊定在我臉上。「聖帝大人是以武力強行剝離心柔小妹體內的狐狸精，進而在二者分離的狀態擊殺妖物，但這並不是正確消滅聯繫的方式……或者該說，這不是『玄女宮』認為正確的方式。」

「就我所知，能夠解除聯繫的方法只有兩種，一種是想辦法消滅妖物，另一種是利用靈力的強弱差距嘗試和解。」我瞥了心柔一眼，「心柔的狀況不能和解了事，所以詩櫻採取的理當是唯一的手段，除非——」

我瞇起眼，瞅向眼前這位泰然自若的十二戌靈巫。

紀元臻擺擺手，要我上前看那面八卦鏡。

那是一塊等八邊形的板狀物，金色的邊框內緣有個大圓，圓內是陰陽兩儀的配色，沿著各邊以強勁的筆觸刻有乾、坤、坎、離、震、巽、艮、兌八卦，卦象內部的同心圓則是一面凹面鏡。

這面鏡子的正確名稱是八卦凹鏡，相對於凸面鏡，作用是收聚靈氣而非擋煞。面對吉祥靈氣，可用八卦凹鏡收聚，主要的用途是照煞、驅邪、鎮宅、除病和藏風聚氣。

「這不是用來處理居家風水的東西嗎？」

「是這樣沒錯。」紀元臻的食指輕輕拂過八卦，烏黑無色的卦象紛紛泛起金光。「正如你所轉述的聖帝大人原話，普通的八卦鏡拿在靈巫手裡，也能發揮強大的力量。這面凹鏡，灌注靈力就能引出邪氣，若是用來照人，可避免邪氣侵入人體，使之不易患病，甚或除去現有病痛。」

「我和心柔都沒染病。」

「除此之外，」她眨了一下眼睛。「還有統攝、鞏固人體精氣神的作用。」

統攝、鞏固……

假設心柔現在處於靈魂消散階段，將她喚醒的觸媒可能是妖狐。照理說，切斷與觸媒之間的連結，極高機率會導致她重回昏厥，但如果能有方法鞏固靈魂，事情就有轉機。

「不可能。」我皺眉搖頭，「假設這東西真能鞏固心柔的魂魄，那詩櫻沒道理不用，尤其是決定消滅妖狐的計畫，不可能沒把這種方法考慮進去。」

「我沒有說要用這個鞏固心柔小妹的靈魂。」

紀元臻捧起八卦鏡，置於胸前，讓鏡面正對著我。

「是要用來統攝並鞏固你的靈魂。」

「抱歉，我完全沒聽懂。」

「如我先前所說，玄女宮對於切斷聯繫這件事，有不太一樣的見解。」她朝我眨了兩次眼睛，花了十秒，充分體會這樣的說明不太管用，才往下補充。「準確來說，我們玄女宮有個特別的法寶，可以在不傷及宿主與寄宿靈屬的前提下，解除聯繫關係。」

「連詩櫻都不知道的方法？」

「我不確定聖帝大人知不知道，但我相信沒人會把這個選項考慮進去。」

「為什麼？」

「如果你有興趣，我們要處理的前置作業非常多。」她將八卦鏡擺回桌上，臉上沒有一絲情緒，望向心柔，隨後重新看向我。「首先，我們需要小一點的八卦鏡，最好能讓我把靈力存在裡頭。」

「抱歉，我們沒有這種黑科技。」
「你認識一個可能做得出來的人。」
「……妳到底把我摸得多透澈？」
「我說過了，你是玄靈道領域中家喻戶曉的人物。」
這傢伙不只難以捉摸，還擁有可怕的情報管理能力，所幸現在還是友方，不是敵人。
紀元臻以冷峻的目光掃視我全身上下，緩緩搖頭。
「心柔小妹可以，但你不行。」
「哪裡不行？」
「全部不行。」
「妳有時真的很討人厭。」
「大家都這麼說。」
她丟下滿臉不悅的我，繞過長桌，站在電視機前直望門口。
「剩下的事，等這裡的主人回來再討論了。」
「妳說回來……」
門的方向登時傳來細碎的金屬聲，很輕，卻很響，應是鑰匙嘗試插入孔洞的聲音。
畢竟是這戶的主人，不消幾秒便已旋開門鎖。厚重的防火大門緩緩開啟。

我嚥下唾沫，準備應付可能上演的逐客戲碼。

「咦……為什麼燈是亮的呢……咦咦？」

跨過門檻的少女，身穿淺綠吊帶連身裙，留了一頭褐色中長髮，兩側結起麻花辮，一雙又大又圓的眼睛，襯得白皙臉蛋更加青春無邪。

比起髮型，更具鑑別度的是她那完全不像高中生的身高。

少女手上的袋子應聲落地。

「為什麼……紀師姐和沈同學會在這裡？」

剛剛返家的熒雨潼，滿臉困惑地呆望眾人。

這一剎那，我瞠目結舌，呆若木雞地站在原地，腦海浮現出無關緊要的全新體認。

十二戊元臻，是個相當危險的精明角色。

第七節　重返玄女宮

「為什麼我非得穿成這副模樣？」

「沒辦法呀。」熒雨潼縮著肩頭抿著嘴，「這是唯一能夠穿越玄女宮山門的方法。」

我輕聲咂嘴，縮著脖子，與兩名低聲交談的女性擦身而過。她們瞄了我倆一眼，短短的數秒內我嚥下兩回唾沫，額前冒出薄汗，深怕對方出言叫喚，摧毀整個計畫。

幸運之神難得站在我這邊。兩名女性連腳步都沒停下，雙雙移開視線，重新開啟話匣子，朝他處漸行遠去。我呼了口氣，才發現身旁的熒雨潼睜大雙眼，抿著小嘴。

「怎麼了嗎？」

「不、不……」她紅著臉別過頭去，「我覺得沈同學不用太過擔心，這個，嗯，那個……其實真的很完美，不會被發現的。」

「完美的意思是？」

「就是，不會被看出有什麼不同。」

「那也很令人擔憂好嗎……」

途經玄女宮的三川殿，心無雜念，象徵性地合掌朝主神一拜，便繞開烏黑的大香爐，轉入側邊的廂廊。

玄女宮的全稱是奉天順九天玄女宮，位於新莊路與碧江街之間，是新莊區僅次於御儀宮的古老大廟，香火鼎盛，信眾遍及各行各業，且距離廟街夜市近，周邊商圈熱鬧非凡。絡繹不絕的人潮自然提升了計畫的難度，但麻煩的不是大量的民眾，而是玄女宮本身的「規矩」。

「妳是什麼時候開始拜師學藝的？」

「咦咦……」熒雨潼嬌小的肩頭輕輕縮起，像個膽小的破殼小雞。「我並不是想拜師學藝……當時是因為朱綉姊的狀況不太穩定，才來這裡尋求幫忙。」

「為什麼不去御儀宮？」

「因為……御儀宮有那個人在嘛……」

也是。換做是我，也會盡量避開敵視自己的人。

「啊，我不是故意要瞞著沈同學，但——」

「但我們不是朋友，對吧？」

「咦咦……原來不是嗎……」

我轉過身，雙口開弓，左右拉著她頭上兩條麻花辮，將她整個上半身提得挺直。

「當然是開玩笑的啊！」

「好痛唷。」熒雨潼嘶著嘴，眼眶淚光閃閃。「畢竟我在班上不太起眼，成績也很普通，長相也……」

「拜託，妳這樣說，我和阿光特別跑去跟妳搭話不就都成傻子了？之前的斷橋事件，要是沒有妳，我們根本撐不到王牌出場。很多時候，看似最不起眼的人，總會在決定性的局面產生關鍵作用。」

「這是沈同學的親身體驗嗎？」

「我看起來像不起眼的傢伙嗎？」我不假思索地反問，她立刻搖頭，兩條辮子甩得飛快。我聳聳肩，「這幾個月，我經歷太多次詭異的危難，每次的解決方法都好比一臺大型器械，能否成功運行，端看零件們是否各就各位——妳，就是非常關鍵的螺絲釘。」

「我是螺絲釘……」

「妳想當螺帽也可以。」

「螺帽？」

「就是中間有個洞，讓螺絲釘轉著轉著穿過去的東西。」

「我不想當被穿過去的洞！」

「妳小聲一點啦。」

錯身而過的信眾，紛紛投來狐疑的目光，為避免節外生枝，我低著頭，牽起熒雨潼的小手，直往前走。

她今天穿了雙走起路來趴搭趴搭響的修行草鞋，據說是玄女宮最初階的配備之一，這裡與御儀宮相仿，以服飾、配件與色彩來區分階級。

我對宗派的階級存有不少質疑，卻也沒有地位發表意見。

玄女宮的地面鋪以中型灰石，近似於竹苗客家庄登山步道常用的類型，一顆一顆分散相接，空隙處以黑土填平，雖不如御儀宮高級大理石地板來得平坦光滑，行走間卻感覺很療癒。

穿越第一個口字形廂廊，抵達第二殿的前庭。此處的地面並無不同，兩側卻多了清澈的青龍白虎池，提供香客投幣許願。

許願池的概念總覺得與玄女宮的主神九天玄女娘娘不太合，畢竟玄女娘娘善於兵術，相對於文，更重於武，不太像會在乎人間眾願的神明。然而，正如詩櫻所說，神明都是為了賜福於人才降臨塵俗，九天玄女娘娘或許比我想像得更在乎人，不只關注武術兵法，也兼及照顧了身家妻小。是就好了。我雖然已經與白虎和解，但神明等靈屬之物造成的人生損害，至今仍未回復。

身邊傳來硬幣碰撞的細碎聲音。

被我一瞧，熒雨潼倏地將手挪到身後，低垂螓首，後退兩步。

「熒雨潼，妳該不會——」

「我、我我，我不是想許願，只是在找零錢……」

「我沒說妳想許願。」

「沒錯，我什麼都沒做！」

「只是拿出零錢——」

「嗯。」

「走向右邊的白虎池——」

「是。」

「準備把零錢丟進去許願——」

「哇哇哇！」熒雨潼抱著頭，「居然被發現了，好丟臉……」

「妳根本就沒藏好啊。」

我象徵性地輕輕彈了她的耳垂，聽見她悄聲喊痛，才揚起嘴角翻找口袋。我是不帶現金就沒安全感的類型，口袋裡必有零錢，輕鬆取出一枚五十元硬幣。

熒雨潼眨眨眼，歪著頭，臉上滿是疑惑。

我走向白虎池對側的青龍池，硬幣夾於雙掌中心，合十而拜。

——希望能夠順利取得法寶，解救心柔於靈屬的侵擾之外。

雙手一拋，硬幣在空中轉了幾圈，隨著地心引力作用，噗通一聲，落入澄澈的水池中。

回過頭，熒雨潼依舊睜大雙眼，呆立原地。

「妳不許願嗎？」

「咦？我……咦？」

她左顧右盼，周圍來來往往的香客，要不是合掌參拜，要不就是擲筊問事，各做各的事。熒雨潼抿起薄唇，水汪汪的眼睛像極了討好人的小狗。

「我、我可以許願嗎？」

「錢是妳的，妳才是老大。」

「可是我……」

「唉，真是的！」

我一把揪起她的手腕，那副輕盈的身子彷彿飛翔一般來到白虎池邊，繼而抓住她的雙手，強制掌心合十，抬到與她雙眸同高的位置。

她仰起頭，與我雙目對視。過於親近的姿態竟讓我雙頰發熱，登時察覺自己在短短幾秒之內，做出多麼踰矩的行為。近在眼前的水靈雙眸，猛然使我意識到這名羞澀的嬌小女孩，是與我同齡的高中生，已逐漸成為成熟的女性。

我趕緊移開視線，鬆開雙手，打算後退，她卻立刻捧住我的手。

小得令人憐惜的力道，只需稍微反向扯動便能掙脫，源於心理的奇妙制約讓我甘願順應這股微弱的力量，緩緩將手移回原處。

撇除斷橋事件共同面對神獸朱雀的患難之情，熒雨潼嬌小的身軀與怯懦的性格，讓我始終將其視為妹妹等級的存在，沒有產生任何遐想，也從未在意異性之間的分際，全然忘記她也是個即將成年的十七歲少女。

沒來由地對她感到抱歉。

熒雨潼輕輕放下我的手，接著合起雙掌一拜，併合的食指抵在鼻前，唇瓣細微開闔。

相對於我這種只在心中默禱的類型，會特別動起嘴唇、以氣音祈願的人們，被詩櫻即興稱為輕聲默唸派。當然，這只是淺顯易懂、非常口語化的分類方式，原本並非御儀宮的道術理論，可惜詩櫻的身分太過特殊，隨意使用的白話用語，很快便成為玄靈道各宗派廣泛使用的「官方用語」。

連我都潛移默化地用起來了，聖御帝大人的影響力果然與眾不同。

不知過了多久，在我忍不住想「到底求了什麼需要這麼久」時，熒雨潼再次向前搖擺雙掌，完成象徵結束的動作。

「妳好像求了很多事。」

「是啊。」她漾起笑靨，望著白虎池。「希望能夠順利實現。」

能夠發自內心認為願望可能「被」實現，也是一種幸福。曾幾何時，我連祈福的意願都沒了，因為不知還能相信什麼。深知無人願意提供協助，也無人真心關注自己，凡事終究只得靠自己，憑藉擁有的一切力量面對險峻的未知，突破眼前的困難。

孑然孤寂的生活方式，讓我不再依靠任何人事物。

「其實，我決定進入玄女宮修行，並不是為了改善與朱綉姊之間的相生關係。」

離開許願池後，熒雨潼悄聲開口。她不是有意壓低音量，而是聲音本就過於微弱，行走時造成的肺部震動讓氣息更加紊亂，使得聲量宛如低喃，非得貼近才能勉強聽清楚。

「如果我好好修行，未來若有壞人想害我們，或者出現不好的怪物襲擊無辜的人，就有足夠的力量，能像沈同學這樣挺身而出，站在大家身邊保護他們。」

她瞇起雙眼，抿著嘴，漾起燦爛的笑。

「就像你當時站在我身邊，挺身與強大的朱雀作戰那樣。」

我搔搔後腦，「說是這麼說，修行這麼辛苦的事情，還是能免則免。」

「又來了。」她摀著嘴笑，「雖然這樣說實在不太禮貌，但沈同學明明是不折不扣的大好人，卻總是裝得像是壞到骨子裡，對任何事情都不在乎的壞蛋。」

原來我不是那種人啊。突然覺得有些欣慰。

「由我來說有點不妥就是了……」她低著頭，持續行走。「要像沈同學一樣願意捨身救人，不是一朝一夕能夠辦到，必須有一顆堅強無懼的心，才能做出此種接近神明的善舉。」

我之所以敢冒生命危險，是因為身邊有一位被預視未來者判定為「宇宙最強之人」的朋友，所以比誰都清楚，就算天真的塌下來了也有人能擋著。

自始至終，我都未曾想要行善，更無自詡英雄濫竽充數之意，所作所為，源於一套自私的價值觀：被人打了就要打回去。與其說是善舉，不如說是以牙還牙、以眼還眼；我是漢摩拉比的忠誠信徒，被人傷了眼睛就挖一顆回來，被人陷害就加倍陷害回去。

「未來需要幫忙時，知道還有妳在，確實挺安心的。」

「是吧？」

「別笑得那麼開心，這可不是鬧著玩的。」

「我知道。」

她居然笑得更開心了……

不一會兒，我們成功穿越兩個殿前庭，與數不清的香客擦身而過。原先躁動不已的心漸漸平靜，熟悉了周圍環境，各項感知反應也漸趨回復。

來到第三座殿堂，此處的殿前庭特別寬廣，恐怕有半個林家花園那麼大，左右兩側栽植著不同外觀的羅漢松，左邊的低矮彎曲，右邊的豎立高聳，刻意的精雕修剪讓人肅然起敬，彷彿正被數名金剛羅漢俯視監督，一舉一動盡在眼目之下。

前方的大殿並未開放，敞開的六扇朱紅木門分別繪了門神，全無重複，黑臉、白臉、配劍、拔劍，各不相同。即使修行數月之久，我對各路神明之區辨仍然外行，甚至比未曾修行的導覽阿姨瞭解更少。

第三殿前庭的香客稀少，身穿修行服的內部人員倒是忙裡忙外。左側低矮的鐵桌擺了一盤糕餅和茶水，中間坐著一名少女，正拿著筆整理資料。

定睛一瞧，那名少女雖然身穿淺灰色的修行服，白皙姣好的臉蛋卻怎麼看都是心柔。儘管明白我和心柔會分頭潛入玄女宮，但過程中皆是各別行動，並不知曉她會以什麼方式進入廟宇。

分明是應該低調隱藏的計畫，心柔的行蹤卻很高調，可說是直接在鎂光燈下行動，加上她甜美討喜的外型，說有多醒目，就有多醒目。

如此危險之舉，需對宮內狀況特別熟悉，否則非常容易破功。

既然心柔在此，另一個人理當也在附近。我瞇起眼環顧四周，掃過一個個身穿道服的身影，瞥過一張張陌生的臉，直到視線來到正中央處。大殿門前，佇立著兩名廟方人士，彼此間互動的姿態頗有鶴立雞群之勢，四周的道者恭敬地圍成一個小圓。

其中一人正是身穿丁香紫道袍，頭戴紫玉雕花髮箍的紀元臻。

目光移向與她交談的男性，我登時睜大雙眼，倒抽一大口氣。

好不容易靜下的心，再次擊鼓一般狂躁起來。

「沈同學，怎麼了嗎？」

「不，沒什麼。」我的臉色鐵定很糟，「今天有什麼活動嗎？」

「玄女宮一直都很多人，後殿這邊的人數與往常沒什麼兩樣。」

「這樣啊。」

「發生什麼事了嗎？」

「那邊，」我指向人群中的男子，「為什麼有個男人？」

「玄女宮雖然只容女性進出，但擁有靈術師資格、受到邀請的人士就不在此限。」

真是意料之外的障礙。

非但作為重要關鍵的紀元臻眼下無法脫身，我費盡千辛萬苦隱藏的真實身分，也極可能就此瓦解。倘若是個完全陌生的人倒沒問題，點頭之交也無所謂，眼前那人卻與我頗有淵源，不被認出來的機率趨近於零。

只好先繞過去，考慮放棄紀元臻的協助，獨自搜索法寶了。

「沈同學認識那個人嗎？」

「對哦，妳的確沒有直接見過那傢伙。」

我彎下腰，稍微朝她貼近一些，她則踮起腳尖，撥開遮掩耳朵的鬢髮，做出百分百的「側耳傾聽」貌。我瞇起雙眼，直望前方，死盯著那個對談中不斷冒出「瞧我」二字的男性。

「他是東明的學生會長，名叫令云翺，也是御儀宮的修行弟子。」

嚴格來說是「前任」學生會長，畢竟學期末後會長一職已經轉移給當選者詩櫻了，在她著手組閣的這個暑假，這位學長就不再擁有學生會長的實質權限了。

「你們之間怎麼了嗎？」

「為什麼問？」

「因為，」熒雨潼抿起唇瓣，似乎有點猶豫。「沈同學的手……」

我這才發現自己擰緊雙拳，手背冒出一條條青筋，額前的冷汗，更是有如雨後春筍，有些甚至差點滑落頰間。

想不到過了這麼久，殘留心中的厭惡交雜其他情緒的不悅，仍能讓我怒火中燒。表層的心神沒能完全觀照，還以為只是針對計畫偏差產生的煩躁，實際上，潛意識中烈火似的情感，才是支配這等反應的主因。

——你們之間怎麼了嗎？

這個問題可大可小，甚至可有可無。平心而論，令云翺從未直接與我相衝，行為舉止也比我成熟，又是潛心修練的御儀宮人員，背景與經歷毫無瑕疵。

但，使我如此不悅的，只是一個簡單的動作。

一個未遂的吻。

趁著詩櫻落寞之時，險些得逞的吻。

進入御儀宮修行後，隨著相處時間增加，我對詩櫻的瞭解越來越深，喜歡有她相伴的感覺，或許正因如此，繼而擅自認定詩櫻屬於我，用毫無根據的蠻橫心態，將人排拒在外。我甚至曾朝他揮出一拳，無法解釋的心理反動，驅使了不必要的惡行；神奇的是，我一點也不內疚，將厭惡、遠離甚或攻擊令云翱的態度，視為正當之舉。

幾分鐘前，熒雨潼居然將我比做行善之人，實在有夠諷刺。

無端地瞪視令云翱許久，我才終於定下心來，緊闔雙眼，甩甩頭。

再次睜眼時，竟意外與他四目相接。他微張開嘴，詫異的表情顯然瞬間認出我來了。

該死，真的太該死了。我撇過頭準備離去，耳邊立刻聽到他對紀元臻等人說著「抱歉」、「失陪」等語，只能加快腳步，嘗試在他接近之前，進入第三殿前庭左側的廂廊。

腳板才剛離開中庭地舖，踏上有著三十公分高低差的大理石廂廊地面，左臂卻突然被人拉住。

完蛋了。要是這時候被認出來，別說摸進寶物庫，連能不能平安走出去都成問題；何況，玄女宮響應了詩櫻的追捕妖狐靈靖任務，不可能包庇我和心柔，形同自投羅網。

「嗨。」

令云翱極富磁性的沉穩嗓音，從背後傳來。

我嚥下一口唾沫，說什麼也不肯轉身。

「你……」

他依然緊握我的手腕。

「是誰呢？」

咦？出乎預料的問句讓我摸不著頭緒。

回過頭，只見令云翱掛著似笑非笑的一慣表情，露出整齊的牙列，用臉皮和五官清楚描繪出「陽光」二字。面對他簡潔且毫無疑義的問句，我只能按捺情緒，低垂雙眼迴避他的視線。

「瞧我如此幸運，你終於回頭看我了。」他嘿嘿地乾笑幾聲，「還以為自己哪時不小心得罪人了呢，居然惹得人家連面都不願一見。」

太過突兀的發展害我腦袋一片空白，始終無法組織出完整的話語。他的語調太過拘謹，絲毫沒有過去目中無人的態度，不像對著我說，僅是套用初次見面的應對禮節，讓人難以分辨話中虛實。

「你現在的模樣，就像頭頂冒了個『點點點』的雲狀對話泡泡。」他笑得更樂了，朝我伸出右手。「瞧我這般無禮，竟然忘了自我介紹。你好，我是令云翱，是御儀宮的宮外靈術師，今日造訪貴宮廟，能巧遇您著實令人歡喜。」

我沒回握他伸向前來的手。腦中仍在疑惑，但已慢慢明白眼下的情況了。

眼前不住獻殷勤的令云翱，將我錯認為別人了……

不對，是我成功讓他錯認了。

認知到這點，終於放下心頭大石，吁了口氣，眨一眨眼。

令云翱不知何時竟向前移動一吋，近得幾乎與我臉貼著臉。

「哇！」

「嗚哦，瞧我如此失禮，原想看看您的臉色，居然嚇著您了。」他深深一鞠躬，「請容我向您鄭重道歉。」

「呃，啊，不、不必拘謹。」

儘管沒有肌膚接觸，我卻下意識地用手抹了抹嘴角，只差沒有吐出口水。

「太好了，您沒生氣。」令云翱顯然陶醉在自己莫名的殷勤中，絲毫沒有察覺我的抗拒。他再次伸手，「既然得到原諒，還請容我冒昧請教您的尊姓大名。」

果然沒認出來！他把我當成別人了！

居然在極近的距離，成功瞞過曾經一眼認出同校學弟「沈雁翔」的人，真得歸功於熒雨潼的一手好技術，幫我化了一層連誰都認不出來的變臉裝，成功消弭醒目的特徵。

除了外觀，偽裝時最容易出現破綻的部分，也澈底改變了。

我的左腕移往身後，右手輕輕按壓腕環機旁的自訂按鈕。

這顆按鈕的出廠設定，是用來撥打緊急電話的，目前已被我改為特殊用途了。

「令云翱先生，你好，初次見面。」

我的聲調變得很柔，頻率也更高。男性嗓音的痕跡，消失殆盡。

此時此刻的我，從頭到腳、由內而外，外型、服裝和聲音，均化身為女性。

「我是玄女宮的修行者，名叫陳湘秀。」

「湘秀呀，真是個好名字。」注意到我無論如何都不回握的他，默默放下右手。「瞧我這般突兀，都忘記說明搭話的原因。說是原因，也不過就是好奇而已，用這種理由把您喊住，湘秀小姐會生氣嗎？」

當然會，廢話。

這是沈雁翔官方版本的回答，但作為性別變換後的修行者，可不能如此隨興。

我眨了眨眼，融入角色，下意識撥了右側過肩的長髮，流水一般滑順的細絲，拂過耳垂與臉頰的奇異觸感，使我瞬間對自己的動作深感不悅。

不只動作本身，我對「有意識」擺弄這個姿態的自己，同樣感到厭惡。

我緩緩地，輕輕地搖頭，以變換後的柔弱嗓音說出「不要緊」三個字。

至於為什麼非得裝扮成這副模樣，還得歸咎於玄女宮的特殊規範。

——男性禁止。

在這個廣泛提倡性別平權，且同性婚姻及跨性別婚姻全部合法的年代，玄女宮絲毫不管時代如何變遷，獨立於世俗之外，固守數百年來的傳統，以「生理性別」為斷，強制禁止男性出入。據說，中央政府及地方權貴等各方人士，為了此規範的違憲性吵了十多年，卻不了了之。

身為生理男性的我，若無正式邀請，絕對無法名正言順地踏進玄女宮。

數個月前，我曾為了找尋玄穹法印，無視這條規範逕自翻越玄女宮的朱紅高牆，在這僅容女性出入的禁區恣意妄為。直到今天，玄女宮仍在搜捕當日擅闖的不法人士，一個是我，一個是早已鋃鐺入獄的蛇人青年。

歷經該次事件，玄女宮痛定思痛，強化了牆垣的戒備，翻牆這種魯莽的行為已不可行。

這回只能另尋他法。

擬定計畫當時，陷入長考的我，被紀元臻一派輕鬆的計策殺得措手不及。

她只說了短短的一句話。

「禁止男性出入，變成女生不就好了？」

這句話，揭開了我悲慘的變裝化妝時刻。

如此有趣的爆炸性發展，身為八卦王的「東明高中智多星」莊崇光，當然不會置身事外。明白這項計畫，甚至理解自己必須一夜之間做出數種特別器械，他毫不猶豫飛奔到熒雨潼住家，親自參與這場行動。

好不容易等到熒雨潼完成我的妝容，才打算起身，卻被心柔牢牢按住，原來紀元臻正在量我的頭寬，用來準備全新的假髮。阿光啟動腕環機，趁我動彈不得時，啪擦啪擦連拍數十張相片。

「你有那麼多工具要做，還有時間在這裡拍照？」

「開什麼玩笑，」阿光並未中止拍照，「這可是名為沈雁翔的男人，今生最重要的里程碑，假設有一天你覺醒了某種屬性，一定會很感謝有我為你紀錄重要的人生轉捩點。」

「你只是在幸災樂禍，別說得那麼偉大。」

「被發現啦。」他嘿嘿笑著，依然持續連拍。「小雨潼的化妝功夫真好，完全看不出原本那張長得亂七八糟的怪臉。」

「你才怪臉！」

「這是不是叫做『整形妝』啊？」他無視我的抗議，湊近還在打量我五官的熒雨潼。「看起來打了很多層粉，卻自然得像畫了淡妝似的，這般化腐朽為神奇的技術究竟從何而來？」

「啊哈哈……莊同學過獎了，沒有你說的那麼好。」熒雨潼沒有聽出阿光嘲諷我的話中之意，一邊確認我的眉毛，一邊拿修眉筆補色。「這的確是整形妝沒錯，但畢竟玄女宮是修行場所，被人認定畫了濃妝可是不行的。為了隱藏厚重濃妝的處理痕跡，我先用了……咦，為什麼你們一直看我？」

我與崇光面面相覷，聳聳肩，「沒想到妳可以說那麼多話。」

「咦咦——那、那我不說了……」

「小翔這種個性會被女生討厭哦。啊，當然，小詩櫻是絕對不會離開你的。」即使被我回了一句「囉唆給我閉嘴」，阿光依然露齒燦笑。「小雨潼，妳要明白一件事，小翔是個極度彆扭的無敵大傲嬌，他剛剛並不是想說妳話太多，而是想鼓勵妳未來多表達內心的想法，多說說話。」

「原來如此。」

就算妳睜著水汪汪的大眼睛，我也不可能正面承認的。

雖然心中滿是髒話想飆出口，卻不得不佩服阿光，他的後半段發言倒是說出我的心聲，我確實希望熒雨潼多說點話，別畏畏縮縮的，容易招人欺負。

紀元臻突然靠了過來，臉上毫無表情，目光來回掃視我的前額與眉宇。

「倘若使用假髮，一時之間也找不到能完美貼合的樣品，而且必須防範熟人或特別擅長動手動腳的無禮之人，假髮質地不小心露出破綻的話，可就『跳進太平洋也游不回來』了。」

沒有這種俗語。況且，跳進太平洋本來就游不回來。

阿光猛湊上前，與紀元臻一起打量我的頭皮。

「雖然只是瞎猜，但小元臻該不會有秒速生出頭髮的靈術吧？」

怎麼可能有。就算是靈術，也不至於太——

「嗯，我確實是有點想法。」

「喂喂喂！」我坐不住了，「在別人頭上施展靈術會不會太冒險了啊？而且這靈術也未免管得太寬了，連別人的頭毛都管，是住海邊嗎？」

「放心，交給我。」

不不不，就是交給妳才不放心。

「沈雁翔，別那麼膽小好不好。」心柔挑著眉頭，「為我冒一次險，有那麼困難嗎？」

「為了現在這個不可愛的妳，我覺得很虧啊！」

心柔冷不防收緊臂膀，胸口擠上我的後背，耳畔瞬間感受到溫暖的鼻息。

她輕輕呼了口氣，以氣音悄聲開口。

「哥，求求你了。」

「呃！」

「求你幫幫心柔，心柔真的好怕……」

「妳這——」

「哥，最喜歡你了。」

「唔唔唔……」

我咬緊牙關，雙拳猛力搥打自己的大腿，試圖利用疼痛讓迷惑的大腦重新理解心柔正在演戲的事實；儘管如此，心神一旦動搖便難以抵抗，在她柔言柔語的攻勢之下，最終只能宣告放棄。

親妹妹的ASMR真是太可怕了。

紀元臻拿一罐礦泉水直往我腦袋澆，在每根頭髮都溼透時，摁上三張顏色各異的咒符，默唸咒語，施展她「私自」研創的暫時性生髮靈術，

然後成了我現在這副長髮過肩的撩人模樣。

由於熒雨潼的身高太矮，完全無法借用，只得冒著被人注意的風險，穿上紀元臻過去的修行袍。

熒雨潼的巧手搭配紀元臻的自創靈術，面容姣好的高挑少女凜然誕生。

就連擅長認人、喜愛搭訕的令云翱都被騙了，這身裝扮怕是連書櫸和詩櫻都能順利瞞過。與我同為潛入者的心柔，戴上阿光過去設計的智慧型眼鏡，燙平瀏海遮住眉宇，其餘頭髮則收束在後腦勺，綁起高高的馬尾，用最陽春的方法營造不同以往的特別形象。

潛入只是通盤計畫的一小部分，距離目標完成還有一大段路要走。

認清這一點，我重振旗鼓，決定快刀斬亂麻地打發眼前煩人的令云翱。

「湘秀小姐平時修行的狀況如何呢？」

「嗯——怎麼說呢——」

「有沒有請元臻小姐好好給您指導呢？」

「咦——有沒有呢——」

「還是說，其實早就準備好靈術師考試了？」

「唔——對欸考試——」

不管他說什麼，我都以相當敷衍的無意義空話搪塞。但他竟然毫不氣餒，一句一句接連發問，完全無視我失禮的淡漠，不斷尋找新的話題，持續死纏爛打。

這傢伙的耐性和毅力實在過人，不愧是前任學生會長，說不定光憑伶俐的嘴，就把校長、師長以及家長安撫得服服貼貼。

太棘手了，完全無法脫身。

在我磨光耐性，險些大發雷霆的瞬間，紀元臻來到我倆身邊。

「令先生，我們還有些事，得先告辭。」

「瞧我如此不識趣，居然同時耽誤湘秀小姐和元臻小姐的時間，請容我改日向二位好好賠罪。」

「嗯，有勞了。」喂喂，妳這什麼回答。

「那麼，」令云翺再次朝我伸手，「下次再見了，湘秀小姐。」

那隻伸來的手，讓人覺得萬分厭惡。

既然已是最後關頭，為了早點完事，我悄悄吁一口氣，伸出右手回握。

他的手很冰，但表層的寒氣旋即被皮下的暖意覆蓋，一股舒適的溫熱自手心傳回來，讓人心情放鬆，掃空緊張的情緒。

他體內湧上的溫暖必定是靈流，因為這股暖意立刻打亂我體內的靈能平衡。還不擅長調節的我，只要稍微受到外界影響，便會感覺頭暈目眩，得花一番心思重新微調才行。

靈術師間連握個手都有危險，真是的。

依依不捨地鬆手後，令云翺朝我和紀元臻鞠躬，一邊大幅揮手，一邊向後退去。

紀元臻不愧是紀元臻，完全沒有理會他過度熱情的道別。

離開第三殿後，周圍的聲音慢慢聽不見了，彷彿介質透過廂廊的切割，產生了質變，隔絕外界的紛紛擾擾，宛如空間移轉，予人難以捉摸的奇幻異象。

廂廊的盡頭是另一個稍微狹窄的庭院，地鋪不再是灰黑的鵝卵石，而是不規則的珠紅色磁磚。庭園中央有一座靜靜循環的流水池，池子中央立著一座手持寶劍的女神像，底部以顏氏行書刻了「九天玄女娘娘」六個字。

此處唯一的建築，是我曾經潛入過的，收藏著玄穹法印贗品的寶物殿。

「妳說的法寶就在裡面？」

「是的。」

「一直都在？」

「是的。」她轉過頭來，面無表情地眨了一次眼睛。「即使曾被入侵，依然是我們的寶物庫。」

總覺得她知道我是當天的其中一位入侵者。

偌大的紅色木門中間，有個沒鑰匙孔的大鎖。她開展右掌，朝鐵鎖的方向運行靈力。喀啦一聲，鎖頭動也不動，門卻慢慢敞開。

正訝異著奇妙的開鎖法時，看似與先前相差無幾的殿內光景，使我倒抽一口氣。所有東西維持不變，只有大石柱上的黑色蛇行痕跡消失無蹤。大門闔上時，周圍的空氣彷彿凝滯靜止，門的內外儼然是不同世界。

殿堂內景象依舊，陳設未變，數樣器具卻發出薄霧般的金光。

變的不是寶物殿，而是我。此刻已能感應微弱靈力，發現不少物品都或多或少包覆著靈流，像是有人從上方打了一道光，讓它們一個個變得光輝醒目。

殿堂深處，一把被數條黑色鎖鍊纏住的寶劍，懸吊半空。

寶劍周圍的光芒特別刺眼，金黃色的特殊靈能形態，我只看過一次：詩櫻使用玄穹法印的時候。

這把寶劍，就是紀元臻口中，有機會解決心柔與妖狐間聯繫關係的法寶。

紀元臻毫不猶豫踏上前去，立於寶劍下方。

「虎騎士沈雁翔，請容我向你介紹玄女宮最珍貴的寶物。」

她依舊面無表情，白皙的臉龐籠罩在金光之下，鮮明的五官顯得更加亮麗耀眼。

「此乃九天玄女娘娘下凡賜福，為人們斬妖除魔、封神滅鬼時所用的寶劍。」

紀元臻凝視我的眸子，高舉雙手，嘴角以極小的幅度上揚。

「清羅天宮七法器之一的九天令劍。」

第八節　九天令劍

詩櫻曾經說過，上古真元之刻，太虛盡無之時，混沌先於世界存在，眾神生在其後，創生造地則是更後來的事了。混沌是天地的基礎，裂變為時間巨流與空間界域，時與空是神明之上的存在，是不可及的虛空兩儀純粹概念，眾神為了在時空的廣闊境地開拓宇宙，打造了七樣力量強大的法器：真元太虛法器。

這些用於創世的法寶，相傳在天地時空趨於穩定之際，消失無蹤。

眾神最先創造的人們之中，有一群親眼見過神明無窮力量，享有大智慧之福的人，被稱為「清羅天宮真元信者」。他們亟欲探究真元太虛的本質，摸索時空巨流與空間界域的運轉方式，儘管無法觸及早已逝去的過往，只能利用殘存於大地的神靈之力，收束、集聚、流轉，用最古老的手段，構築最初的靈力流轉。依據年邁巫師、法師、魔術師和靈術師的殘稿筆記，真元信者找到了七樣真元太虛法器的破片殘蹟，利用研究許久的靈流術式，搭配古老的鍛造工藝重鑄七個承襲其力的全新法寶。

這正是人稱清羅天宮七法器的寶具，遙遠而神祕的起源。

每一件法器都擁有超越真元信者所知的力量，凌駕於現存的諸位神明，是威力強大卻也極度危險的物品。倘若同時驅動七件法器，能夠開天闢地的純粹能量，勢必也能毀天滅地，認知到這一點的真元信者，將七個法寶分散各地，由各自的子孫執掌守護，或交付足以保守祕密之人，無論如何絕不允許落入同一人手中。

神話故事般的警世寓言，根本沒有可證餘地。最主要的理由，當然是至今沒有任何一人，或者任何世族，擁有全部的法器。另一個理由是，儘管九降家族同時擁有數樣法器，卻也不曾違反戒律，讓複數法器同歸一人持有；就我所知，身為玄穹法印守護的九降詩櫻，也未曾同時執掌或驅動兩樣以上的法寶，無人能夠證明滅世危險的真實性與法器蘊含的神祕之力。

名為九天令劍的金色法寶，被反覆交疊的鎖鍊牢牢束縛，散發出前所未見、無法匹敵的靈流。寶劍的刃部足足有兩臂之寬，刃面以銀白細線分成內外雙色，刃鋒外側炫目金黃，刻著難以辨識的奇異文字；內側的優雅銀白，刻著八卦一般的符號，近似於玄穹法印的圖騰，莊嚴神祕，精緻又華美。

劍格宛如雙翼對開，以斜十五度角向上延伸，劍柄約有二十公分長，飾以黃龍圖紋，柄末則是宛如尖塔形狀的圓錐。

法力無邊的寶劍，有著令人匪夷所思的疑點。

「紀元臻，」我好不容易才靜下心來，「這把寶劍是不是有哪裡不對勁？」

「是的。」

「所以那是正常的？」

「是。」

我撇撇嘴，蹙眉頷首。

九天令劍的循環靈流，散放著傲視群倫的能量，作為清羅天宮七法器之一，確實名不虛傳。然而，寶劍的刃部卻處於平滑的未開封狀態，狀似刀背，枉其劍名。

「看來，九天令劍不是倚靠銳利的刀鋒斬妖除魔。」

「是的。」紀元臻微微仰頭，面無表情地瞅著寶劍。「清羅天宮七法器，全是徒有其名的怪異物品，你見過聖帝大人的玄穹法印吧？」

「老被詩櫻掛在腿上，比起印鑑更像手環的『滾印』。」

「沒錯。九天令劍也是同樣的狀況，雖然擁有斬滅靈屬的強大威力，卻沒有開封，與其說是寶劍，不如說像一支長棍。」

儘管如此，只要用對方法，必然能夠發揮超越劍刃的斬擊之力。

真正的問題在於，何謂對的方法。

紀元臻在構築計畫時，從未提起這項關鍵環節。

取得九天令劍，並且嘗試成為它的守護——聽起來很玄的語句，執行起來可不是普通的難，考量我薄弱的實力，對比法器無盡的神祕，難度從極其困難直接晉升為地獄困難。

「放心，你不需要真的成為法器的守護。」

當時她只說了這麼一句話，之後不論我怎麼問，都得不到更詳細的說明。

通盤計畫中，取得法器只是中間一項環節，其後還得設法成為法器守護以便驅動，更需執行從未有人成功的「斬斷靈屬聯繫」，一個比一個難。

事到如今，打退堂鼓也嫌太晚了。

紀元臻取出阿光昨日打造的特殊器具，喀的一聲裝上我左腕。那是個隨身鏡與手錶相合的怪異發明，鏡面外框呈八角形，正中央的凹面鏡被八個卦象環繞，框底連接錶帶，牢牢扣在腕上，八卦凹鏡直面軀幹，始終照映使用者的凡俗肉身。

她的指尖按於鏡上，口中唸唸有詞，飛快誦出數道咒語，朝八卦鏡施展靈術，卻不說明用途。完成後，她抽出纏繞在令劍周圍的鎖鍊末端，順時針圈上我的右手。

「慢著，為什麼我得和寶劍纏在一起？」

紀元臻眨了兩次眼睛，卻不打算回答。

鎖鍊是冰冷的，傳遞而來的靈力流動雖如烈焰一般炙熱，全身上下卻毫無痛楚，彷彿這股熱度正與體內的靈魂緩和地相容，使我逐漸習慣突如其來的溫度差。

在我身後，應已緊閉的靈鎖大門，緩緩敞開。

我一回頭，旋即瞪大雙眸。心柔抱著一隻白色的石虎跨過門檻。

「唷！」

開口的不是心柔而是石虎。

「咦──」

「你這什麼反應，又不是見鬼了。」

「不不不不，在這種場合見到您，可比見鬼還可怕……」

御儀宮清玄道的宗主，化作石虎之形的九降道遵赫然現身。對於他的出現，隸屬不同宮廟的紀元臻毫不訝異，彷彿對眼前的進展瞭若指掌，像是走著既定流程，按部就班地依循計畫……

「紀元臻，難不成妳一開始就把貓爺爺列入計畫的一環？」

「如果你口中的貓爺爺，指的是九降道遵大人，」紀元臻先朝貓爺爺頷首，才對著我眨了一次眼睛。「那麼我的確在建構計畫時，就把九降大人列為重要的參數之一，再怎麼說，世上沒人比九降道遵大人更瞭解清羅天宮法器──尤其是九天令劍。」

我皺下眉頭，正想追問，紀元臻先我一步往下補充。

「九降道遵大人是前任九天令劍守護，絕對是本計畫不可或缺的關鍵人物。」

九天令劍的前任守護？

我的眉宇皺得更深了，視線移向貓爺爺，只見白色石虎搔搔右臉，扭扭身子，在心柔懷裡伸了個舒服的懶腰。

「我以為九天令劍是玄女宮的專屬法器。」

「是這樣沒錯呀。」貓爺爺語帶笑意，「但沒人規定法器的守護一定得是寶物所屬宮廟的人吧？」

「那玄穹法印呢？總不可能詩櫻是第一任守護吧？」

「確實不是。」貓爺爺縱身一躍，跳到我的頭上，四足一陣搔抓，一邊弄亂我的頭髮，一邊站穩腳步。「至少我就是前任的玄穹法印守護。」

「同時身為兩個法器的守護？這樣沒問題嗎？」

「你覺得呢？」

公然違背戒律制約，居然還能嘻皮笑臉，看來這位爺爺完全不把所謂的規範放在眼裡。或許，不得落於一人手中的定義，有更深層或更特定的元素，例如可能只限制不得落於「惡者」手中。

這樣也未免太籠統了。

「那你為什麼不繼續擔任寶劍的守護？」

「這很重要嗎？」貓爺爺挑起左眉，「你看著自己妹妹的雙眼，告訴我現在有說明這點的必要。」

望向心柔，她的眸子透露出煩躁不耐的冷然。面對如此冰冷的視線，我只能暫時壓下滿腹疑惑，澆熄探究真理的好奇心。

我嘆了一口氣，「總之，告訴我接下來的步驟吧。首先該做些什麼？」

紀元臻一一掃視心柔、貓爺爺和我，最後向我眨了兩次眼睛。

「你只要做一件事。」

她的右掌摁上我胸口。

「死滿一個時辰。」

此話一出，洶湧翻騰的靈流漫遊全身，狂騷躁動，瞬間打亂我體內的靈力，眼前一黑，鼻腔空氣盡數逆流，即使張大口鼻也吸不進任何一口氣。

就在即將失去意識之際，瞬間落入一個失去重力的虛空世界。耳中一片靜謐，肉身無比輕盈，宛如置身浩瀚汪洋，舒展雙臂漂浮其上，任憑海風拂面，順著潮水自在蕩漾。意識不僅清明且更加凝聚，有如組合拼圖一般，將心底紊亂的雜念一片一片放回正確的位置。

眼不見物，耳不聞聲，手足不及天地，萬事盡為無形。

這就是死亡嗎？

十二戍元臻僅憑一隻手，一秒鐘，便澈底擊毀我的靈流，元神喪失，魂魄四散，徒剩肉身軀殼。

或許此時的我，正處於那幾年來心柔臥病在床的狀態，像個四肢無力、意識蕩然無存的布娃娃。

記憶的末端，紀元臻說了一句奇怪的話。

——死滿一個時辰。

意思是，一個時辰之後我會再次甦醒？倘若如此，就沒什麼好怕的了，就算什麼都不做也能復甦。正暗自竊喜，旋即對自己幼稚的想法感到可笑。依據計畫，這項環節恐怕與「成為令劍守護」有關，我的死亡必定與此有關，否則她不可能貿然出手。

問題是，身處在虛無的幻境，該如何成為令劍的守護？

「沈雁翔。」

熟悉的聲音，以冰冷的語氣叫喚。

「哥。」

再次入耳的話語，讓我清楚地認出心柔。

她的聲音近在耳畔，繚繞於四周，一次又一次地迴盪於虛空，透過不明的介質傳導，維持一定的聲量，以不合常理的頻率，和不規則的間隔反覆發送。

幾秒後，全身被舒服的溫熱包覆。我放空思緒細心感受，竟感到舌尖發熱，猶如吃辣時的腫脹反應，輕微的搔癢令人難耐。

心柔的聲音再次響起。這回更輕，也更柔軟。

我打算開口回應，便在虛無中勉強睜開雙眼。逐漸適應眼前明亮的光線，在純白之域的正中央，站著一位赤身裸體的少女。

少女白皙的胴體被薄霧般的光暈覆蓋，白得近似透明，連四肢與五官都很模糊。

「心柔？」

「哥？」

少女遲疑地前進，隨即小跑起來。

「哥！」

心柔在距離約兩公尺時起跳，雙臂前伸，用力抱住我。

柔軟的身體與嬌弱的聲音，無疑是消逝已久，存在於我記憶深處的那個心柔；與甦醒後的性格不同，相當黏人又愛撒嬌的她，才是我熟悉的妹妹。

因為緊緊環抱，胸口甚至能清楚感覺她的吐息。

在這無邊無際的領域，不只心柔，連我也是一絲不掛，以最原始的自然狀態，身於近同創世原初，無人無物的空間。

「心柔，妳是怎麼進來的？」

「我？」心柔歪著頭，眨眨眼，「我一直都在這裡呀。待在這裡很舒服，雖然什麼也沒有，內心卻不覺得空虛。我就這麼躺著，什麼也不做，不知道過了多久。哥，你是怎麼跑來這裡的？」

「我想，我應該死了。」

「死……死！」心柔倒抽一口氣，環抱著我的力道變得更大。「哥怎麼可能會死！哥是最帥、最強、最不可一世的人！」

「我怎麼感覺最後一個成語不是稱讚。」

「哥如果真死了，那我不就……」

心柔低垂螓首，長長的眉毛拂過我的胸膛，感覺有點癢。

懷中女孩開始嚶嚶啜泣，柔弱的身姿讓人疼惜。我輕輕撫拍她的頭，擺起兄長的架子，撒了個自己都不相信的漫天大謊。

「放心，這裡絕對不是死後世界。」

「真的？」

「當然。」我的右手摩娑她頭頂，左手拇指輕輕抹掉那對眸子旁的淚珠。「假設我真的死了，絕不可能跟妳處在同一個空間。畢竟我是個超級霹靂無敵大惡人，沒被打下地獄，也絕對會被扔回凡塵徘徊。」

「才不會呢。」心柔一邊駁斥，一邊揚起嘴角偷笑。

儘管嘴上這麼說，倘若紀元臻所言屬實，我必定被那陣莫名的靈波弄死了。要說自己依然生存，恐怕樂觀得令人發噱。若我真死了，此處的心柔可能是藏在記憶深處的回憶，而非真實的魂魄；但她的存在必定與接下來的流程有關，否則紀元臻與貓爺爺沒道理什麼都不說，就這麼把我扔進這個空間。

一道沉穩的腳步聲從前方傳來。

只聞其聲，不見其人。耳中有清楚的步伐，卻不見明晰的人影。

心柔緊抱著我，慌恐地望向前方。我瞇起眼，嘗試看透虛空中的不速之客。

然後她出現了。同樣被耀眼光芒包覆，全身赤裸的九降詩櫻，手握九天令劍走了過來。

所謂「天敵總是最恐懼者」正是如此。此地的詩櫻絕非真實，真正的她不會與我同在虛無之地，眼前的人必定是個挑戰，是法寶給予的某種試煉。

可這試煉，來的竟是不可能打倒的敵人……

「放心吧。」蒼老的嗓音來自腳邊，「你不需要打倒九天令劍的幻影，只需要保住性命，好好騙它就行了。」

不知何時，貓爺爺已化作人形，以佝僂老人之姿立於左側。他柱著朽木枴杖，毫無懼色地定睛前方，等待步步接近的詩櫻。

我的身體微微打顫，「這不可能是詩櫻。」

「確實不是。」貓爺爺動也不動，直望前方，「就算這副豐滿的身子再怎麼美，就算那張臉蛋再怎麼像，都不是正版貨。」

「身為爺爺，你的第一句話可千萬別被人聽到。」

「我只會說給你聽。」

「拜託也別說給我聽。」

「眼前，是根據你記憶中最畏懼的事物，描繪出來的假象。」貓爺爺強硬地轉回正題，「換句話說，這副幾可亂真的姣好身材也源自於你的記憶……看來我得回報此事給她媽媽，也就是我女兒了。」

「別在說正事的時候突然插一句鬼話。」

「別打斷我。」貓爺爺哼了一聲，瞇起雙眼。「聽好，眼前的假象擁有你記憶中的『實力』，也就是說，詩櫻在你心中有多強大，令劍的幻象就多強大。」

那不就完蛋了嗎？

打從李輕雲那傢伙向我暗示詩櫻是前所未見的最強靈巫時，心中對她強度的幻想便直線上升，未曾消滅，幾次交手及共同抵禦強敵的經驗，更是深植於記憶。況且，我見識過聖之鏡屏等專屬於她的無敵術式，想像中的強度必定超越任何神獸，甚至凌駕世間萬物。

她是我心中絕對打不倒的敵人。

「如我所說，你千萬別想打倒她。」貓爺爺捋著鬍鬚，「幻象就是九天令劍本身，不是神靈，也不是詩櫻；這玩意兒什麼也不是，別因為那對大奶子而喪失焦點。你只需要騙過它，讓它以為你有資格成為法器守護，以為你擁有超越一切的力量。」

「為什麼一定要用騙的？難道沒有正攻法嗎？」

「你非得我撂狠話嗎?」貓爺爺側過頭,挑著眉,「別說詩櫻,你覺得自己有辦法與我平起平坐?在玄女宮這個客場大殿,憑藉實力駕馭法器,成為真正的令劍守護?」

不。當然不可能。我坦率地搖頭。

「對吧?所以才說要用騙的。」

「所謂的騙,要騙多久?」

「能騙多久,就多久。」貓爺爺慢慢往左移動。前方的詩櫻幻象逐步接近,機械般穩定的步伐不曾停歇。「我們只需要斬斷聯繫的力量,而不是成為正規的守護,只要別忘記這點,要點小手段也沒問題。」

內心滿是不安。要騙一個人類,對我而言已相當困難,何況必須欺騙沒有真實形體的法器,甚至處在純白的虛無飄渺的境地,根本毫無頭緒。

身旁的心柔緊抱著我的左臂,說什麼也不放手。她可能比我還怕。

貓爺爺口中「不需要打倒」的意思,應是與假象戰鬥之時,存在著勝負以外的非必要條件。但對戰本身似乎不可迴避,或許必須透過近距離接觸,方能成功欺騙。

貓爺爺像個旁觀者一般逐漸讓出對練的空間,並不打算出手相助,或者該說,他能幫的都已經幫了,剩下的部分就交給我了。也許,這才是他與紀元臻的言外之意。

順著欺騙的脈絡發想,應該先從「差異」尋找機會。

「白虎！」

高聲呼喚，卻毫無反應。

果然沒那麼簡單。如果是專注於作戰流程的考驗，只要與神獸白虎合作，以靈裝後的屬金之力尚能勉強掙扎。

如果只有這副軀體，恐怕只能採取迂迴戰術。

「詩櫻！」

聽聞我的叫喊，不斷靠近的赤裸少女停下腳步，眨了眨眼。

就算是憑空生成的假象，也依舊是記憶裡的詩櫻。少了幾分溫柔，少了幾分關懷，少了應有的體貼。詩櫻之所以為詩櫻的元素，完全不存在。

「詩櫻，妳不是真的。」

開口宣示，不知是說給她聽，還是說給自己聽。

我張開手掌，試圖在空無一物之境尋找能夠抓取的事物。可惜，無論心中多麼希望掌中顯現一柄寶劍，卻空空如也，什麼也沒有。

咻的一聲，破風的清響打破寧靜。

五吋長的寶劍瞬間劃過眼前，要不是即時拉住心柔向後跳，怕是早已身首異處。詩櫻的幻象面如死灰，揮舞長劍的右臂與劍身一線，穩穩的下盤和弓步就像真正的她，根本毫無破綻。

從不讓重心偏移一足，永遠使自己處在可進可退的優勢陣式，是詩櫻的標準戰法，也是我記憶中最真切的身影。

然而，剛才的那一劍，怎麼看都不像朝著我揮。

「心柔，躲在哥哥後面。」

「哥……」心柔顫抖雙唇，睜圓大眼，眨了三、四回。「哥哥不能過去，你手上什麼都沒有……」

「就算如此，我也不能放著妳不管。」

言談之間，詩櫻再次飛快跨出步伐，握著寶劍的手轉到身後，左足在前，倏地躍起身子，由上而下直指我倆。

正確來說，劍尖所指，是心柔的眉間。

我一把攬起心柔，朝反方向跑。

「哥哥，我——」

「心柔，對不起。」

「咦？咦咦——」

我雙臂一擺，毫無預警，使勁將她拋向遠方。

在這個介質異常，物理邏輯失準的場域，重約四十五公斤的心柔足足飛了十公尺遠，跌坐在虛無的空地上。

「哥哥你這個大笨蛋——！」

遙遠的咒罵聲讓我噗嗤一笑。這果然是真真正正的心柔。

詩櫻瞇起雙眸，望向被我擲向遠方的心柔，右腳微蹲，彈出身子，獵豹一般迅速奔馳。介於二人中央的我，抓準時機伸出右手，使勁抓住詩櫻的小腿，將她牢牢拉住。

「妳……別想……過去……」

光是拉住她就費了九牛二虎之力。

眼前的少女果然不是詩櫻，只是藏在我記憶深處，對於這股未知力量的無上恐懼。我不認為真正的詩櫻擁有如此強健的肉體，也不認為她能在沒有靈裝的前提下跑出這種速度；眼前的她，構成核心並非肉身，而是那把寶劍。

寶劍才是關鍵。

詩櫻被我這麼一拉，向前摔倒，臉部朝下，跌往虛空底部，行動雖然受阻卻毫髮無傷。

但一眨眼，她已撐起身子，準備重整腳步。我火速跳向前，左臂勾住她白皙的頸項，右掌緊緊攫住頭顱，阻止下一次攻擊。詩櫻口中發出憤怒的吐息聲，左手掄起拳頭，朝後方揮舞，一拳又一拳打在我臉上。

霎時，她驟然停止，直立身子，向前揮出一劍。

九天令劍的斬風破空，在無色無形的虛空境地切出一道清晰的裂口，空間一分為二，奇異的刃波直朝心柔襲去。

「心柔，快趴下！」

遠處的心柔聽見喊聲，雙手抱頭向前撲倒。裂空斬擊驚險地掃過她原先所立之處，倘若閃避不及，此刻必定已被腰斬。

這幻影是真心想殺人啊！

我的重心移往下盤，雙臂施力，拉倒詩櫻的上半身。她的上盤失去平衡，右膝跪地，無法穩定起身，繼而後倒跌坐，我則趁勢施加壓力，將她完全制服在地。

我後悔了。

詩櫻平躺著，圓睜烏黑的雙眸，充滿困惑的眼神讓人心生憐惜。就算體內每個細胞不斷告誡大腦：這是假象，思緒與情感仍不斷扯著後腿，萌生跳起身子放她自由的念頭。

「哥……」

來自背後的呼喚把我拉回現實。名為現實的虛無，是我必須接受的試煉。

此時此刻，我位於虛無之外的真正肉身，右腕戴著阿光設計的手戴式八卦鏡，左腕則與九天令劍的鎖鍊纏在一起。

初入這個世界，我還依稀能夠聽見心柔的叫喚，聲音與身後的她略有不同，想必是出自重新甦醒、喪失記憶的那個心柔。我的感官或許仍與外界相連，身在虛無卻一絲不掛，雙腕也空無一物，沒有腕環機，沒有八卦鏡，更沒有與令劍纏在一起。

紀元臻不可能在計畫中添加毫無意義的成分。一切事物都有意義。

「貓爺爺！」

「怎麼啦，小子？」

「請你……」我咬著牙壓制身下的詩櫻，伸長右臂，「請你站在我肩上……」

「哦？這是拜託人的方式嗎？」

「偉大的御儀宮宗主，可惡……九降道遵大人，拜託你了！」

「誠意略顯不足哪。」貓爺爺一邊訕笑，一邊朝我走來。「從沒見過把別人孫女壓在下面，還開口提出請求的好色之徒。」

這傢伙，居然趁我分身乏術時大放厥詞。

貓爺爺抬高頸項，悠哉悠哉地踩上我的身子，身下的詩櫻沒有反擊，只是奮力掙扎，想方設法鑽出我緊緊扣住她腰身的雙腿。不得不說，雖是記憶中的幻象，腿間的詩櫻仍然美得讓人難以自拔。

根本是心理與生理的雙重試煉。

我的左手牢牢握住她執劍的右手，不顧可能造成的疼痛，強行壓制，彷彿要將她緊合的指頭當成劍柄，以擰碎骨頭的力道不住收束。

理應吃足痛楚的詩櫻，不改形色，略帶譴責的目光慢慢移向我。

如果所有事物都有意義，不只屬於「過去記憶」的心柔，眼前強悍無比且手持九天令劍的九降詩櫻，也必定有其意義。

我凝望著她標緻的臉龐，無視充滿疑惑的、水靈靈的眼眸，右手輕輕扣住她的頸部，雙唇疊上她微啟的小嘴。

剎那間，或許是吃驚，或許是不解，她的左腕稍微鬆懈，僅此一秒的破綻，僅此一瞬的空隙，我的指尖終於成功碰到那把寶劍。

成功奪走虛空境地中唯一的武器。

「嗯——」被我吻住的詩櫻瞪大雙眼，四肢不住掙扎。

寶劍已在我手，霎時感到偌大的靈力自劍柄襲來，黑洞般無盡的拉力打亂我體內的靈流，將微弱的靈力全數扯往左臂。短短數秒，靈流徹底失衡，已對肉體產生極大的負擔，我眼冒金星，呼吸急促，壓制詩櫻的手腳也開始顫抖，漸漸失去主控權。

勉強控制震顫的身體，將右臂轉向自己，手心向下，手背向臉，以看錶的姿勢斜眼緊盯右腕。

看似毫無意義的舉動，竟讓體內靈流漸趨穩定，來自令劍的靈力干擾亦逐漸消散，不但意識清明，也恢復支配肉體的能力，嘴下的詩櫻顯得訝異又委屈，閃動的雙眼泛出些許淚光。

想不到自己在虛無境地恣意侵犯了這位神聖端莊、玉潔冰清的女孩。

我終於移開嘴巴，不顧詩櫻柔弱的嚶嚶啜泣，向前大喊。

「心柔，躲開！」

心柔立於遠處，似乎被我一連串荒唐的舉動所震撼，滿臉寫著「哥哥你到底在幹什麼你這禽獸」。

「快點！」

身下的詩櫻一腳將我踢開。與此同時，心柔嚇得臉色發白，抱著頭趴下。

我以右掌按住環在肩上的貓爺爺，重心移往腳跟，力圖穩住受到踢擊後踉蹌不已的腳步。按著貓爺爺的手，急速湧入一股熱流，他的靈力竄進我胸口，飛快覆蓋體內的靈能，重新凝聚混亂的靈流。

詩櫻瞪直雙眸，凜然而立，掌心正在醞釀某種靈術。

我不待身軀穩定，低吼一聲，揚起左臂。金黃寶劍颯然揮出，左下向右上的斬擊割出一道斜四十五度角的巨大空隙，砍著前方立定不動的詩櫻。

金黃空刃抵達她的鼻尖之時，虛無空間應聲碎裂，發出轟然巨響。刺眼的白光籠罩四周，初到異常空間的不明漂浮感頓時消失，萬有引力再次攫住我的雙腳，帶我返回殘酷無情的凡俗世界。

舌尖有著溫熱的搔癢感。

隔著眼皮都能感覺的亮光讓人難以睜眼，我發出「嗚嗚嗯嗯」的連續悶聲，舌頭與口腔的異樣觸感盡數褪去。

「我、我在哪裡……」

雙眼終於重獲光明，四周景物逐漸清晰，但腦袋卻仍沉重混沌。

滿臉通紅、皺眉噘嘴的心柔近在身前，以不知是擔憂還是慍怒的表情，直盯我的雙眼。

「心柔？」

啪——

她使勁搧出一個巴掌。

等等，我應該沒有任何被甩巴掌的原因啊……

「他沒事了。」心柔站起身子，走到俯瞰著我、身穿丁香紫道袍的豐滿少女身邊。「元臻姊的計畫大概成功了。」

「成功是成功了，但還差一個環節。」

「幸好只差一個環節。」

心柔脹紅著臉，以極為輕蔑的斜眼睨視著我。

「這種術式我再也不想做了。喂，死老哥，你要躺在別人腿上多久？還不快給我起來！」

腿上？後腦與頸項的肌膚驀然感知一股舒服柔軟的溫熱。

我轉過頭，朝上方望去，只見熒雨潼雙頰緋紅，不敢與我對視。

「抱、抱歉。」我連忙彈了起來。

「不、不會，你突然倒下來，嚇了我一大跳，所以……」

「所以這小姑娘就自願當你的枕頭了。」化為石虎身形的貓爺爺露齒嘻笑，「當時我說『就讓他躺在地上吧』，這孩子不肯，說什麼都要移動你的身子，或至少拿個枕頭；但為了維持你和寶劍的聯繫，無可奈何之下，只得請她充當那個枕頭了。」

這詭異的邏輯我還真的不懂。唯一可知的是，熒雨潼再次成為看似微小卻很重要的螺絲釘。

聽到貓爺爺提起寶劍，我不自覺望向大殿中央，旋即瞪大雙眼。

「九、九天令劍呢……」

原先吊掛於殿堂中央的金黃寶劍，消失得無影無蹤，僅剩四散一地的銀色鎖鍊。

「你說的是，」貓爺爺繞過我的腳，來到我左邊。「這個嗎？」

華麗精緻的九天令劍，就在我左掌之中。

寶劍沒有引發任何靈力失序，與我體內的靈流達成一致，令人驚嘆的是，彷彿劍身成為手臂的延伸，達到人劍合一的完美連結。嘗試調節體內靈流，神獸白虎依舊健在，持有九天令劍時，用於聯繫白虎的靈力完全鬆弛，彷彿法器擁有連動神獸的作用，節省所有消極耗損的靈力。

糟糕，這把寶劍真是令人愛不釋手。

紀元臻的計畫，縝密到近乎可怕的程度。她抓住我與令劍交纏的瞬間，以破壞靈流平衡的手段使我進入假死狀態，迫使令劍的靈力向我體內回流，建構出「法器守護考驗」的客觀環境；之後，藉由正面對抗記憶幻象，製造令劍在虛空世界易手的空檔，再利用貓爺爺傾注的靈力與前任守護的特殊地位，「欺騙」正在考驗新任守護的令劍，使其「以為」自己暫時回歸前任守護的支配。

環環相扣的欺瞞計畫，驚險地完成了。

「小子，別忘了最重要的一件事。」貓爺爺躍上我的肩頭，「現在的你，不過是藉由欺瞞法器暫時『假裝』成令劍守護的傢伙，到底能維繫多久，還得看機運。弄個不好，幾秒之後你會喪失法器守護的地位，靈流反被強悍的法寶搞壞，魂魄四散，瞬間死亡。」

既然如此，最重要的環節就得立刻執行了。

我望向神情不安的心柔。

只要用令劍斬斷心柔與妖狐之間的聯繫，就有機會在保住心柔靈魂的前提下，切斷與狐狸精之間的相生關係，獲得說服詩櫻無須捕殺、甚或透過妖狐追查幕後黑手梟貓的機會。

「心柔，妳準備好了嗎？」

她緊抿下唇，微蹙眉宇，輕輕頷首。

肩上的貓爺爺開始教導運用令劍時，調節靈流的方式。

一切就緒時，我深深吸了口氣，高舉右手，豎起九天令劍。

轟然一聲巨響，整個大堂震得物品散落，塵埃飛揚。

靈鎖大門應聲倒下，漫天飛灰閃出一道雪白身影，飛快架起三堵透明冰牆，阻隔了心柔之外的其他人。九降書樗平舉雙手，揚起嘴角，朝著眾人露出目中無人的高傲冷笑。

隨後跨入殿堂，直向心柔走去的，是身穿桃紅鑲邊道袍的熟悉身影。

清脆的叮鈴響聲，宣示著她的身分。

「請放下你手中的九天令劍。」

九降詩櫻斂起五官，肅然正色，迎上我的雙眼。

「虎騎士沈雁翔。」

第九節　虎騎士vs.御儀姬

如果問我今生最不想遭遇的敵人，必定是眼前這名掛著鈴鐺的少女。光是與她相對而立，便覺冷汗直流，頭皮發麻，全身上下無處不感到恐懼。自從公然違反她的命令，帶走心柔並放走妖狐，儼然已成反抗御儀宮乃至於對抗玄靈道全體的違命者，絕不可能以禮相待。

此時的詩櫻，是阻擋計畫的程咬金，也是必須說服的對象。說服不了，只能設法擊倒。決定親自尋找拯救心柔的方法時，便已明確認知到這一點。

詩櫻以略帶譴責的目光注視著我，隨後一一掃視大殿內的成員：紀元臻、熒雨潼和心柔。不知何時，貓爺爺竟已一溜煙消失得無影無蹤。

詩櫻的目光停在紀元臻身上。

「玄女宮覲幽道鎮守之女，熾焰十二戍元臻，妳是八鎮各宗合議共舉的下任九天令劍守護，為何放棄職務，將道法寶具轉交他人，甚至助其欺瞞法器，擅作虛假守護？」

詩櫻果然一眼識破我並未真的成為法器守護。

她稱我為「他人」，最遙遠的第三人稱表述，明白揭示現在我倆岌岌可危卻複雜難解的關係。

紀元臻上前兩步，右手置於左胸，微微屈膝。

「聖御帝大人，我並未放棄職務，之所以將九天令劍暫時轉交虎騎士沈雁翔，絕非拱手讓與守護一職，而是另有盤算。」

「妳想嘗試令劍的斷結之力嗎？」

紀元臻似乎有些訝異，面無表情地愣了半晌。「聖帝大人，若您明白這項力量的存在，為何在追捕妖狐的任務中放棄相對安全，又能確保寄宿雙方性命的手段呢？」

「首先，妳身為下任守護，當時並未掌握令劍，尚未真正繼任守護之職。」

「但——」

「再者，」詩櫻抬起右手制止她，「就算有人代行守護，也無法保證九天令劍真的能安全切斷靈屬聯繫，對嗎？」

這句反問，讓總是一臉木然的紀元臻默默移開視線。

紀元臻在構思整個計畫時，已說得很明白：九天令劍「可能」具備和平切斷連結，同時保住妖狐和心柔的力量。可能，終究不是必然。各項法器過於神祕，就連負責管領九天令劍的玄女宮，直到今天也沒能掌握全貌。

「妳好像不太服氣。」詩櫻肅穆的神情稍微柔和一些，甚至淺淺地笑了。

她悄悄轉移目光，在我臉上停留幾秒，才又轉去直面紀元臻。

「如果我說，就算明白有此可能性，也依然會維持原定的任務手段，妳能接受嗎？」

紀元臻眨了三次眼睛，保持靜默，沒有回答。

「以結果論，追捕妖狐的任務目標，不在於追捕，在於消滅。」

詩櫻的語氣沉穩堅定，平和的面容不露神色，眉宇之間隱然蘊藏某種心思。

她烏黑晶亮的眸子定定地望著我，漾起許久不見的微笑。

「雁翔，對不起。」櫻紅色唇瓣吐出的第一句話，出乎我的意料。「相信十二戍元臻已經告訴你，我之所以想一舉消滅妖狐的真正原因了。這次的任務，為的不只是救回心柔，更是想利用寄宿在她體內，行止怪異，受外在邪力影響甚深的裂尾妖狐，試圖引出多次造成時變反應的罪魁禍首——梟貓。」

她不打算繼續隱瞞，坦蕩蕩地說出任務背後的真實目的。

「詩櫻，我希望妳回答一個問題。」

「請說。」

「倘若我成功利用九天令劍斬斷心柔與妖狐間的聯繫，讓他們雙雙存活，就一定會讓妳們搜捕梟貓的計畫失敗，是嗎？」

「是的。」

詩櫻似乎對雙方能夠和平交談感到欣喜，原本稍微柔和的神情又更溫柔了些，眼眸閃爍著期待的光芒。

「請相信我，我並非將雁翔的妹妹拋諸腦後，才決定這麼做的。幾個月來，御儀宮與玄靈道諸鎮費了龐大心力追查時變反應過度頻繁的原因，能夠確定的有以下幾項：第一，時變反應生成頻率大幅超過預期的現象，發生在機場捷運劫持事件之後；第二，特二高架斷橋事件的神獸朱雀及新莊舊公墓附近的時變反應均屬人為，且出自同一人之手；第三，妖狐公然闖入醫院，奪走心柔肉身，其後高調引起騷動，也出自於該人之手。」

正欲開口，她舉起右掌制止，「之所以能夠確定是同一人，證據在於殘留事件現場的詛咒痕跡。」

「詛咒？」

「是的，如同雁翔腦中第一個冒出的念頭……」詩櫻半瞇起眼，展露美好的笑靨。「沒錯，我指的就是黑蛇咒類型的超強力詛咒。」

「我沒看見心柔身上有那種詛咒。」

「並不是每種詛咒都像黑蛇咒一樣，會在肉身顯現可見的痕跡。」

詩櫻揮動空出的左手，陡然出現一大一小兩顆淺藍光球，隨其指尖一揚，光球之間連起一條細線，懸於中央，彷彿一座橋樑。

她指著右手邊較小的光球。

「這邊的光球，象徵靈力較弱的被寄宿者，也就是心柔；較大的那顆，則代表著裂尾妖狐，是靈力較強，居於主動地位的寄宿者。中間的線段是二者的聯繫關係，以心柔的狀況來說，是友善的相生關係。」

她彈了一回響指，在自己身後顯現第三顆巨大的漆黑光球。

兩顆藍色光球與漆黑光球之間原無連結，她輕呼一口氣，漆黑光球的幽暗外緣逐漸擴散，由暗黑色至深灰色，漸層的色彩緩慢流動，漫延而出的灰白光暈團團包覆兩顆藍色光球，彷若輕霧，又似薄紗，使得包覆其中的藍光就像雨霧籠罩下的海天一色，既浪漫又詩意。

「有一種詛咒的形成模式接近契約，正確來說，是必須由締約雙方同時以靈力簽證，約定特殊強制要件的高等級靈術。這類詛咒，極可能由一方強迫他方簽訂，雖說出於脅迫，效力依舊等同契約，代價龐大，但強制性很高。」詩櫻指著漆黑光球延伸出來的灰白薄霧，「這層迷霧，就是透過詛咒強制心柔與妖狐履行某種義務的『靈力簽證』，取消這項簽證的方法有二：其一，是消滅詛咒關係內的其中一人，梟貓、妖狐抑或心柔；其二，是消滅提出詛咒聯繫的那一方。」

「也就是梟貓本人。」

「是的。而簽證本身，就是回頭搜捕梟貓的關鍵線索。」

就像契約的書面與簽字一樣，有了明確的證據，才方便回頭找人。

但這番說詞留下一個奇怪的漏洞。

「照妳的說法，單純解除妖狐與心柔間的聯繫關係，既不會動搖詛咒，也不會破壞靈力簽證，自然就能接續搜捕梟貓不是嗎？為什麼妳會認為消滅妖狐才是唯一正解？」

「因為，單純切斷聯繫的話……」

詩櫻舉起左手，輕輕一揮，灰霧包圍的兩顆藍色光球頓時斷了線，球體紛紛向外漂浮，同時也讓薄霧範圍越來越大。

最後，兩顆淺藍光球割裂薄霧，形成兩顆獨立的，被霧包圍的球體。

「妳想說的是，直接切斷聯繫，詛咒還是會留在心柔身上嗎？」

「不光如此，」她輕搖螓首，「雁翔之前見過發狂的妖狐，應該記得當時的狀況，狐狸精與心柔靈裝之後的紋路，並不尋常。請回想一下，當時的心柔，靈裝以前有沒有和裂尾妖狐一樣陷入瘋狂，受到詛咒的影響主動攻擊人類？」

沒有。從頭到尾，心柔只是蹲在一旁，抱頭躲藏。

「在妖狐的保護下，心柔完全不受詛咒影響，關於這點，我衷心感謝至誠至善的銀色妖狐。」

她望向心柔，淺淺一笑，悠然轉回視線。「換句話說，在這層相生關係存續中，詛咒的效力不曾越過妖狐，傳給心柔。個中原因尚不明瞭，可以確定的是，妖狐基於某種理由或某種目的，成功收容全部詛咒，單獨承受這股邪惡靈力帶來的後患與異變。」

「這麼說，若在相生關係存續中，單獨消滅妖狐……」

「我很確定聯繫關係中止，且妖狐確實消滅之後，心柔絕對不會受到詛咒影響。」

因此她冒著心柔可能重新陷入昏厥而且無從甦醒的風險，決定消滅妖狐，採行必定能夠保住心柔性命的手段。

「難道沒有解除詛咒的辦法嗎？」我的問題有如垂死掙扎。

「有，但不能在這處理，也不能現在處理。」

詩櫻的髮絲被風吹拂起來，細柳一般左右搖擺。

「因為那匹妖狐，」我的喉嚨莫名乾澀，「是揪出梟貓的唯一誘餌。」

她輕輕頷首，以無奈的苦笑，代替回答。

詩櫻在整個玄靈道和多數中央政府內部人士眼中，是最重要也最核心的要角，背負許多人的性命，做決定時不一定如自己所願，必須慎而重之，可能還得為了顧全大局隱藏真意，選擇違背心願的手段，迎合大家的期望。

有時，她也可能另外隱瞞了無人知曉的心思。

我瞥向她握著長棍的手，隱約察覺指頭正微微地發顫。

這個傻女孩，事到如今還是學不會說謊。

「詩櫻。」

「是。」

「妳說的道理，我都明白。」

「唔咦？」

「可重點是，」我露齒一笑，「這個世界不跟我們講道理。」

詩櫻臉上的笑容有些苦澀，美麗的柳葉眉垂成八字。

她闔著嘴，悄悄應了聲「嗯」。眼眶間閃動著水汪汪的波光，旋即一眨眼，以眼瞼掩飾愁緒。

「妳那些冠冕堂皇的理由，是用來滿足大家期望的吧？」

我驚覺自己還保留著女裝，隨手撥了撥披在肩上的長髮，內心泛起一陣難以言喻的苦楚。

「妳這傢伙絕不可能基於什麼邏輯、什麼合理性、什麼必要之舉而放棄心柔，選擇強行殺死妖狐的手段。能夠洋洋灑灑說出一番大道理，一定另外藏著什麼要人命的事情，而且不能讓我知道，甚至不能讓大家知道。妳是什麼個性我會不知道？就算妳騙得了全世界，也騙不了我。」

我一把拉開女裝道服腰上的綁帶，打了個結，做出簡易的橢圓掛環，將緊握手中的九天令劍收於結內，充作臨時的劍鞘。

「如果連自己都騙，什麼蠢鎮守，什麼鬼御帝，不幹也罷。」

「嗯……」

詩櫻雖然發出低吟，卻一逕搖頭，髮束上的鈴鐺發出叮鈴叮鈴數聲清響。

她與書樗的身後，雜沓的動靜與金屬碰撞聲傳入耳中。

玄女宮四處，八成已被雷霆特勤隊包圍了。

身旁的心柔臉色鐵青，似乎對接下來的發展感到恐懼，指頭不斷開闔，想要握拳，卻又立刻鬆開，拿不定主意。我牽住她纖細的手，直望面前表情複雜的詩櫻。

這是簡單的訊息，更是明顯的答覆。無論如何，我絕不會再讓心柔陷入危險，也不想讓她再次感到畏懼。誰都不願成為棄子，即使必須與詩櫻對戰，必須面對不可能擊倒的大敵，我也絕不輕言放棄。

詩櫻斂起面孔，揚起嘴角。

「看來，你是不可能輕易放下九天令劍，交出心柔了。」

「是啊。」我一手牽緊心柔，一手按於劍柄。「不管是哪一個，妳都必須親手來搶。而且，我會竭盡全力阻擋妳，守護最重要的家人。」

「作為敵人，我總覺得有點難過呢。」

「那為什麼妳看起來從容不迫？」

「這不是從容不迫，只是臨危不亂而已。」

詩櫻長棍一轉，斜於身側，但雙腳並未開步，尚未擺出攻擊陣式。她卸下髮鬢的一顆鈴鐺，勾到金黃棍梢邊緣的龍牙形小鉤子上。

相識至今，我仍不明白那對鈴鐺究竟有何作用，可能是具備心理暗示的裝飾品，或者封入特定術式的法寶。她在斷橋事件中施展聖之鏡屏時，手上似乎正拿著鈴鐺，昨日在三峽東麓山對我使用不明暖風攻擊時，鈴鐺貌似也散發著奇異的光暈。
至少確定絕不是毫無意義的物品。
她蹲起馬步，左腿向前移，平舉左掌朝前攤開，右手持棍橫於身後。
不曾改變的九降棍術起手式，也是我從未破解的最強招數。
鬆開牽著心柔的手，以眼神示意，要她躲到大殿後方，大約原先吊掛令劍的安全位置。她的目光不住閃動，彷彿回復到過去那個與我相依為命的妹妹，伸手想拉我的衣角，卻被我搖頭阻止。
光用言語，不可能讓詩櫻退讓。我有必要知道，在她心中，所謂的「合理性」與「必要性」後面，究竟藏了什麼不為人知的「潛在弊害」。
心柔輕咬下唇，蹙眉瞪眼，哼了一聲鼻息，乖乖聽我的話，躲到後方。
我緊握九天令劍冰冷堅硬的柄端，蹲起弓步，蓄勢待發。
「話說回來，」我半瞇起眼，努了努下巴。「妳穿這身桃紅戰袍，蹲起馬步的模樣真養眼。」
「唔咦……哪、哪有！」詩櫻連忙低頭查看，只見右邊裙襬開衩處，白皙豐滿的修長美腿幾乎有九成袒露在外。「道袍是很神聖的，不可以用那種眼光看待！」
「我看的又不是道袍。」
「嗚……雁翔自己還不是一樣。」
「我可沒有那雙美腿。」

「但你現在很漂亮呀。」
正想回答「誰跟你漂亮」，才赫然想到，我此刻的面貌，仍是潛入時的女裝模樣，特別是經過熒雨潼那雙巧手，確實擁有的美貌。
「囉、囉唆！」
「嘻嘻。」
原想透過言詞讓她露出破綻，結果被倒打一耙，果然不該動歪腦筋。
我吁了口氣，將體內的靈流調節為穩定漫於四肢的狀態，尚未施展白虎之力，局部靈裝也必須留到後半回合，至少得先確保詩櫻沒有使用超乎預料的逆天術式。
倘若她啟動中宮主專屬的璽印，我就必須施展屬金之力嘗試化解了。
問題是，我真的有能力，或者有辦法化解嗎？
「雁翔不攻過來嗎？」
「妳們教導過，先手勝於奇，勢厚者不危；後手勝於安，勢薄者無慮。」
「原來如此，那我就過去了。」
話才出口，詩櫻飛迅踏步，五步之後，在我面前兩公尺處橫揮長棍，棍身劃破空氣掃出一陣強風，棍梢的鈴鐺發出數聲叮鈴，有如戰鼓一般震天嘹亮。
我的右腕施力，正欲抽出九天令劍，驀然一道冰結打上手背，冰住握著劍柄的指頭。

「真是的，」踏於冰板之上，懸浮半空的九降書樗俯視著我。「默默聽妳們拌嘴，還真當我不存在了是吧？」

詩櫻的棍子近在眼前，抽不出寶劍的我被迫後退兩步，嘗試掙脫冰結，卻沒能成功。書樗的冰塊硬得堪比巨岩，不啟動靈裝恐怕難以脫身。

還在猶豫是否該直接施展白虎靈裝，一枚朱紅火焰點燃我的右腕，並未燒到皮肉，只將冰封之結融為溫水，灑於地面，消失無蹤。我成功拔出九天令劍，橫掃劍尖架開詩櫻的長棍，向後跳躍，拉開距離。

火焰的主人——紀元臻平舉左臂，手心向上，掌中燃起一枚葫蘆大小的火團。她的右手緊握腰間的寶劍，隨時準備出鞘，鞘外瀰漫濃厚的靈流，潛在的靈術正蓄勢待發，伺機而動。

「有趣，太有趣了！」

書樗咧嘴大笑，目中無人的視線變得狂傲不羈。

她生成數十枚冰錐，亂無章法地朝紀元臻投擲，後者左掌一揚，偌大的火焰從旁掃起，完美解消不可勝數的冰靈術。眨眼間，書樗抬起右臂，兩把冰槍一前一後突刺而出，貫穿火焰，飛向紀元臻的胸口。

紀元臻點燃新的火團，卻只能融去第一把冰槍，第二把則毫髮無損，她啊的悄聲驚呼，拔出腰間寶劍，噹的一聲，勉強接下那支冰槍。破碎的冰槍雖然頓時斷成兩截，速度卻未減分毫，劃過紀元臻的左肩與右手肘，留下細小的傷痕與鮮紅的血絲。

一來一往，七戌與十二戌的經驗差距，昭然若揭。

「區區十二戌，膽敢挑戰掌有戌符的我，真是天大的笑話！」書槆重新製造兩打冰錐，在肩膀周圍規律旋轉。「紀元臻，看來妳也中了沈雁翔的蠱，居然敢擋在我面前放肆撒野。這可真是天降良機，我早就想找機會虐一虐你們這些鎮外術師，還等什麼諸鎮競儀，現在就把妳給宰了！」

數枚冰錐應聲而出，紀元臻施展一道比剛才氣勢更強的火牆，將其全數融化。

書槆不知何時又造出同等數量的冰錐，轉眼也已朝紀元臻飛去；後者手持寶劍，踏出輕靈的腳步，一面閃避，一面以火球格開。冰七戌書槆畢竟技高一籌，無論如何阻擋，勢如破竹的冰錐接連來襲，毫不止息。

「要打就好好打，有本事別擋！」

「我沒這個意思。」紀元臻額上冒出汗珠，五官卻仍毫無變化。「書槆小姐，我無意與妳對戰，更沒有挑戰七戌之位的意思。希望妳與聖帝大人重新考慮九天令劍的定位與能力，現在情況不同了，令劍已經甦醒……」

「我才管不了那麼多！」

書槆張開雙臂，多不勝數的冰錐與後續迸出的冰彈宛如天羅地網，布滿整座殿堂，毫無秩序地打在牆上與地面，發出響亮的咚咚聲。

詩櫻被我擋下招數，轉動左腕，轉換長棍的角度，以棍尾打向我的腰部。我只得側身閃避，顧不了下盤，踉蹌幾步險些摔倒。

分明是個大好時機，詩櫻卻完全沒有追擊。她對自己的實力很有自信。

當我準備向前踏步，朝她進攻的瞬間，門外驀然衝入二十幾名漆黑武裝人員，手中拿著未曾見過的槍械，快速展開陣式，把寶物殿唯一的對外通路堵得水洩不通。

其中幾名武裝人員甚至將槍口對準瑟縮在旁的心柔。

「住手！」

詩櫻扔出一枚咒符，施展了某種靈術，粉碎每一把對準心柔的槍械；槍枝的金屬彷彿風化後的岩塊，一顆一顆灑上地面，發出清脆的聲響。

黑色裝甲的人員左胸有著明顯的閃電標誌，是雷霆特勤隊。與詩櫻或許還能講點道理，面對這群失去同袍的傢伙，大概就沒得談了。

雷霆的列陣後方，名為伍騰佐的中年男子走了出來。

他穿上制式的黑色套裝後看起來格外精壯，極富彈性的衣料掩不住袖子底下醒目的肱二頭肌。

「九降大小姐，我們雷霆也是有難處的。」

「我們談好的，面對靈屬的超常事例，術師們擁有十分鐘的優先處理權。」

「那不是跟我談的，是跟總長談的。」伍騰佐覷起雙眼，掃過眾人，最後將視線停留在心柔身上，炯炯目光迸出狠狠殺意。「跟妳談妥這項條件的人，被後面那個小鬼殺了。」

「喂，你這傢伙——」

詩櫻倏地伸出右臂，制止我的咒罵。

她斂起面孔，毫不退讓，嚴肅的表情瞬間使氣氛降到冰點，四周眾人不敢輕舉妄動，各個屏氣凝神，折服於她凜然的身姿。

「伍先生，我現在嚴正要求你遵守李輕雲總長與我們達成的協議，讓我和冰七戍書樗優先處理玄女宮的事務。」

「辦不到。」伍騰佐雖然出言拒絕，嘴角卻微微顫抖。

「上一次之所以發生那麼嚴重的死傷，甚至造成李輕雲總長生死不明，正是因為貴單位沒有確實通報敝宮，讓我們優先處理沈心柔與裂尾狐狸精。你卻打算以此為由，破棄原有的協議，再次干預靈屬界域與凡俗塵世的衝突？」

伍騰佐擠皺五官，橫眉豎目的表情，彷彿隨時會喊出不堪入耳的粗話，緊握的雙拳抖得像恨不得找個人打。他會如此猶豫，是因為九降詩櫻根本無人能敵，即使在場已有不少攜帶先進武裝的特種隊員，也不可能打倒這位堪稱本世紀地表最強靈巫的少女。伍騰佐深明此理，無法貿然開戰，卻也不願乖乖退讓，一男一女，一老一少，兩道堅毅的視線互不相讓，相隔數公尺打起無聲的戰役。

詩櫻舉起左手，伸出三根指頭。

「三分鐘。」她眼神中蘊含的氣場根本不容任何人拒絕。「給我三分鐘處理。此地之事，對後續任務的進展格外重要，請讓我以最好的方式，解決最棘手的麻煩。伍先生是明白人，一定知道逮捕或殺害沈心柔，也無法消滅妖狐，更無法揪出造成諸多悲劇的梟貓。」

伍騰佐的面孔越發猙獰，顯然內心天人交戰，理性與感性直接相衝，遠見與淺見同時並立，腦袋無法立即抉擇。

詩櫻口中的三分鐘，不是與書樗共同擊倒我們所需的時間，而是說服我拱手交出心柔的時間。

伍騰佐沒有正面違抗詩櫻的能力，在她讓步的此刻，更是失去堅持己見的立場，只得咬著下唇，瞪視著她，恨恨地說「知道了」。

他伸出食指，在空中轉了三圈。周圍的雷霆人員接收訊號，放下槍械，後退幾步直到牆邊。整齊畫一的動作，訓練有素的隊伍，讓人不禁擔憂正面交鋒時的危險。

「讓我們繼續吧。」

詩櫻揚起嘴角，正色凜然的微笑讓我不禁嚥下唾沫，一邊感受她散發的帥氣氛圍，一邊琢磨著可能的進攻方式。

她重新擺出九降棍術的基本起手式。絕不能等到她發動攻勢，我在她完成架式時蹲起弓步，反手出了六招，分別攻向頭頂、左右肩、雙臂以及上腹部。詩櫻用長棍擋下前五招，最後閃身迴避最後一劍，旋即朝我踢出一腳，動作像極了我施展月牙風刃的側踢。

我後跳一步，打算彎身閃避，她卻突然刺來一棍，我沒能格開，下腹就這麼吃了一記飽足的強力攻擊。

我不顧身子踉蹌，飛快揮出一劍，試圖打亂她的腳步，卻被一棍擋下，使自己的重心更加不穩。無可奈何之下，只能施展局部靈裝，憑藉白虎之力穩住雙腳，彌補基本功與詩櫻的差距。

「想不到妳也會在實戰中出小動作。」

「唔咦？你指的是踢腿嗎？」詩櫻用力搖頭，鈴鐺發出悅耳清亮的聲響。「踢腿不是小動作。這是武術對戰，不是柔術，所以下盤的組合招數是存在的……等一等，這不都是課堂上師兄師姐會教你的基礎觀念嗎？雁翔又不專心了！基礎觀念不好的話，會連帶影響對戰時的想法，很容易在重要的細節上出亂子！」

「喂喂喂，對戰中禁止說教！」

「那就不要害我說教嘛。」詩櫻噘起小嘴，重新架出起手式。

我再次向前邁步，局部靈裝使雙腳動作加快數倍，重心也更容易抓，不但快，而且穩。她沒有被突如其來的速度駭住，可說根本不把我放在眼裡，施展相同的招數，單調地送出長棍。

這未免太瞧不起人了。我把重心全部移往左腳，故意不閃開襲來的長棍，覷眼凝視她為了揮棍而踏出的右弓步，接著調度最少的力氣拉抬右大腿，以甩飛一般的姿態踢出放鬆的右小腿。

詩櫻原先想用長棍的尾部格開，卻被不同以往的速度弄糊塗了，被迫解除招數，側身一躍。

不愧是武術高我數倍的對手，連暗中準備好的月牙風刃都注意到了。

但那只是幌子。在她避開時，我將早先聚集於左腳的重心移往膝上，腰部側轉，微微半蹲，以迅雷不及掩耳之勢揮出令劍。詩櫻的注意力還在我右腳上，見我揮劍，雙眼圓睜、朱唇微啟，似乎有些詫異，立刻在令劍來到眼前的瞬間，輕點了左邊髮鬢的鈴鐺。

噹的一聲，令劍在距離她三十公分處赫然停下，彷彿敲中一堵透明高牆，雙臂使出的所有力道被瞬間解消，無法繼續向前。

聖之鏡屏！

我在察覺令劍不動的瞬間，退後一大步，就地撲倒。

一陣劇烈的風陣猛襲過來，有如無形的刀刃，砍向我上一秒所在的位置。

「喂喂喂！」我狼狽地趴在地上，「居然用上這招，妳乾脆把璽印和護神通通打出來好了！」

「對、對不起，我不是故意的。」

詩櫻雙手合十，長棍夾於掌間，不斷鞠躬。

一枚冰錐咻地從我頸邊飛過。

「沈雁翔，看來你沒把我們當一回事呢。」書樗的左掌持續朝一旁的紀元臻投擲冰彈，右手則懸浮著數枚冰錐，直瞪向我。「也許對你來說沒什麼，但那隻妖狐已經殺死數十個人，那些生命『目前』都算在你妹妹頭上。換句話說……」

她右臂一揮，飛來十二枚冰錐。

「你現在做的事情，就是包庇殺人兇手！」

書檮的冰錐太多，距離又太近，不可能單靠體術迴避。

我咬緊牙關，右臂附上白虎之力，局部靈裝的範圍逐漸變大，體內靈力的紊亂程度直線攀升。準備就緒後，臂膀開展，使勁揮舞九天令劍，一道漆黑的月牙順勢而出。

明明只想抵擋，令劍居然擅自調動靈流，放出聚集於右手的白虎之力。

冰錐被漆黑月牙斬得七零八落，原先站得頗為豪氣的書檮，顧不上持續壓制紀元臻的左手，停止靈術，輕輕躍起，向旁翻滾。

「你這傢伙……」

「這不是我的本意！」我揮舞手中的九天令劍，「剛剛沒打算使出屬金之力，是這把劍——」

「好啊，自己出了險招卻怪兵器不好！」

「我說真的啊！」

書檮撐起身子，輕輕點了指間的鈴鐺戒指，一道青藍色的光芒籠罩其身，清澈無瑕的靈流從她胸口瀰漫出來，奇特的樣態像極了靈裝，但撇除身為御帝的詩櫻與例外狀況的我，其他人應該沒有護神才是。

「二妹，收起妳的戍符！」詩櫻嚴肅的表情帶了一點怒氣。

「才不要！」

「書檮！」

書檮露齒一笑，猶如寒流過境一般，周遭空氣猛地陷入急凍，覆蓋她的藍色靈流趨於穩定，大殿牆邊緩緩結出一層冰霜。

她大喝一聲，張開雙臂，八枚比人還大的冰結晶以她為中心，由下而上竄出地面，一層層向外迸出，數道清脆的爆裂聲伴隨而來，殿堂內完全沒有能夠躲藏的空間。

紀元臻掀起前所未見的巨大火幕，包覆木門周圍的全體雷霆特勤隊員，咬牙硬撐，避免大型冰結晶傷到任何一位士兵。我在結晶迸出的剎那奔向後方，緊緊抱住心柔，調節靈力，在自身周圍緊急施展護身敕符咒。

冰結晶不斷堆疊，不斷竄出，彷彿沒有結束的一日。

直到槍聲響起。

「伍先生，不行！」

「停火，停火！」

詩櫻的叫喊與伍騰佐的聲音完全重疊，可見這次開火並非他的命令，而是某個被局勢嚇到的隊員擅自扣了扳機。

能量彈從四面八方飛來，很快地打穿護身敕符咒的薄弱靈盾。

我以為自己會身受重傷，卻在槍聲驟停、冰晶終止之時，安然無恙。
一個超過兩公尺高的身影，為我和心柔擋下致命的能量彈。
「沈同學，你和心柔妹妹都沒事嗎？」
「沒事是沒事……」
「怎麼了？」
「妳知道自己以半蜘蛛形態靈裝的時候，下半身的衣物會全部損壞嗎？」
「咦咦──呀！」
熒雨潼與及時趕到的棘蛛精朱綉大姊完成靈裝，上身為人，下身呈現蜘蛛模樣，雙腿化作蜘蛛前足。她搖搖晃晃的白皙大腿及嬌嫩柔軟的下腹部裸露在外，褐色的長裙碎布及淺粉色的內褲殘骸懸在腿邊，毫無遮蔽作用。
直到今日，她的靈裝仍然不夠完美，但半蜘蛛形態的靈裝似乎擁有更強的肉體性能，倒也不失為一種優勢。
她在我和心柔面前織了十多張蛛網，這些蛛網與過去的不同，能量彈只能打在上頭，卻打不穿綿密交疊的蛛絲。看來她的修練也不是沒有成果。
「心柔，妳沒事吧？」我望向懷中膽怯的女孩。
「沒事。請不要貼得那麼緊，有點噁心。」

「妳的失憶版本真令人討厭。」

我鬆開心柔，拾起掉在地上的九天令劍。

蛛網之外，伍騰佐正在訓斥犯下重大失誤的雷霆隊員，詩櫻則皺著眉責罵書樗，九降書樗雙手撐頭，完全沒有理會姊姊的怒火。

總覺得有哪裡不對勁。奇妙的異樣之感，使我不自覺地環顧四周，甚至抬頭張望。

「哥——沈雁翔，你怎麼了？」

「沒事。」

這傢伙……叫錯就叫錯了，居然還改口。

莫可名狀的氛圍讓我胸口一陣鬱悶，上一次萌生這種感覺的時候——

砰的一聲，偌大的槍響震得大殿處處回聲。

熒雨潼的蛛網被某種子彈貫穿，我躍身一撲，卻沒能擋下那枚子彈，彈道方向是心柔的眉心。

一抹銀白色的形影飛快竄入，一層白光籠罩心柔，她的身軀透出耀眼的光暈，臂膀也浮現數道銀灰色的紋路。

眾人震懾之際，心柔烏黑的髮絲間，冒出一對毛茸茸的狐狸耳朵。

她手一擺，細長皜白的利指，斬斷了飛向自己的子彈。

妖狐靈裝，傲然卓立。

第十節　天敵的塑造者

心柔瞬間完成靈裝，雙臂的紋路確實異常，黯淡的色彩恐怕就是詩櫻所說的詛咒。

眾人目光同時集中於傲然屹立的心柔。所有人還為突如其來的發展震懾時，詩櫻蹲下馬步、架起手式、弓步突進、長棍橫掃，基本招數一氣呵成，在短短三秒之內襲向心柔。

心柔甩起身後長長的狐狸尾巴，伏低身子，撲向前方。

「心柔，等等！」

我的驚呼乍出喉頭，詩櫻轉眼已擲出三張金符，每張咒符都開展成一道八卦圓陣，既不是護盾，也不是靈刃，擋下心柔，在她迴避不及的瞬間釋放刺眼的閃電。

轟天巨響敲打耳膜，眩目的光線令人睜不開眼。我緊咬下唇，計算適當的路線橫揮九天令劍，漆黑的月牙切碎詩櫻的八卦靈術，恰好掠過她的頭頂；我沒有切斷她美麗腦袋的勇氣，也不認為自己有這能耐。

剎那間，一道高聳的冰牆隔開我與心柔，數枚冰錐同時落下，滴水不漏的攻擊模式殺得我措手不及。心柔高舉雙臂，銀白色的靈爪向上揮舞，不需符咒，也無需咒語，釋放純粹的靈流破壞書楞密集的冰靈術。

冰牆另一側的我可就沒這種能力了。

正思忖著如何迴避，頭頂驀然布滿蛛絲，隨即燃起一陣大火，蛛網與烈焰的雙重防護化為嚴密的穹頂，擋下掉落的所有冰錐。

十二戍元臻與半蜘蛛雨潼，分別立於我的左右。

「被女孩子保護真是令人慚愧。」

「這很正常。」紀元臻面無表情地說了一句反父權的真話。

說也奇怪，靈道各宗之間，九降詩櫻、九降書楟、紀元臻、熒雨潼甚至邱琴織，地位崇高且強悍無比的術師都是女性，傳統社會的父權主義可說蕩然無存。

「沈同學其實不太需要我們的保護……」熒雨潼的半蜘蛛形態居高臨下，一向和善的面孔也添了幾分威嚴。「這次不管怎麼說，九降同學她們稍微有點太激進了。若有更好的做法——而現在也確實有，我就會選擇傷害最小、成果最好的一方。」

我撇撇嘴，「妳的意思是，換個場合，以後也可能會成為我的敵人囉？」

「是啊——不、不是，我說錯了。」熒雨潼猛力擺手，「我只是單純想幫心柔妹妹的忙，不是真的選邊站。沈同學的實力很強，但九降同學和九降妹妹的等級截然不同，所以……」

真是個容易緊張的傢伙。

我調整氣息，揮劍斬破書愣凝成的冰牆，正色面對前方的大敵。

不再保留的詩櫻與毫不放水的書愣，聖御帝與冰七戌，凜然並立。

兩人身後，伍騰佐無聲地比著手勢，數量龐大的雷霆隊員以整齊的列隊踏出大殿，駐守在外，暫時遠離靈能者的對峙。大殿之中，八根鮮紅的高聳圓柱環繞四周，站在正中央的詩櫻橫起長棍，瀰漫在外的沉穩靈流壓得人難以呼吸，既緩慢又溫柔，飽含著前所未有的強烈意志，向著我，向著心柔，向著全世界，提出自己的主張。

一種不容抗拒的威嚴主張。

「詩櫻，這是我最後一次問妳。」

我望向那雙熟悉又陌生的眸子，她倒映橙黃光芒的瞳孔，彷彿足以吸納一切的黑洞，向著中心，向著深不可測的深淵，收放天地萬物的靈能與魂魄。

「如果我想使用九天令劍斬斷妖狐的聯繫，妳會出手阻止嗎？」

「會。」她的雙眼眨也不眨，「我會用盡全力阻止此事發生。」

「就為了逮到梟貓？」

「是的。」

只在這個瞬間，面不改色的她，眨了一次眼睛，目光飄半秒。

「我明白了。」

我向左邁步，舉起九天令劍，直向措手不及的心柔。

噹的一聲，令劍不偏不倚打上長棍的棍梢。

詩櫻以超越白虎靈裝的速度來到我眼前，不只格開我的劍，更將三枚符咒擲向心柔、紀元臻與熒雨潼。靈符開展出刺眼的金光，伴隨三、四道靈力衝擊，瞬間震倒她們。

我正想奔往心柔，詩櫻卻轉動手腕，以長棍的尾梢打上來，無法迴避的角度迫使我施展全身靈裝，白虎的力量漫延周身，雙臂與小腿浮現清晰的虎紋，想必此刻頭髮也已化作醒目的雪白。

靈裝完成的剎那，詩櫻攤平左掌，在沒有符咒也沒唸咒語的情況下，迸發兩道炫目的雷電。從上而下的雷電誰都見過，但橫著打的雷，顯然違背了世間的常識。我嚇了一跳，勉強閃避，挾帶轟鳴的偌大雷電擦身而過，心臟怦通怦通跳得宛如擊鼓，腳步踉蹌數吋，小腿險些癱軟。

所謂的內心頓感轟雷掣電，八成就是這個意思。

道術系統中，文字咒符搭配言詞咒語最為常見，額外搭配靈力施展的符咒靈術也很常見，但什麼預兆也沒有，單純倚靠靈流調節橫掃而來的純粹靈術卻是百年難遇。不久之前，妖狐靈裝的心柔才施展了不合常規的爪形術式，現在詩櫻又直接扔來一道雷電，將這場靈道交鋒提升到全新的危險等級。

詩櫻是雷，書檮是冰，紀元臻是火；心柔有妖狐，雨潼有蜘蛛，我有神獸白虎。儘管我方在數量上超越九降姊妹，實力高強的詩櫻和書檮卻游刃有餘，總能在一兩招內居於上風。

我剛吸入閃避後的第一口氣，詩櫻還沒收回的左掌再次迸出兩道雷電，劈里啪啦的震天轟鳴，高速的白色曲線打了過來，如此短的距離，面對迅疾而至的術式根本無從迴避。我只能握緊九天令劍，靈力集中於右腕，白虎之力湧上右半身，大喝一聲，由右上向左下，踏起箭步揮出斜劈。

令劍橫劃，斬破無形不可見的空氣，釋放屬金的解消之力，切斷大氣分子的緊密結構，斷開複雜元素構成的空氣，劈出一道清晰可見的漆黑月牙。

憑藉令劍施展的月牙飛得比往常快，破空之姿更是透徹美麗。

對此，詩櫻不僅沒有挪動腳步，甚至漾起微笑，氣定神閒地應對此次反擊。

她拋出的兩道閃電被月牙切得粉碎，白虎的屬金之力還沒遇過無法解消的靈術，儘管對我的肉體來說負擔過大，卻是此時最佳的攻擊手段。

九天令劍的自主調節讓靈流的配置變得更具彈性，不久前才盤據右半身的靈力，瞬間回歸原本的均衡狀態，簡單的調節讓靈流的速度變快，是瞬息萬變的戰局中左右勝敗的關鍵，也是能否保全性命的絕對要件。

漆黑月牙筆直朝向詩櫻斬去，我才擔心起這記攻擊可能切斷她的頭顱時，她已蹬出箭步，桃紅道袍輕揚飄起，露出白皙的大腿，和因為施力而略微顯出的肌肉線條。

她輕輕點了鬢髮的鈴鐺，伴隨著清脆的叮鈴，以她為中心開展一張無形的半圓屏障，接下了漆黑月牙的猛襲。月牙抵住屏障構成的護盾，二者之間迸出四散的靈流，屬金之力逐漸被屏障消除，正確而言，彷彿被無形的力量完全擰住，硬生生轉了方向，向前的全部轉成向外的。

分明是我出的招，此刻卻成為自己的夢魘。

我趕緊轉身，向後奔跑。

「紀元臻，熒雨潼，不要嘗試擋住這——」

話語未完，與漆黑月牙同等強力的純白月牙反彈回來，比白虎之力更快，比屬金之力更強，急速斬向位在寶物殿後側的我們。

紀元臻施展三面火焰護盾，打算削弱白色月牙，卻在短短兩秒之內被切得粉碎；熒雨潼還沒吐出足夠的蛛網，心柔更是只能抓準時機向前撲倒。我暗誦咒語，調節靈流，施展兩道破魔咒，從旁震倒來不及閃避的紀元臻與熒雨潼，隨後連忙張開雙臂，狼狽地把整張臉送上地面。

轟聲雷動，純白的月牙砍斷殿堂內的四根圓柱，直直飛往原先垂吊九天令劍的位置，在寬敞的後殿劈出一道清晰的巨大線條。可觀的力量讓殿堂開了個洞，外頭的光線從數公分寬的切口流洩入室，懸浮半空的塵埃四散飛揚，彷彿置身於晨霧之中。

圓柱上乾淨俐落的切面讓人膽戰心驚。

詩櫻放下摀著鈴鐺的左手，面容肅穆，俯視全倒在地的我們。

聖之鏡屏，能夠抵禦一切攻擊，並將襲擊而至的力量全盤扭轉，有如一面鏡子，反過來以同等的能量逆襲回去。

這是九降詩櫻獨有的最強靈術，無庸置疑也無可辯駁的最強招數。然而，聖之鏡屏究竟是不是靈術，其實還有待查證；書櫺亦曾說過，這個招數不是九降世家的絕學，更不是兩儀聖御帝的璽印力量，沒人曉得此一近乎無敵的招數，到底從何而來。

「那傢伙，居然用該死的鏡屏把白虎的月牙打回來……」

「那招沒有破綻，對吧……」熒雨潼揉著被我以破魔咒打中的上腹，「畢竟連神獸朱雀都……」

「不，聖之鏡屏並非沒有破綻。」

紀元臻面無表情地撐起身子，直望前方。

「聖帝大人的專有術式『聖之鏡屏』，是各宗各派爭相研究的招數，正因如此，各個術師對鏡屏的研究與理解也相當深厚。」紀元臻拾起掉落在地的銅製寶劍，撥落上頭的塵埃，湊到嘴前吹了口氣才收回劍鞘。「聖之鏡屏的效果，是先擋下所有接觸鏡面的力量，再反過來以同樣的形態攻回力量的來向；此招的性能面對靈術與道術等能量攻擊特別有效，尤其聖帝大人擁有近乎無限的靈力，搭配鏡屏，反擊回去的能量往往更勝一籌。」

原來施展聖之鏡屏時，詩櫻的靈力還能讓反擊的力量增幅，難怪剛才那記白色月牙比我的漆黑月牙還強，速度、力道、銳度等各方面都遠遠超過我使出的招數，就連向來以速度著稱的妖狐，都選擇放棄迴避，直接讓心柔撲倒。

仔細一想，真正的白虎之力其實擁有不亞於那道白色月牙的力量，只是弱小的我無法充分發揮而已？第一次深刻體會到，自己的實力連詩櫻的邊都碰不到。

「妳這麼一說，我反而覺得那是個堅不可摧的招數。」

「聖之鏡屏面對靈術時雖然特別強力，面對武術時卻只能發揮一般的效果。」紀元臻眨了一次眼睛，「倘若我拿寶劍揮向聖帝大人，施展開來的鏡屏只能被動地接下這記攻擊，並將同等威力化作能量，以同等模式——也就是揮砍的靈能形態反擊過來。」

我還是沒聽出破綻在哪。她眨了兩回眼睛，豎起食指。

「聖帝大人的鏡屏反擊能量時，與下一次啟動之間約莫有一秒的空檔。」

「妳的意思是，詩櫻的鏡屏吃下第一記武術攻擊，在完成同等威力的能量反擊之前，會有一秒的時間無法再次接招？」

「不愧是虎騎士，作戰方面的理解力真好。」

「要誇人的話好歹帶個笑容。」

「但是……」熒雨潼一面提防右側的書檮，一面瞄向位於中間的詩櫻。「九降同學的武術沒有弱到非得使用聖之鏡屏才是……我擔心，到時候會變成武術打不過她，又不能施展靈術的局面。況且還有九降妹妹……」

我拍拍她的頭，「想不到曾經連話都說不清楚的熒雨潼，居然想得如此周全。」

「不、不要把我當成小孩子，我是高中生！」

坦白說，確實如熒雨潼所言，詩櫻不只靈術，武術也不容小覷，單純明白聖之鏡屏的微小破綻根本毫無意義，反而容易使我們陷於進退兩難的局面。

詩櫻只要攤開手掌就能迸出雷電，作弊般的戰鬥實力堪稱天下無敵。

「如果是一對一，聖帝大人確實是無法擊倒的對象。」紀元臻的左手放入腰間的布囊，隨時要抽出符咒似的，掃視殿堂被月牙破壞後的景況。之後，她的視線停留在心柔身上。「妖狐靈裝的優勢，不只是飛快的速度，還有超乎尋常的反射神經。我們或許無法對抗聖帝大人的武術，我們或許無法突破那道鏡屏，但絕不可能連一點破綻都抓不出來。」

「因為，她也是人。」即使我常常忘記這一點。

「沒錯。」紀元臻以極小的幅度揚起嘴角，漾出不乾不脆的微笑。「只要是人，就不可能沒有破綻。」

只是可能很難找而已。

神明就在我們之間——這點是身為白虎寄宿者的我，再明白不過的事實；然而，神與人的決定性差別，並非至善神聖的地位與全知全能的法力，而是永恆不摧的生命。

九降詩櫻終究是凡人，儘管近乎至善之尊，卻也絕非全知全能。

「三秒鐘。」我緊握手中的令劍，「我需要她三秒左右的空檔。」

這三秒，是用來將體內的靈流調節給九天令劍，再藉由神獸白虎寄宿的強大力量，最後驅動令劍的能力，斬斷心柔與妖狐間的聯繫。

乍看之下，只是抬起右手猛力揮下，如此而已。
即使是這麼簡單的流程，也無法輕易完成。
「我有個想法……」我半瞇著眼，壓低聲音。「但對方不見得會乖乖照著我的藍圖走。」
「沒關係，隨機應變吧。」紀元臻依然面不改色。
「不管發生什麼事，我都會盡力扯她們後腿。」熒雨潼露齒一笑。
鮮少出聲的心柔，眨了眨那雙妖狐般的鳳尾杏眼，望過來的目光不知究竟代表理解，還是有口難言。我還沒辦法將眼前的「這位」當成心柔，眼下的靈裝讓她喪失肉身的主控權，無論怎麼看都是妖狐親自驅動，一丁點身為人類，身為沈心柔的精氣神都沒有。
倘若這是妖狐的能力，我絕對會用九天令劍斬斷她們的聯繫。
倘若這是詛咒的影響，我非得親自在梟貓的臉上送一拳不可。
「走吧。」
話語一出，我立刻擲出三張咒符。
以靈術對付詩櫻，碰上聖之鏡屏的話必定吃虧，但我的目標可不是她。三張咒符飛快襲向站在右側輕鬆自若的書檸，她倏地圓睜雙眼，反射動作一般快速揮起左臂，召出六枚冰錐。
咒符開展的瞬間，她大吃一驚。我擲出的既不是破魔咒，也不是起風咒，而是護身敕符咒。護身敕符咒不是用以攻擊的道術，而是作為防禦的屏障，能夠確實擋下至少一次的武術或靈術攻擊。

當然，我可不是為了保護她。

「居然耍這種小手段……」

最初接受詩櫻的指導時，就覺得護身敕符咒有點蹊蹺，細細思忖，作為防禦屏障的那堵圓弧形護膜，到底該怎麼區分「外」和「內」？換言之，道術究竟能不能區分哪一邊才是該防護的呢？

答案非常簡單，它分不出來。

護身敕符咒是一道牆，無論內外側，均是阻礙。三道護身敕符咒不是用來保護書樗，而是製造短時間的障礙，限制她密集強悍的冰靈術，使其無法順利擔任遠距離攻擊的主力。

「別太小看人了！」

書樗不斷投擲冰錐，每一枚尖錐都在碰到屏障的瞬間化為碎片，彷彿撞到一堵具備靈術消除功能的牆。

「原來如此。」紀元臻面無表情地頷首。

「什麼意思——什麼意思——」

熒雨潼十指交扣，大大的眼睛來回看著我和紀元臻。

「那可不是普通的護身敕符咒。」

我笑了笑，右手食指敲了敲自己臂膀上的紋路。

熒雨潼倒抽一口氣，雙手合十，喊了聲「哇」，滿心敬佩的神情讓人頗感得意。

那是結合了屬金之力的屏障，可沒這麼容易突破。之所以優先扯住書檮的後腿，為的是爭取面對詩櫻時更充分的時間與空間，以及更安全的行動環境。倘若書檮不斷施展冰靈術，光是迴避就得耗費一番功夫，根本不可能創造出詩櫻的破綻。

趁此時機，妖狐心柔率先撲出身子。她的速度堪比閃電，銀白色的殘影甚至造成視覺幻象，讓人一時間弄不清確切的位置。心柔在短短一秒內，衝到詩櫻面前，近身相會。

妖狐之爪猛然揮出，詩櫻低聲沉吟，以長棍的把位接招，似乎被突如其來的攻擊嚇了一跳。心柔並不戀戰，引起詩櫻的注意之後，立刻向後蹬了一步拉開距離。與此同時，熒雨潼同時吐出六張蛛網，在詩櫻的周圍織起一層嚴密的黏性陷阱，只留一個向著我們的開口，儼然是臨時的蛛絲洞，一方面限制她的行動，一方面則是輔助我們的出招。

紀元臻彈了兩下響指，蛛網上紛紛燃起火花，蛛絲好似沾了酒精的棉線，轉瞬點燃，兩秒之內大火已將詩櫻團團包圍。若非深知這等攻擊對她來說不痛不癢，我這會兒不立刻跑去救人才怪。

我邁開飛快的腳步，向著火團衝刺。目標不是那團火焰，而是朝我奔來的銀白身影。

高舉令劍，屏住氣息，靈流集中分配在右腕。九天令劍彷彿知曉我的盤算，重新排列調節運行的靈力，在極短的時間內，以極精細的密度，讓靈流均勻地瀰漫於寶劍的刃部。

靈裝後的心柔不是單純的人形，而是周身瀰漫靈力的女孩，牽引著一隻若有似無、宛如煙霧的雙尾妖狐。

我對準煙霧中央最為細長，有如絲線的部分，咬緊牙關，揮下令劍。

「不行——」

噹的一聲，寶劍未能斬斷心柔與妖狐的聯繫，僅僅擊中一枚懸在半空的鈴鐺。

說時遲，那時快，一聲轟然巨響衝擊耳膜，點燃蛛網的火焰陷阱瞬間煙消雲散。

悅耳的鈴聲，伴隨一股溫暖的清風，撲面吹拂而來。

雖是令人心醉神馳的愉悅感受，卻可能必須承受當時東麓山那股奇異的能量攻擊，算準會有無法抵擋的強烈衝擊波，我連忙牽起心柔，攬住熒雨潼，奔向紀元臻，偕著兩名少女撲倒一名少女。

然而，什麼也沒發生。

「咦？」

發生疑問的是緊蹙眉宇的書檮。

一隻巨大的銀白狐狸，揚起九條長長的尾巴，立於殿堂中央。狐狸口中啣著詩櫻的鈴鐺，雙目宛如烈焰一般火紅，渾身四散逸出的濃郁靈力彷彿氤氳的蒸氣，介於可見與不可見的未知交界。

低頭一望，懷裡的心柔已然解除靈裝，雙眸恢復原來的明亮，周身不見銀灰的紋路。合理推測，中斷詩櫻璽印力量的就是寄宿於心柔體內的狐狸精，但眼前的龐大身影，比先前所見大了兩倍，尾巴變成九條，怎麼看都不像是同一個生物。

妖狐大口呼氣，瞪大炯炯利眼，瞪視擲出鈴鐺的九降詩櫻。

此刻就連一直占上風的詩櫻，也微啟櫻唇，睜大雙眸，難掩震懾之情。

「這是……」紀元臻瞪直了眼，「九尾妖狐？」

「開什麼玩笑！」

書檮一聲高喊，旋起無數冰彈，擲向巨大的九尾狐。

九尾狐輕靈躍起，側身迴旋，九條長尾以輕巧的姿態，打回襲向自己的全部冰彈。書檮即刻築起冰牆防禦，但詩櫻搶先一步，閃身立於二者之間，撥動鬢髮上的鈴鐺。

叮鈴一聲，妖狐反打回去的冰彈通通敲上無形的鏡面。

第三次的聖之鏡屏，充分吸納冰彈的威力之後，調轉方向急速反擊。

九尾狐文風不動，覷起杏眼，微微縮起頸部之後仰起頭，尖聲嘶鳴。

前所未聞的叫聲，以響徹雲霄的音量敲入耳朵，嘹亮的鳴叫把裡外數十人震得跪倒在地，只有一人絲毫不受干擾——半蜘蛛熒雨潼，彷彿沒有聽聞擎天巨響，挺身而立。

她朝大殿的天花板吐出三張蛛網，躍起身子，足部牢牢勾住網上，抓住鳴叫未停的空檔，在地面與牆面各吐四張蛛網。半蜘蛛上了蛛網，行動快速且靈活，動起八隻堅硬烏亮的腳，飛快襲向九尾狐，趁其仰首嗷叫的空隙猛力揮出前足。

九尾狐在蜘蛛來到眼前的剎那，止住嗷叫，輕靈地向後一躍，踏上蛛網。儘管立於蛛網，妖狐的行動卻絲毫不受影響，彷若蛛絲的黏性毫無作用，與身在地面幾無不同。

所有人的目光聚焦於身形巨大的九尾狐時，靜立一旁的詩櫻撩起裙襬，指尖輕輕滑過套在腿上的玄穹法印，法印表面登時浮現金黃色的梵文，大殿廳堂的靈流波動變得更加紊亂，正以不易察覺的形式悄悄流向繫著鈴鐺的少女。

詩櫻取下髮鬢的鈴鐺，夾在指尖，與掛在棍上的鈴鐺一同泛出金光。

她的兩枚鈴鐺似乎擁有不同的效果，外型看似一模一樣，一枚能觸發聖之鏡屏，一枚能驅動被稱為璽印之力的不明清風。任一枚即能扭轉形勢，兩枚同時驅動，怕是有毀天滅地的強大力量。

此刻的妖狐，尚未與心柔切斷聯繫，倘若現在將其消滅……

「不行！詩櫻，住手！」

我提起九天令劍向前奔馳，下一秒，溫暖的薰風遍布四方，令人心曠神怡的異樣之感，伴隨源於未知的莫大恐懼。

殿內的氣流紊亂不已，空氣彷彿有了重量，短短數秒，連呼吸都變得相當困難，龐大的能量向著詩櫻集中，瀰漫在大氣間足以包容一切的柔和清風，將周遭的靈力吸納殆盡，宛如一堵隱形的高牆，綻放數百萬噸的壓迫感直襲而來。

這個攻擊，會在最終收束之時，造成無以抵禦的強大能量壓迫。

詩櫻專注的目光像牢牢鎖定獵物的鷹隼，定於九尾狐巨大的身軀。

我的腳步不曾停歇，距離妖狐還有八公尺。

周圍的氣流越來越沉，吸入胸腔的溫暖空氣帶有一絲自然清香，時而好似生命力旺盛的植物，時而又似瀑布流洩的水氣，吐息多次，始終無法清楚辨識這等氣味。

還有五公尺。

詩櫻那對足以貫穿靈魂的炯炯目光，未曾自妖狐身上移開，聚精會神的嚴肅表情，散發望而生畏的氣場。我不需要阻止璽印之力，只需要舉起令劍，確實揮下……

最後兩公尺。

九尾狐動了動耳朵，似乎對周遭靈流異常的躁動有些警戒，杏眼瞇成一線，緊盯著詩櫻，隨即蹬出後腿，朝她高速奔馳。這舉動直接拉開我與妖狐的距離，直撲過去的巨大身軀，在即將撞擊的瞬間，被附有靈力的無形屏障狠狠擋下，強力的衝擊震得整座大殿轟聲雷鳴，不久前被純白月牙切斷的幾根柱子，甚至應聲倒下。

第四次的聖之鏡屏。

強大的九尾狐被堅不可摧的屏障擋下，即便盡力伸長銳利的長爪，也完全無法接近詩櫻，彷彿她的周身已與世界隔絕，任何力量都沒能穿透而入。屏障吸納攻擊之後，伴隨而來的能量反撲，將巨大的妖狐震飛出去。

遭受反擊的九尾狐，就這麼摔到我的眼前。

這是最好的機會，也是唯一的機會，更是最後的機會。

我握緊劍柄，舉起九天令劍，令劍重新調節靈流，所有靈力集中於右腕，劍格的不明文字浮現炫目的金光，龐大的靈能向外四溢。近在眼前的妖狐，立於遠處的詩櫻，二者專注在彼此身上，誰也沒注意到我。

我的目標，是連在九尾狐與心柔之間，那條如絲如縷的靈繫細線。

落下的劍刃偕著白虎的屬金之力，釋放集聚在臂膀的靈力。

我手中的九天令劍，斬斷了聯繫著心柔與妖物的無形繩索。

空間中一如不起漣漪的靜湖，毫無波動，混亂的靈流卻被切得粉碎。一股逆風似的靈能朝我襲來，擦過臉頰，沿著耳畔的凹陷處滑向後方；那是九尾狐龐大的靈力，束縛心柔多年的靈力，也是保護她、喚醒她、扶持她的靈屬之力。

如今，已被九天神靈的令劍一舉斬斷。

劍尖鏗的一聲敲上地面，在堅硬的木質地板打出一個孔洞，無瑕中的瑕疵顯得格外醒目，一如完美中的汙點，總是特別突出。

清脆的聲響迴盪於倏然靜默的殿堂，彷彿令劍斬斷的不是聯繫，而是眾人心中躁動的情緒。四周一片沉靜，所有的視線，屏息集中於九天令劍的最尖端。

萬般詫異的九尾妖狐，微微開口，似乎想說什麼，卻始終沒有出聲。無聲的抗議，是對現狀最嚴厲的指控，我沿著她的目光，瞥見抱頭瑟縮的心柔。

心柔抬起頭，顫抖的身軀不再讓人陌生，那確實是我沉睡兩年的妹妹，是真實存在、不折不扣的沈心柔。

妖狐的寄宿已不復存在。

然而，詩櫻並未解除兩枚炫目鈴鐺的璽印力量，四散的靈力再次收束，漩渦般的吸納能力，讓人無法站穩腳步。靈術的目標，亦即眾矢之的九尾妖狐，宛如靈魂出竅的人偶軀殼，動也不動，來回注視我與心柔，對於即將到來的術式毫無反應。

此時此刻，妖狐的生死與我無關；能夠獨立存活的心柔，再也不需要邪惡的狐狸精了。

詩櫻身邊的靈流來到前所未有的高點，那是未曾見識的濃度，也是無法理解的強度，極致的總量與精密的調節，交織於兩枚鈴鐺之間，半空中閃耀一道清晰的兩儀圖騰，無形的太虛與炫目的兩儀合於一處，匯集成無比強大的靈能之力。

「兩儀璽印。」詩櫻柔聲開口，「萬靈沖虛。」

一股溫暖卻無法抵擋的薰風，團團包裹住我。殿堂中的人們不約而同地打量起自己的身子，好似亟欲確認環抱己身的溫暖，出於何人之手。

眼神空洞的九尾狐，鬆懈地綻開九條長尾，順服地束手就擒，既不抵抗，也不逃脫，半闔著眼，坦然迎接中宮主九降詩櫻的璽印之力。

圍繞妖狐的薰風逐漸化作風旋，每一次迴旋，都會剝除一些靈體，妖狐巨大的軀體越來越破碎，瀰漫其身的靈流也越來越微弱。飄失的靈軀碎片，飛出幾道烏黑的細索，汙染了銀白紋路的不明詛咒，此刻也成為兩儀璽印淨化的對象，隨風旋轉，最終消散。

心柔踏著沉穩的步伐從我身旁走過，仰著頭，張著嘴，在薰風的漩渦前停下腳步。她伸出手，試圖撫摸九尾狐低垂的頭顱，巨大的能量漩渦卻讓她們如隔銀河。

一聲奇異的破風清響，擊碎了靜謐的神聖時刻。

兩枚青色的羽毛恰似急速飛至的利刃，刺中九降詩櫻的側頸，赤紅的鮮血汩汩流淌。

「詩櫻！」

正想衝向詩櫻，數道青羽霎時落下，阻止了我的行動。

抬頭望去，某種詭譎的人形之物擺動雙翼，懸停於後殿大堂的半空中。

突然到來的造訪者有一雙似鳥非鳥的青色羽翼，身邊圍繞著濃濃的詭異紅霧，淺青色的眸子迸出奇異的光芒，凸出長長的獸牙，咧開嘴笑。不明妖物裸露在外的身軀：四肢、頸部與背脊等，覆蓋一層厚重的烏黑獸毛，下身是肌肉精壯的人形雙腿，足底則有銳利的三趾鷹爪。

他輕輕擺動背後的巨大羽翼，揚起陣陣微風。

我體內躁動的靈流立刻告訴自己，眼前的妖物就是時變反應的罪魁禍首「梟貓」。

璽印的薰風轉瞬中止，冰冷的空氣襲上背脊，那是恐懼的溫度，也是無法理解眼前發生之事的本能警覺。

伍騰佐高呼一聲，門外的雷霆特勤隊分作兩隊，其中四人組成的一支小隊奔向詩櫻，剩餘的數十人則擺出列陣，舉起漆黑的能量槍械，直朝懸停半空的敵人射擊。

鳥羽獸身的不速之客毫不閃避，任憑能量彈逕直打中青色羽翼，覆以濃密獸毛的肉身接下凌空飛至的子彈。即使羽翼被打出無數的洞，破碎的羽毛翩飛落下，鳥妖依舊面露目空一切的無懼神色，咧開大嘴，嘻嘻邪笑。

「不行……」詩櫻微弱的聲音傳入耳中。

人形鳥妖冷不防地猛拍雙翼，無數羽毛有如飛箭般落下。詩櫻不顧頸部仍在淌血，輕輕觸碰鬢髮上的鈴鐺，強悍的聖之鏡屏卻沒有成功啟動，只能眼睜睜看著銳利的羽毛紛紛刺穿朝她靠近的雷霆隊員；其中幾枚，不只劃傷無法抵擋攻擊的詩櫻，更貫穿了她的左下腹。

我驅動白虎靈裝，蹬上半空，以全身之力跳到殿堂的最高處，利用地心引力的牽引，在墜落的瞬間朝鳥妖踢出一腳，漆黑的月牙以迅雷不及掩耳之勢襲去。

鳥妖見狀毫不閃避，回身拍打右翼，揚起一陣怪風，同時飛快位移，輕鬆閃過了削鐵如泥的屬金月牙。說時遲，那時快，鳥妖剛躲過我的攻擊，巨大的冰穹頂突然落下，伴隨數枚由地面竄起的火舌，以及一張範圍龐大、籠罩鳥妖周身的巨大蛛網。

冰七戌書檮、十二戍元臻與半蜘蛛雨潼的聯合攻勢，來的又快又準。

冰與火的雙向攻勢封鎖鳥妖的上下兩方，強力的蛛網更是使其無法動彈，即便如此，身陷火海的梟貓未露懼色，大大咧開的嘴笑得更加明顯。

撲天蓋地的蛛網，囿於冰穹頂的熊熊烈火，與許已將殺人無數的鳥妖燃燒殆盡。樂觀的念頭才剛萌生，震耳欲聾的轟然巨響重擊耳膜，火焰、冰雪和蛛網同時炸散。紛亂之中，理當遭受沉重傷害的靛青鳥妖依然懸停半空，僅用五秒便掙脫三名靈術師的聯袂攻擊，毫髮無傷。

說時遲，那時快，數十隻體型較小的靛藍色鳥妖——墓坑鳥襲入殿堂。突如其來的闖入，打亂她們的行動，貌似帶頭領袖的巨大墓坑鳥更是麻煩，迫使書檮和紀元臻必須見招拆招，分心應付而無暇反擊。

梟貓輕拍靛藍羽翼，緩緩下降，來到虛弱的九尾狐身旁，烏黑的細索從靛色羽翼間流洩而出，像是藤蔓，又像鎖鍊，緩慢卻穩固地纏上九尾妖狐。我拔腿衝刺，想要趁此時機使出一記破空月牙，對方卻在我提腿的同時搧起一陣強風，將我摔飛到殿堂的另一端。

摀著頸部的詩櫻平舉右掌，擺出施展靈術的起手式，周遭的靈流卻沒有任何動靜，一如虛空，全無變化；她的身邊有一股奇異的黑霧無端懸浮，漫無目的地圍繞著，彷彿正在嘲笑無法調節靈力的靈巫。

詩櫻望向我，那雙美麗的眸子露出少見的憂懼之色。

「雁翔……」詩櫻的臉頰漸無血色，「阻止他……切斷他們的聯繫……」

切斷？未及深思，我立刻拾起掉落於地面的九天令劍，踏出弓步。

梟貓的烏黑細索已將九尾狐緊緊束縛，綁得密不透風，彷彿欲以漆黑的靈能吞噬他物，猶如巨大的蟒蛇，纏繞並澈底吞噬獵物，不留餘物。

九天令劍可以斬斷世間萬物，有形的，無形的，質屬的，靈屬的，均無例外。

我大喝一聲，用盡全力，並將靈力付諸其上，揮出泛著金光的令劍。

一陣劇烈的痛楚，頓時從指頭啃噬至掌間，最終攀上臂膀，使我全身麻痺。剎那間，劍柄像是生了利齒，咬上我的掌心，一時鮮血如柱；再也握不住令劍的我，我眼前出現白光，視野被閃爍的青黃炫彩完全遮蔽。

鏗鏘一聲，九天令劍脫離我的雙掌，落於地面。

我雙膝重重跪地，汗流浹背，四肢無力。虛假的守護者終會受到最嚴苛的審判，欺騙神靈的我，此時承受著撕心裂肺的劇烈痛楚。

九尾妖狐巨大的形體化作一縷清煙，梟貓展開雙翼，大嘴一張，吸得一乾二淨。妖狐銀白色的紋路登時布滿鳥妖烏黑的獸身，閃耀著堪比日照的炫目光芒。

這一瞬間，我才發現自己鑄下大錯。詩櫻堅持消滅妖狐、不能切斷聯繫的原因，昭然若揭。

脫離與心柔的聯繫之後，遭受詛咒的妖狐將成為梟貓的餌食，成為邪惡靈屬的一部分。

拱手奉上九尾妖狐，讓邪崇禍首梟貓變得更強大的，不是別人——

是我。

第十一節　背道的英雄

我咬著牙，忍耐體內紊亂靈流造成的劇痛，朝九天令劍伸手。

「沈雁翔，放下武器，不准動！」

伍騰佐不顧側腹、肩頭與大腿扎著青色羽毛，舉起能量槍，狠狠瞪視此處。他的周圍全是倒地的隊友，除了少數幾位還在掙扎、呻吟之外，多數皆已靜止不動，臥在自己的血泊之中。

我感覺體內的靈能流轉不夠穩定，但白虎神靈仍在，靈裝的潛在使用性也在，雷霆的能量武器尚且不成威脅。環顧四周，心柔、書樗、熒雨潼和紀元臻身上多有割傷，雖有出血，但無大礙，紀元臻正在檢查熒雨潼的傷口，用臨時寫成的咒符緊急治療，醒目的傷口很快就癒合了。

耳畔傳來細微短促的聲音。

「詩櫻！」無視伍騰佐的槍口，彎腰打算檢查詩櫻的傷勢。

伍騰佐打開瞄準鏡，「不准動！」

「你才別給我動。」書樗皺著眉頭，右手邊漂浮三個冰錐。「妖狐已遭吞噬，幕後黑手仍在逃竄——情況改變了，雷霆不准繼續在玄靈道的領域撒野！」

她怒氣沖沖的挑釁語氣，搭配強悍的實力，任誰也不敢輕舉妄動。雖然沒有明說，書樗顯然對我查看詩櫻的舉動亮了綠燈。

我在詩櫻身邊跪下，發現她頸側的傷口雖未癒合，但已止血，可能率先使用靈術緊急處置治療的緣故，避開了最危險的結果；然而下腹的傷口還在出血，創口雖然不大，持續失血也不是辦法。我拉住她裙襬開高衩的接縫處，左右撕扯，直到已被鮮血浸染的桃紅鑲邊道袍完全敞開，露出紅腫發青的穿刺傷口。

梟貓的青羽並不銳利，能夠造成如此嚴重的穿刺傷，想必是居高臨下的重力加速度，以及他揮動羽翼的強大力道所致。傷口不大，流淌的鮮血卻很驚人，周圍腫脹的暗青色更是讓人不安。

我拉起詩櫻微微打顫的左手，望著她只能勉強睜開的雙眼。

「詩櫻，妳傻了嗎，為什麼不用清癒訣？」

她吃力地露出痛苦的笑容，「如果能用……」話沒說完立刻咳了幾聲。

「好了，我大概懂了，妳別講話。」

我側過頭，確認伍騰佐沒有其他動作後，取出口袋中的癒寧咒，想了想，換上召役天醫咒，默唸咒語，為她治癒。然而，儘管是咒法較強的符，卻沒發揮全面的治療效果。詩櫻的傷口雖已止血，但刺穿的創口與暗青色的瘀青並未好轉。

冷不防想起過去發生的類似情形，不詳的預感籠罩心頭。

或許察覺我表情中的困惑與擔憂，詩櫻輕輕拍了拍我的手臂。

「一般的治癒系靈術，對這種傷口沒有用。」她的指尖點著我的肌膚，稍加施力，按出細微的凹陷。「這是詛咒，根植於靈魂之中的條件式詛咒。」

「條件？什麼樣的條件？」

詩櫻正想開口，突然一陣猛咳。

說時遲，那時快，寶物殿的正門竄進數十名黑衣武裝人員，從多樣的武器及異於平常的配備判斷，應該是不同於常規鎮壓，專門針對靈術師或靈屬的部隊。

書檮的反應最快，幾乎是反射動作地朝最前面一排武裝人員腳邊發射冰彈，並迅速凝聚一波冰錐，蓄勢待發。出乎預料的是，較晚進門的幾名雷霆隊員舉起狀似雷達的圓形天線裝置，發出震耳欲聾的聲波，迫使書檮放下凝集冰靈術的雙手，用力摀緊雙耳。

正當熒雨潼準備伸足，紀元臻的雙手要旋起火焰之際，伍騰佐跨大步上前，站在部署完畢的雷霆陣勢中央，向她們大喝：「住手！」

紀元臻和書檮顯然不打算收回術式，伍騰佐緊皺眉頭，舉槍示警：「沈心柔，妳利用妖狐靈怪之力，故意殺害、重傷、傷害中央政府超常事例應變組織成員達百餘人之多，涉嫌違反《刑法》殺人罪、重傷罪、普通傷害罪及《超常事例應變法》殺或傷害應變人員罪，罪證確鑿，為中央列管之十大超常危險要犯，雖有新北地方法院核發之拘票，但依《超常事例應變法》原應就地正法，慮及妳與靈怪業已分道揚鑣，無急迫危險性，在此依法將妳拘提。」

伍騰佐的視線挪到我身上，怒火中燒的瞳孔，散發無以名狀的強烈憤恨。

「虎騎士沈雁翔，雖是基於手足之情，你屢番出手干預雷霆特勤隊專案任務的行為，已涉犯《超常事例應變法》有關干預及阻礙應變組織之規定，情節重大，現在依法將你逮捕送辦。」他掃視寶物殿內的眾靈術師，微覷雙眼。「冰七戍九降書檮、十二戍紀元臻、曇絲蛛熒雨潼，此處雖屬玄靈道自治範圍領域，但仍是中央政府法規所及之地，請即刻停止妳們的術式，切勿輕舉妄動。」

不知是聽懂了法條規範，還是真的自認寡不敵眾，書檮、紀元臻與熒雨潼紛紛停止動作，解除醞釀中的術式，帶著複雜的表情與逐步包圍的雷霆人員對峙。

《刑法》姑且不論，人稱「法外之法」、簡稱《超常事例應變法》的《超越凡常之特異事件案例應變法》，擁有全國法秩序最不講理的規定，以及最廣、最寬的「犯罪輻射範圍」——依據該法，任何人只要著手協助成為超常緝拿要犯的心柔，無論隸屬哪個國家或組織，都會成立犯罪，列入一併逮捕的對象。

即使是當今宇宙最強的詩櫻，抑或視一切為草芥的書檮，也不例外。

對峙過程中，雷霆的陣形後方出現幾組身穿深藍色制服的部隊，他們左邊袖子統一繡上精緻的亮銀色圓形徽章，中間有個醒目波浪圖示——那是專門收容、拘束及管制的超常事例應變組織「未知防制與特殊容留察核司」，一般簡稱「蒼溟容留司」。

看來，我和心柔已經成為中央政府的燙手山芋了。

「雁翔，」詩櫻皺著眉頭，亟欲撐起身子卻力不從心。「如果梟貓完全吞噬九尾妖狐……」

「可就不是鬧著玩的了，對吧？」我望著詩櫻略顯驚訝的雙眼，露出微笑，「我不曉得妳為什麼對梟貓的術式沒有抗性，也不曉得為什麼無法發動聖之鏡屏，更不曉得璽印是怎麼被梟貓化解的。妳身上的詛咒，不是我能解決的，但我會搞定那個機關算盡、把每個人當猴子耍的混帳鳥怪。」

連九降詩櫻都無法應付的敵人，我真有戰勝的可能嗎？大腦的理性不斷否定這項事實，內心澎湃激盪的感性卻要我孤注一擲，怎麼都不肯服輸。

名為梟貓的大敵，是以未知的詛咒迫使妖狐殺害中央政府人員的始作俑者，也是間接害心柔成為頭號要犯的關鍵元凶，更可能是以虛假的白虎宮印，招致朱雀失控事件等時變反應的罪魁禍首。

此等惡貫滿盈的高度智能妖怪，天理不容，必須澈底消滅。

我握緊她些許冰冷的手，凝視那雙因傷勢而疲憊，卻依然溫柔耀眼的眸子。

「詩櫻，不用擔心。」

她曾經的話語，此刻出自我口。

「我保證，一定會回到妳身邊的。」

這不只是沈雁翔對九降詩櫻的承諾，更是虎騎士給予御儀姬的誓言。

詩櫻放鬆因疼痛而擠皺的眉宇，漾起柔美清麗的笑靨，輕輕地，堅定地回握我的手。我的指尖摁上她的眉間，彼此的意念在漸趨平衡的體溫間遊走，啣著靈魂悄悄相通，無消言語，也能心領神會。

她的微笑依舊，只是緩慢地，安心地闔起雙眼。

不明的詛咒，讓近乎無敵的九降詩櫻失去堅不可摧的護體，讓她不再保有一貫穩定、恆常的精氣神。虛弱與疲憊，那些不曾與她劃上等號的狀態，以最令人心疼的方式，展露在我面前。

掌心輕撫她柔軟的頰，由衷希望為眾生萬靈操碎了心的她，能夠獲得短暫且寶貴的歇息。

我不能留在此地，絕不能束手就擒。沒有人能先後傷害我生命中重要的女孩，卻不付出任何代價。唯有梟貓，必須由我親手解決。

「書榑，」我站起身子，「詩櫻的詛咒交給妳了。」

「不要這麼順理成章、理直氣壯地喊我名字——」書榑停止吐嘈，眨了眨眼。「慢著，你這話什麼意思？」

「我會『稍微』離開一下的意思。」

「你看一看周圍的狀況好嗎，這不是你想走，就走得了的處境啊！」書榑發難的同時，雷霆部隊正小心翼翼地縮小包圍網。「這是雷霆特勤隊和蒼溟容留司，是中央政府不講理的組織中，最霸道的兩個單位。事件不是沈心柔直接造成的，死去的性命和造成的傷害也不能直接算在她頭上，只要立刻配合調查，雷霆不會全面鎮壓，蒼溟也不會啟動常規收容程序。總之，你得考慮『束手就擒』才是正解的可能性。」

我的下巴幾乎要掉到地上了。

「書㦛，妳身體不舒服嗎？」

「我很好。」她挑起左眉，「你什麼意思？」

「剛才那番鬼話，妳自己相信嗎？」

「相信啊。」

「幾成？」

「大概四成，」書㦛聳聳肩，「或者三成五吧。」

這其中的百分之五是怎樣的差距？

「妳自己都不相信的鬼話，就別拿出來唬我了。」

書㦛咂咂嘴，白了我一眼。

「你的如意算盤未免打得太胡來了，沈雁翔。」懸浮在她身邊的冰錐數量逐漸增加，「就算真能突破重圍，躲過雷霆、蒼溟甚至天央的眼目，也沒有改變現狀的手段。我不知道笨蛋姊姊身上的詛咒是什麼，也不確定真的有解方；唯一確定的是，她若無法使出全力，要撂倒或捕捉梟貓——而且是吞噬九尾妖狐後的梟貓，根本是天方夜譚。」

「書㦛，妳真的沒覺得不舒服嗎？」

「閉嘴！」書檮跺起右腳，「退一萬步言，就算真能突破雷霆的武裝包圍，躲過各大組織的追緝，找到梟貓之後，你身邊還剩多少同伴？」

我環顧四周，視線掃過熒雨潼與紀元臻，最後回到書檮身上。

書檮嘆了口氣，搖搖頭。

「看來你不只胡來，還有點笨。假設我們真的突破重圍，誰來照顧笨蛋姊姊？刺青女也受傷了，能不能陪你闖蕩已成問題，紀元臻若沒得到她們宗主的許可，不可能貿然與中央政府為敵。

「退一百萬步言，倘若你和你妹妹真的逃出去了，我們這些留下來的人，也會受到雷霆與蒼溟的高度監管，屆時可不是喊一句『宗教自由』就能趴趴走。除此之外，全臺灣的靈術師也會被下禁令，沒有任何人能明著幫你。」

失去玄靈道與靈術師的後援，要想追捕或打倒梟貓，根本是不可能的任務。

雷霆與蒼溟的陣勢越來越厚實，人員配置越來越緊密，密不透風的層層嚴防，讓空間寬敞的寶物殿在越顯擁擠。即便是朱雀現身的特二高架斷橋事件，也不曾有過如此規模的武裝人員。

看來，伍騰佐代表的中央政府，這次鐵了心要逮捕我和心柔。

光是這一點，我就沒有選擇的餘地。

「如果我堅持要突圍，」我凝視書檮的雙眼，「可能性高嗎？」

「不高，可能性與成功率，端視你想以什麼陣容離開。」任何局面都能化為數據評估的書檮，腦袋八成正在高速運轉。「假設只想保全雷霆想抓的人——也就是你和你妹，我、紀元臻和刺青女應該能打開一條通路，拖住他們的腳步，讓你們有足夠的時間全身而退。」

「這個方案的成功率有多少？」

「百分之百。」

真有把握。我忍俊不禁，「如果想帶妳走呢？」

書樗先是愣了一秒，隨即瞪大雙眼，目光彷彿迸出烈火。「首先，我若離開就沒人能照顧笨蛋姊姊了；再者，這種亂七八糟的蠢話，以後請對著躺在地上的姊姊講。」

其實我只是單純考量綜合實力而已。

「那如果帶紀元臻走呢？」

「她和我的聯袂攻擊，是你成功離開的唯一手段。若由我和刺青女殿後，聯手保護你們三人直到完全遠離，成功率恐怕不到四成。」

「熒雨潼呢？」

「成功率會高一點，但並非百分之百。」

「妳的意思是，」我掃視已然包圍整座殿堂的武裝人員，「成功率最高的布局，會讓我失去所有靈術師的支援？」

「雖然聽起來很糟糕，但……」書樗聳聳肩，「沒錯，就是這樣。」

倘若現在僅我一人，根本無庸考慮，能夠確保脫身，又能留住一位靈術師的選項，才是最佳正解；但此刻除了我，還必須顧及心柔的性命，不容許任何閃失，絕不能有一絲一毫失敗的可能性。

我無法承擔再次失去妹妹的風險。

「書樗，我和妹妹的退路就拜託妳了。」

「放心吧，」書樗的雙手沒有停歇，凝聚更多冰錐。「雖然你的死活從來不在我的評估範圍內，但幫點小忙倒也不礙事。」

「也對，畢竟妳只在乎詩櫻而已。」

「你——」

我笑了笑，將體內的靈能聚集至雙腳小腿處，做足準備，牽起心柔的手。

心柔抬起頭，充滿驚懼又滿溢淚光的眼眸，讓人心疼不已。

我想，她的記憶在斷絕與妖狐的聯繫之後順利恢復了，心智年齡與行為舉止彷彿回到兩年前；年幼的純真澄澈，包藏在預備成熟的果實之中，奇異的氛圍讓我倍感熟悉，卻又有些陌生。

但重要的是，心柔回來了。我的妹妹，帶著過往的記憶，回到我身邊了。

接下來只需解決潛在的威脅，就能好好向大家介紹這位重要的沈家成員。

「哥，我們逃得掉嗎？」

「誰說我們要逃了。」我的手握得更緊了，「這只是『中離』而已。」

「中離？」

「中途離席，稍後再見。」

心柔眨眨眼，似乎被我突如其來的俏皮話，弄得不知所措。

不確定是雷霆特勤隊的能量彈先迸射而出，還是書楟的冰錐先飛向滴水不露的武裝陣形，雙方武力在空中交會，發出刺耳的爆破聲，濺飛的冰碎片先是花火般的瞬間綻放，隨即雨瀑般壯麗乍現，彷彿四散的水花，又像灑落的銀珠。

我拉著心柔，蹬起局部靈裝的雙腿，高高躍起，奔向位在另一端的紀元臻與熒雨潼。距離稍遠的蒼溟管制人員正在準備某種中型機具，我正想出言提醒，紀元臻已掄起一枚排球大的火團，朝機具的底部投擲。

玄靈道的靈術師，在中央政府及三大特殊事例應變組織眼中，是中立的存在，也是有深厚合作歷史的強勁協力者；縱使排除超乎常理的詩樱，面對書楟和紀元臻等受有封號的靈巫，也是井水不犯河水，相敬如賓。伍騰佐雖然安排了兩大應變組織的部隊，籌組了前所未有的人馬，準備了形形色色的兵器，卻始終沒有把槍口對準我和心柔以外的成員——這或許是紀元臻刻意瞄準不會傷到任何人之機具底部的理由。

雙方都有所顧忌、綁手綁腳的戰鬥，成為我能夠趁機突圍的關鍵。

這是一場沒有計畫、沒有預演的緊急脫逃，誰也不曉得雷霆的陣形究竟有無弱點，也不確定哪種攻擊能夠牽制對方，更不知道哪個方向、哪個角度，才是能夠成功突破的「逃生口」。

即便如此，書檮與紀元臻依然憑藉強悍的靈術與豐富的戰鬥經驗，有效地阻擋來自特殊兵器的攻擊，嘗試以不傷性命的反擊，尋找可能的破口。

這樣還不夠。身為仰賴近身作戰、總是且戰且走的虎騎士，我比誰都明白，真正的破綻只會出現在「接近」之時。

但我必須保護心柔，不能像隻無頭蒼蠅胡亂試探；所幸，我方另有一名近身作戰的專家。

「熒雨潼，我需要妳的幫忙。」

「果然是這樣嗎……」熒雨潼面露苦笑，身上的挫傷與割傷經過紀元臻的治癒，已經好了大半。「雖然知道可能必須出手，但面對雷霆，我還是有點……」

「我記得妳幾個月前好像不怎麼排斥。」

「那、那是朱綉姊——我知道了啦。」

她畢竟正是為了這種時刻才下定決心拜師修練，很快地放棄無意義的周旋，沉住氣息，靜下心，以自己的方式運轉體內的靈流。不曉得玄女宮的修道內容與御儀宮有多大的差異，但靈流的感應與掌握，絕對是最初的難題。

她與朱綉大姊之間的聯繫，除了依靠生死與共的相互信任，更仰賴著合作無間的靈力流轉。

不一會兒，熒雨潼的肉體發生顯著的變化，不完全的靈裝象徵著尚未成熟的靈流支配，卻也確保了她等同於白虎靈裝的強悍肉體實力。

我比任何人明白半蜘蛛的物理威脅。

熒雨潼的體型瞬間大上兩倍，強壯的蜘蛛軀體擋在我和心柔前面，有效地干擾雷霆特勤隊的視野。她並非金剛不壞之身，貿然充作肉盾絕非上策，或許同有此感，她立即釋放數張堅固的蛛網，阻擋離大門較遠卻深入殿堂的部隊，縮小武裝人員的威脅範圍，同時破壞既有的包圍陣形。

我牽著心柔的手跑，雷霆的能量槍隨之展開射擊。

「書樗！」我揚聲大喊，「我們需要制高點！」

「就說了別這麼順理成章、理直氣壯地喊我名字！」

書樗一邊抱怨，一邊飛快凝聚冰牆，擋住幾波飛到她附近的能量彈，製造短暫的安全空檔，半握右拳，在不遠處的空中形塑兩個冰踏板，輔以起風靈術，使其持續懸浮。

我的左手牽著心柔，右手拉住熒雨潼的蜘蛛腳，以靈裝的力量與速度，帶著兩名少女朝踏板衝刺。熒雨潼似乎有什麼想法，頷首給了一個眼神，掙脫我的右手，在大殿的天花板織起蛛網，攀爬懸掛，動作迅速地到達較遠、較高的冰踏板。

我在槍林彈雨中低頭奔跑，抓準時機，在千鈞一髮之際躍起，踩上書樗準備好的冰踏板。

再次與熒雨潼互換眼神，一人一蛛同時躍出踏板，跳入雷霆與蒼溟兩大應變組織的堅實陣勢。

這不是什麼聰明的計策，也不是什麼了不起的戰術，純粹是仗著我與熒雨潼超越凡常的肉體實力，以武裝人員難以防備的手段，發起莽撞但具威脅性的攻勢。

我在半空中調整靈流，將局部靈裝全部轉化，以白虎靈裝之姿重重踩倒兩名雷霆隊員。半蜘蛛熒雨潼龐大的身軀是渾然天成的凶器，光憑與生俱來的可怕身姿和難以估量的體重，還沒落地就嚇跑不少人了。

我和熒雨潼相距約莫十公尺，以我們為圓心的部隊亂了陣腳，介於中間的武裝人員則拿不定主意，一時不知該先防範誰。雷霆與蒼溟共同布下的包圍網，遭到出乎意料的局勢變化，發生短暫卻不容忽視的破綻。

「熒雨潼，蛛網！」

一張巨大蛛網在我叫喊結束同時落於前方，黏住數十名擋在門前的雷霆隊員。我立定左足，飛快橫踢右腳，以白虎靈裝的強大力道劃開空氣，使出飽滿的月牙風刃，掃飛遭到蛛網束縛、動彈不得的武裝人員。

通往出口的康莊大道，已然出現。

周圍的蒼溟隊員迅速變換隊形，試圖圍堵，卻被冰牆與火牆粗暴地擋下，進退兩難，只能對著我乾瞪眼。

只需向前，就自由了。我用力牽著心柔的手，深刻地體會到，這是數年來第一次，與最親近的、好久不見的妹妹，真正意義地「身在一處」。不知是否與我同感，心柔的小手也用力回握，彼此牽得更緊。

正準備踏出寶物殿，伍騰佐從旁竄出，擋在門前。

「沈雁翔，你很清楚，我不能放你走。」

停下腳步的同時，發現其身後，亦即門外兩側，另外部了兩支小隊，權充最後的防線。再怎麼說他也是對付超常事例的專家，戰術配置果然不容小覷。我能跨出門檻已是一大成功，但沒完全擺脫這群纏人的傢伙，就不算了結。

「大叔，」我下意識握緊心柔的手，「你也知道，我不可能不走。」

「你逃不了的。雷霆、蒼溟與天央三大超常事例應變組織一旦發布全國通緝令，你就算藏到中央山脈深處，也會被找出來。」伍騰佐赤手空拳，話語的重量卻比任何兵器還具威脅。「中央政府絕不可能放過奪走這麼多條人命的威脅。當然，拘提是為了進行審判，我向你保證，沈心柔一定會得到最公平的對待，在司法審判得出結論之前，沒有任何人能動她一根汗毛。」

「你要我在諸位朝她開了這麼多槍之後，選擇束手就擒，乖乖相信政府？」

「你可以不相信政府，」他的眼神變得有些黯淡，「但我希望你能相信曾經接受李輕雲總長指揮的我們。」

「是她——」我猶豫半晌，嚥下一口唾沫。「是李輕雲事先下令拘提心柔、逮捕我的嗎？」

伍騰佐定定看著我的眼睛，表情嚴肅，點了點頭。

假使李輕雲真的預視到此刻的局面，她也不會在東麓山身負重傷。又或者，我應該反向思考：正因為她預視了此刻的發展，才選擇在山中受傷。

試圖瞭解李輕雲本就是愚蠢至極的念頭。她能看見未來的片段，卻曾在某些變因的影響下發生嚴重偏誤；她曾試圖改變未來，卻也未曾向我們述說，那些應該到來與沒能到來的，究竟有哪些。

若說信任必須建立在資訊對等之上，我自始至終不曾真正相信李輕雲。

尤其此刻，思緒混亂以及情況急迫，一時難以梳理所有的可能性，也找不出任何關鍵線索。與其猜測掌握未來之人為何採取某些舉動，不如綜合當下的情狀，理出最合乎邏輯的判斷，做出最有利的決定，創造最好的「此刻」。

見我繼續踏步，伍騰佐微蹙眉宇，「你不相信？」

「我相信。」我又踏出一步，「但我更相信自己。」

門外的武裝部隊在我跨出第三步時上前包圍，上膛的能量槍閃爍著規律的藍光，透過他們漆黑面罩中央的開口，可以看見一雙雙既冷靜又恐懼的眼。他們知道虎騎士的能耐，也知道我不可能手下留情，但是職責所在，縱使驚駭也得硬著頭皮堅守，不能拋下任務、放棄陣形，鐵了心要帶走我和心柔。

我握緊拳頭準備迎擊，伍騰佐斂起面孔，低聲道：「就算你逃得了一時，無論天涯海角，我們都會追捕到底。」

「我想也是。」

一說完，我抬腿側踢，使出一記月牙風刃衝倒右側包圍網的五名隊員。慢一步到達的雷霆迅速重整陣形，以較為分散人牆陣形擴大範圍，嚴密阻擋通路，企圖妨礙我的脫逃計畫。

「沈同學，請蹲下！」

聽見來自身後的熟悉聲音，我想也沒想，壓著心柔的後腦杓蹲下身去。

一張巨大的蛛網籠罩下來，門外埋伏的雷霆隊員全被纏住，沉重的槍械與裝甲成為拉倒他們的助力。伍騰佐拔出手槍，一顆蛛絲彈不偏不倚打中他的右臂，即時阻止一次潛在的反擊。

熒雨潼以半蜘蛛之姿來到我身旁，憑藉龐大的身軀，阻擾來自其他角度的襲擊。

伍騰佐恨恨地按住臂膀，抬起頭，覷起雙眼。

「曇絲蛛熒雨潼，妳是最不應該出手相救的人才對。」

她眨眨眼，望著我。我皺起眉頭，同樣不解其意。「你這話什麼意思？」

「她的兄長——熒宥晴，曾是新莊分局的副分局長，不只是新莊分局超常科的最高負責人，也是超常事例應變程序的現場指揮官。」

他極力壓抑激動的情緒，試圖以平緩的語調讓我自知輕重，平鋪直述的話語，隱隱透露某種我能推知，也一直畏懼的事實。

「熒宥晴副分局長，在機場捷運劫持事件斷裂崩塌的捷運軌道下，英勇殉職了。」伍騰佐的眼睛瞇得更為銳利，「沈雁翔，你應該明白我想表達什麼。」

熒雨潼依然狀況外，目光在我和伍騰佐身上來回逡巡，摸不著頭緒，也釐不清我與前揭事實有何關聯。

過去的痛苦記憶有如藤蔓一般沿著後腦蜿蜒攀爬，迅速阻斷大腦思考，慘不忍睹的畫面歷歷在目，悔恨萬千的沉痛浮上心頭。能理解的，不能理解的；能解釋的，不能解釋的，很多很多該說的、想說的話，如鯁在喉，有苦難言。

那次事故不是我的錯——至少不是我一個人的錯，但新聞媒體、報章雜誌乃至街談巷議的八卦閒談，都只注意到詩櫻與恐怖分子對峙的英勇畫面。那些片段，述說著來自新莊玄穹御儀宮的女英雄，玄靈道的象徵性代表人物御儀姬九降詩櫻，為了阻止害及數百萬人性命的可怕計畫，澈底擊敗並為中央政府逮捕超越凡常的罪犯。

車廂脫軌並撞斷高架軌道的事故，則被包裝為列車高速行進時，因內部劇烈騷動而無法避免的「不可抗力」。

沒有人知道，機場捷運列車之所以脫軌，真正原因是我與雙頭蛇的纏鬥——尤其是我將其甩向列車牆板的行為，導致末四節車廂偏移，最終被雙頭蛇咬斷而墜落的結果。

這段因果，我知道，詩櫻知道，李輕雲也知道。

李輕雲對外粉飾真相，對內卻不可能全盤遮掩。事實終究不會改變，虎騎士與雙頭蛇，是造成機場捷運劫持事件中，傷亡最嚴重之新北大道七段軌道墜毀事故的元凶。

熒雨潼望著我，微皺的眉宇流露深深的不解。她不笨，她知道這段對話隱含的意義，也知道可能遭到掩蓋的，悲劇事故的殘酷真相。

「沈同學……」她的聲音微微顫抖，「那一天到底發生什麼事了？」

如此簡單的問題，像一支貫穿內心的羽箭，刺穿我消極隱瞞事實的低劣行為，擊碎我一直不敢回憶的罪行。

不敢回答。不能回答。

不是我的錯。不只是我的錯。雖然一場悲劇的誕生，不會是單一元素所導致；任何一個欠缺思慮，沒能審慎評估的微小舉動，都可能是錯誤的根源。我間接營造出雙頭蛇可能咬斷車廂的戰況，也間接引發列車脫軌導致地面人員重大傷亡；我雖沒有殺害熒雨潼的哥哥，卻也沒能阻止奪走他生命的一切種種。

複雜難解的罪惡感，讓我愧疚地低頭，逃避熒雨潼泛著淚光、等待解答的眼眸。

有時，沉默比任何言語都殘忍，比任何武器都更鋒利。

或許是內心的動搖影響了蛛網的強度，遭到束縛的雷霆隊員紛紛掙脫，熒雨潼雖然立即察覺，卻只慢慢抬起雙手，遲遲沒有擲出第二張蛛網。她的猶豫讓我明白，自己恐怕已經失去棘蛛精的奧援，也永遠失去了一位朋友。

「曇絲蛛熒雨潼，若說世上有人該為你兄長的殉職負責，沈雁翔絕對名列其中。」伍騰佐筆直伸長的食指，是指控，也是指示。「他必須接受司法的審判，接受法律的制裁！」

熒雨潼低著頭，握緊雙拳，顫抖的肩膀藏不住壓抑的情緒，得知真相的衝擊伴隨長久以來積累的悲傷，有如因豪雨而暴漲的洶洶洪流，瞬間潰堤。

「哥……」心柔抱住我的手臂，細微的聲音，充滿對現狀的恐懼。

如果熒雨潼轉而協助雷霆特勤隊，帶著心柔的我，必定無法施展全力對抗。過去僅能略施小技險勝的敵人，不可能在綁手綁腳的此刻，輕易取勝。悄悄查看寶物殿內，書樗與紀元臻牽制近九成的雷霆蒼溟聯合部隊，以寡擊眾的情勢已然分身乏術，很難即時提供支援。

忖度目前態勢，只能憑己之力突破重圍了。

我不動聲色地解除全身靈裝，悄悄分散、移動靈能，集中至雙腿。

凝望熒雨潼揉合了悲傷、疑惑與憤怒的雙眼，我決定不再逃避，直面那些源於自己莽撞舉動的殘忍事實。

「沒有第一時間告訴妳機場捷運劫持事件的全貌，是我的錯，對不起。」

我的道歉，我的鞠躬，沒有一絲猶豫。這是應該更早到來的坦白，或者說，是我的告解。

「事件當時，我的確在捷運列車上，也確實如他所言，未經深思熟慮，僅是為了乘勝追擊，便將體型龐大、力量強悍的雙頭蛇，甩到已被淨空的後四節車廂。然而，驟然拉開的距離反倒給了雙頭蛇咬斷列車的空檔，我不只無法及時阻止，也未能拉住斷開的車廂。那場事故，不是單純的意外，也不是什麼『不可抗力』，完全是個由一連串疏忽組成的『重大過失』。」

已經無法分辨這段話是說給熒雨潼聽，還是說給自己聽。

在這段說長不長、說短不短的期間，事故的真相被我刻意藏到記憶深處，時而輕如鴻毛，時而淡如薄霧，久而久之，彷彿騙過了自己，好似僅是某人撰寫的零散記事，立於安全的第三人角度，站得遠遠地，冷眼旁觀。

我必須承認自己並非詩櫻所期望的英雄，才能脫離謊言構築的緊箍咒，在應走的正確道路邁出關鍵第一步。

自始至終，我都是個自私自利的傢伙。為了拯救妹妹，我無視詩櫻身上因我招致的詛咒，讓她置身在未知的恐懼中；之後則為了追捕妖狐，將熒雨潼牽扯進神獸與妖物間永無止境的爭鬥，使她無法回歸正常的世界；此刻更為了喚回妹妹，貿然切斷了她與銀狐之間的聯繫，讓梟貓得以趁虛而入，吞噬重獲自由的九尾妖狐，化作更為強悍的靈屬。

自私，一直是我行動時的最高宗旨，也是我嘗試尋找自我的過程中，必須仰仗的力量。此時此刻，任何與意志相違的存在都是阻礙，我只想帶著心柔離開，讓她遠離可能降臨的拘禁，以及難謂公平的超常事例特殊審判程序。

雖不期望熒雨潼原諒，也不指望她諒解，但希望她至少能理解我的處境。

我朝她低頭，鄭重地重複一次「對不起」，旋即抱起心柔，踢蹬雙腿高高躍起，在滯留半空中的同時，向下施展一道防衛性的月牙風刃，擊退想要扣下扳機或投射電網的武裝人員。

我的速度不快，寶物殿卻被甩在遠遠的，轉頭一望，只見伍騰佐與熒雨潼的身影逐漸變小，沒有任何人追上來，玄女宮的庭院也沒有其他部隊，逃生之路已開，自由來得非常突然。

抱著最重要的親人，腦海幽幽浮現幾位夥伴的倩影：安詳闔眼的詩櫻、緊蹙眉宇的書樗、怯弱憐人的熒雨潼和冷靜堅毅的紀元臻。前方的道路雖然開闊，潛在的威脅卻幽暗未明，梟貓依然在逃，一切尚未終了。

此刻的我，卻已不容於世，與代表正義的普世價值，背道而馳。

第十二節　回歸初心

推開咖啡廳的門，門上的搖鈴發出清脆的響聲。

傳入耳中的叮鈴清音與熟悉的記憶重疊，留在大腦的深刻印記，迴盪著永不斷絕的旋律，勾勒出清晰卻如幻夢的桃紅形影。我甩甩頭，拋開多餘的心緒，放下惱人的思念，跨越門檻，走進幽靜的室內。

吧臺結帳區沒有任何人，用餐區全都是空桌，牆上掛著一面錦旗，是全國圍棋比賽的優勝證明。旗子旁有一塊陳舊的木板，板上以行書鐫刻著「傘雨」，似乎是店名，卻不曾出現在外牆的招牌或任何醒目的位置。

今年四月，我曾來過這間咖啡廳，當時不是白天，也不是一個人。

事實上，今天也不會是一個人。

「翔哥哥！」

一道小巧的身影從旁竄出，大開雙手，緊緊環抱住我。

好久不見的小倉，依舊矮小，也依舊可愛。

「為什麼我覺得翔哥哥正想著什麼非常失禮的事情？」

「純粹是妳的被害妄想症。」這孩子的第六感還是一樣靈敏。

自從開始接受靈道修練，小倉的生活照料全交給了阿光，很少與她相見。她不是單獨出現，也不應該是。環顧店內，周遭一片靜謐，不見其他人影，若非生意太差以致門可羅雀，就是刻意打發顧客提早休息。或許察覺到我的神色，小倉拉拉我的衣角，引領我繞過二十幾坪大小的用餐區，來到通往廁所及工作人員休息室的轉角。

正狐疑著為何往這裡走，休息室的門驀然開啟。

「呦！」戴著黑框眼鏡、面露爽朗笑容的莊崇光，誇張地揮了揮手，由上往下打量著我。「很久沒看到你這麼狼狽了呢，小翔。」

「今天是我有求於你，就隨你說吧。」我稍微壓低聲音，「這裡確定安全嗎？」

「非常安全，或者該說，目前我想不到更安全的地方了。」

阿光笑容依舊，語氣和態度卻很認真。緊要關頭時，看似吊兒郎當的他，比誰都可靠。

他側過身，右掌倚著眉間，尋找什麼似地拉長脖子左右探頭。

「小翔，你的『伴』呢？」

「如果你問的是詩櫻，她目前狀況不太好，必須由書樗負責照料。」

「聽見『伴』就直覺認為是小詩櫻，也算是悶騷小翔的顯著成長——但我問的不是小詩櫻，而是心柔妹妹。」阿光露齒一笑，拍拍我的肩。「抱歉啦，是我問得不好。下次見到小詩櫻，一定會好好向她描述你美麗的誤解。」

這傢伙鐵定是故意的。我皺著眉，撇撇嘴，念在他有情有義地迅速來此集合，決定讓他享受短暫的，不會挨揍的好時光。

我朝店門的方向吹了一聲響亮的口哨。

咖啡廳大門的風鈴再次搖晃，叮鈴聲也再次入耳，伴隨著大門開啟而拂起的微風，洋裝有些髒汙與破損的心柔，低頭入內，猶豫和膽怯使她不敢貿然跨步，似乎害怕著世間的一切。

「心柔妹妹！」

阿光展現前所未見的矯捷身手，從我旁邊閃過，直朝心柔衝去。

快歸快，卻不夠快。我一把揪住他的後領，使勁將他扯回面前。

「小翔，你這樣就不對了，有道是『小別勝新婚』，我與清醒的心柔妹妹已有多年不見，這段期間累積的情感有如滔滔江水綿延不絕，若是沒有及時宣洩，輕則積鬱成疾，重則——好痛！」

「抱歉，今天本來打算都不捶你的。」

「保持下去啊！」

心柔躲在我身後，朝著阿光點點頭，似乎多少記得他的長相。

小倉一蹦一跳地上前，抬起頭，眨著眼，左搖右晃，以各種不同角度打量困惑的心柔。兩人畢竟是初次見面，彼此生疏也很正常。

我的左手牽起心柔，右手摸著小倉的頭。

「小倉，這位是我的妹妹心柔，妳見過她昏迷時的樣子，嚴格來說不算素未謀面，但這的確是真正意義的『初次見面』。」

「妳好！」小倉朝心柔伸手，「我是小倉，和妳一樣都是翔哥哥的妹妹，但順位排妳後面！」

心柔輕抿著唇，瞄了我一眼，輕輕握住小倉的手。

說不上為什麼，見到她們握手的畫面，心中陡然升起一股沒來由的暖意。

阿光舉起腕環機，似乎正想拍照，被我白了一眼只得作罷。

他訕訕地笑，繞開小倉和心柔，把我拉到一旁。

「小翔，你突然叫我找個安全的地方集合，總不會是要我見證甦醒的妹妹與撿來的妹妹握手的畫面吧。」阿光雙手抱胸，壓低聲量：「玄女宮那邊出什麼差錯了嗎？」

「說來話長。」

「我時間多。說吧。」

我嘆了又深又長的一口氣。不是出於無奈，也不是出於不耐，單純是對數小時前發生的所有變化感到萬分疲憊，一時半刻不知從何說起。

以玄女宮寶物殿為中心的所有事件，包含我以詐術欺瞞九天令劍進而成為法器守護、我與詩櫻對峙甚至對戰、我以令劍斬斷心柔與妖狐的聯繫、妖狐實際上是九尾妖狐且被梟貓趁隙吞噬、雷霆特勤隊與蒼溟容留司聯袂出擊亟欲拘捕我和心柔等事，尚且不為人知，一來是發生不久，一來是涉及超常事例應變組織，即使是人稱「東明高中智多星」的阿光，也不可能立刻掌握相關資訊。

聽我說完事件經過，阿光噘起嘴，皺著眉，發出思考時特有的沉吟。

「如果我的理解無誤，小翔現在的處境是只剩一條命、一格血、沒有道具能補血、沒有魔能可以逃跑、必須硬著頭皮面對大魔王的狀態？」

雖然聽起來很慘，但差不多就是如此絕境。

阿光手撐牆壁，似乎被殘酷的事實壓得頭昏腦脹。

他以食指摁著眉間，無奈地搖搖頭，「就目前的情勢判斷，小書樗、小元臻和小雨潼不太可能公然違抗三大超常事例應變組織，也失去與中央政府合作的地位，無法貿然展開大規模追捕梟貓的行動——這還不是最糟糕的呢！最棘手的問題是，能夠抵擋一切妖魔鬼怪的小詩櫻，居然被不明詛咒纏上而無法正面對抗梟貓……這到底是什麼地獄級的糞GAME！」

他毫無間斷地罵完一整串，深吸一口氣，搭住我的肩膀。

「就我對你的理解，即使是暗無天日的絕境，為了拯救心柔妹妹，你也會選擇逃跑吧？」

「那當然。」

我過於坦率的回答，換來他傻眼的表情。

「小翔，我憑良心講，眼下的狀況比四月和五月那時糟糕多了，我們現在沒有小詩櫻和小書檮，也沒有小雨潼，甚至連心柔妹妹的狐狸都跑了……就算你在御儀宮修練了好幾個月，面對吞掉九尾妖狐、能夠支配墓坑鳥等妖怪的梟貓，還是一點勝算也沒有。」

我聳聳肩，不置可否。「阿光，對你來說，提高勝算的關鍵是什麼？」

「綜合實力啊！我方至少要有一個懂靈術、能夠對抗靈屬妖物的人吧！抱歉，我不是說你不行，而是你真的不行啊！」見我掄起拳頭，他連忙閃身，「再怎麼說對方也是能夠牽制小詩櫻、壓制小書檮、擊退小元臻、打傷小雨潼的強敵，即使你用白虎靈裝，別說打倒，能不能打成平手都——好痛！」

「處境的確不樂觀，但你也講得太過分了。」

「一點都不過分。」阿光揉著挨揍的腦袋，「雖然可能只是我的錯覺，但你是不是已經有想法了？」

我笑了笑，沒有直接回答。

「小翔，你的笑容令人發毛啊。」

雖不是完全沒有想法，但連我自己都不確定這個「想法」，到底能不能算是一種選擇。

決定離開玄女宮，一方面是不得不為，另一方面，是我早已另有盤算。

詩櫻、書檮、紀元臻和熒雨潼此刻或許已被雷霆等中央政府組織「軟」拘禁，不管中央究竟有沒有打算借用她們的力量追捕梟貓，她們都已無法趕在任何人之前，率先採取更有效的行動了。

梟貓吞噬九尾妖狐之後到底有多危險，尚且不得而知，唯一能確定的是，此妖物還沒得到妖狐的力量時，就已經能夠突破玄女宮寶物殿數名強大靈術師的包圍，甚至毫髮無傷地全身而退，若以書櫉使用的相對數據為基礎，綜合實力的級別恐怕超越一萬五千，甚至逼近兩萬或以上。

若沒有玄靈道的靈術師為後盾，雷霆和蒼溟等政府機關武裝部隊，甚或軍方的特種部隊，實在不可能制服或擊殺梟貓。

「阿光，你還記得自己曾關注過某個傢伙，連對方家裡專門接送上下學的凱迪拉克車號都記了下來嗎？」

阿光後退半步，皺起眉頭。「記得是記得，但我不懂你提起這件事的理由。」

「你現在還有沒有繼續追蹤她的資訊？」

「有是有，但……」阿光欲說還休，「你該不會……」

我揚起嘴角，給了他一個並非單純沉默的沉默，作為答覆。

我的想法是否正確，是否可行，仰賴縝密完備的計畫；而世上一切計畫，必須建立在充足的資訊上——無論是我方的，抑或對方的。

咖啡廳的門再次發出叮鈴聲。望向門口，我搖搖頭，忍俊不禁地笑了。

「雖然早有預料，但這出場時機點也未免太湊巧了。」

「是嗎？」來者咯咯笑了，「我以為一切都在你的掌握之中呢。」

「『預料』畢竟不是我的強項。」

我露齒一笑，望向那位有著海藍色長髮和藍色瞳孔的少女。

她的肩上站著一隻石虎。不是別的石虎，是「那隻」石虎。

「妳看起來完全不像差點死在山裡的人。」

「這個月可是我的『麻煩月』呢。在所有人就定位前，豈能容我倒下？」

又來了。這種暗示什麼，卻讓人摸不著頭緒的發言，正是這傢伙的特色。

藍髮少女——李輕雲遞來一份封緘的牛皮紙袋，正猶豫著要不要打開，她便漾起「快打開、快打開」的歡欣微笑。我嘆了口氣，拆開封口，裡頭有三份資料，以及三張照片：第一張是施展白虎靈裝時身上布滿紋路、頭髮泛白的我；第二張是有著血紅長髮、赤紅雙眼、漆黑羽翼與絨毛尾巴的高挑女性；第三張則是留了一頭灰亞麻色中長髮、長著犬耳、指爪銳利的嬌小女孩。

阿光、心柔和小倉不約而同地圓睜雙眼，似乎忙著理解眼前的狀況。

「虎騎士沈雁翔，現在的你，是不是也背負著什麼人的期望？」

李輕雲撥了撥秀麗的長髮，微瞇雙眼，漾起燦爛的笑容。

我默默從褲後口袋取出閃著金光的環形法寶：玄穹法印。

御儀姬的期望，一直是最沉重，卻也最甜蜜的負擔。

——第三冊　完——

書末彩蛋　醞釀的陰謀

我放下手中的提籃，雙膝跪地，伸手撥去前方石碑檯座的落葉。無人的深夜，除了偶爾斷斷續續的狗吠和零零碎碎的蟲鳴，四周靜得彷彿連風都悄悄躲了起來。一路上，藏於陰暗矮叢的朱綉姊始終沉默不語，好似察覺我的紊亂氣息，與久久無法平復的心。

距離機場捷運劫持事件已有五個多月，以壽山路、新北大道七段的路口為中心，方圓五百公尺內的廣大街區，至今一棟建築物、一條道路都沒有修復重建。

一種說法是，當時斷裂的高架捷運軌道太過沉重，砸毀了柏油路底下複雜的管線，加上此區的水管及線路規劃特別複雜，導致中央及新北市政府一直無法擬定既能修復災區，又能維持周邊現狀的重建計畫。

另一種說法是，機捷事件的元凶，也就是規劃並實施恐怖行動的主謀，至今仍在審判程序中，廣大的災區本身是那場大範圍罪行的重要證據，才一直沒有動工重建。

過去，我認為兩種說法都有道理，畢竟那是一起慘絕人寰的悲劇，附近又是尚未重新規劃的舊市區，遲遲沒有重建的確還算合理。

現在一想，無論哪種說法，都與事實相距甚遠。

機捷事件的災區之所以沒能重建，是因為此處有太多必須掩蓋的真相，也是因為此地至今仍是形同「非人之地」的禁區。以御儀宮為首的玄靈道組織，持續在檯面下不動聲色地，緩慢解消殘留於此的靈厄。

要是我沒遇上沈同學，要是我沒遭逢朱雀神靈的威脅，要是我沒有鼓起勇氣參加玄女宮的靈術修練，可能永遠不會知道事實真相。

隨著時間流逝，事實不斷追加，真相屢次翻新，常常為我帶來莫大的衝擊。

災區雖未重建，市政府卻在新莊各大宗教團體的協力下，於慈悲寺原址及生命紀念館原址之間的位置，設立一座罹難者追悼碑，提供家屬悼念逝去的親人。

我取出提籃裡的花束，置於石碑前方，打開水瓶，輕輕地倒入弓起的手掌，在尚未溢出之前灑向石碑。

「雨潼，我一直很想問，」朱綉姊總算打破沉默，「為什麼這座石碑的祭拜方式是灑水？」

我沒想到會是這麼單純的問題，不禁笑出聲來。

「那是因為，機捷事件的罹難者來自不同的家庭、階層和領域，他們理當擁有完全不同的宗教信仰，為了不讓任何一人落單，九降同學在新莊地藏庵、新莊慈祐宮、新莊文昌祠、新莊武聖廟與廣福宮的支持下，與新莊區基督教、佛教、伊斯蘭教的代表們洽談，共同設立追悼碑，採行『不獨尊任一宗教』的祭拜方式，以示中立。」

「儘管事件的加害者使用玄靈道的靈術，且奪去被害者性命的是玄靈道的詛咒，她也依然要保持中立？」

「也許九降同學，或說玄靈道的大人物們，不想對外公開這些事實。」

「照妳的說法，九降詩櫻看似周全的作法，其實蠻狡猾的呢。」

「也、也可能是我想錯了……」內心沒來由地抗拒九降同學另有盤算的想法，「我相信九降同學是真心為了事件的罹難者著想，才大費周章採取這種最中立、最全面，但卻最辛苦的方式。」

朱綉姊發出一聲沉吟。那是她陷入思考，或者不予置評時，不自覺但有意義的聲音。

「雨潼，有時我還真不懂妳。」

「嗚哇，這是什麼意思？」

「換作是我，絕不會為她說話。」朱綉姊再次發出一聲沉吟，這回應該是普通的思考。「雖說還不清楚當天的事實全貌，但考量御儀姬九降詩櫻和虎騎士沈雁翔的綜合實力，很難相信一場纏鬥能持續那麼久，也很難想像九降詩櫻無法及時阻止雙頭蛇的行動。」

「朱綉姊。」

「嗯？」

「我不要緊的。」

「是嗎，」朱綉姊動了動前足，「那我也不說什麼了。」

我明白朱綉姊的意思。任何事故，任何災難，都不是單一因素造成的；各別的因子獨立存在時，不會形成此一結果，唯有全部複合，才能導向最終的悲劇。

新聞報導從來不曾提過，沈同學當時也在那輛列車上。

人人稱頌的超級英雄「虎騎士」，於四個月前發生的特二高架斷橋事件首次亮相。那時我人在現場，當然知道沈同學就是虎騎士，也知道虎騎士是以白虎靈裝對抗邪惡妖怪的正義之士，是人人稱頌的超級英雄，更知道他與九降同學所代表的玄靈道組織有密不可分的合作關係。

也許，在某一個平行世界，九降同學和沈同學及時地消滅了雙頭蛇，在捷運列車發動之前終止整場恐怖行動，隨後的軌道崩毀和重大傷亡便也不復存在；又或許，沈同學真能在雙頭蛇咬斷列車之前出手阻止，或在列車斷開之後成功拉住車廂，防止翻覆、脫軌和後續的崩塌。

只要他們任何一人採取與當時稍微不同的手段，結果也許截然不同，災難也許不會發生，我的哥哥也就不會……

這些想法太過一廂情願，卻一直盤踞腦海，揮之不去。

「朱綉姊，」我開口時，覺得喉嚨特別乾，聲音變得很小，彷彿回到幾個月前無法與人正常對話的狀態。「妳覺得我該怎麼做？」

「這個問題真不像妳呢，」朱綉姊似笑非笑地發出咯咯聲，「別讓那個國字臉影響了妳！一直以來，妳都沒有因為悲傷而憤怒，甚至轉化為憎恨，此時為何突然陷入苦惱？情況並沒有改變，事情已經發生了，誰也無法挽回，專注當下，做對的事，才是我喜歡的那個雨潼。」

「即使……」我抿抿嘴，「即使沈同學可能是害死哥哥的人也一樣？」

「這句話充滿瑕疵呢，孩子。」朱綉姊用一隻前足頂了我的頭，「第一點，即使沈雁翔當時在列車上，即使他真的有機會防止列車脫軌，也不代表事故就是他造成的；第二點，要說那場災難有誰應該負責，也是挑起爭端的雙頭蛇，而不是冒著風險挺身對抗的九降詩櫻和沈雁翔。」

「我知道，我都知道……」

坦白說，我也不知道為什麼如此煩心。

明明早已不願尋找抽象的情緒出口，卻在聽見雷霆大隊長伍騰佐的言論之後，變得如此焦躁，如此鬱悶。

或許我早已察覺，當時在場的每一個人都可能是造成事故的原因，但反過來說，每一個人也都不是真正的罪魁禍首。倘若陷入尋找真凶的無限螺旋，非但力不從心，也不切實際。

朱綉姊說的沒錯，若是真有什麼人必須對機捷事件的罹難者負責，也是那位散布蛇咒水、操控蛇泥偶、占領捷運列車的雙頭蛇。

我朝石碑潑了幾次水，直到上頭的文字因為溼潤而渲染得更深，才收起水瓶和花束。這座石碑不是任何罹難者的墓碑，也不是為了讓人記住這起災難的警示，據說是用來撫慰被突如其來之事故震碎靈魂的亡者，比起現實的紀念作用，更傾向於心靈安定作用。

不只是安定亡者的魂，更是安定生者的心。

起身準備離去之時，周遭突然湧現一股寒意，讓人渾身起雞皮疙瘩，沒來由地對西北方漆黑的山坡處感到害怕。朱綉姊幾乎在同一時間壓低身子，微側過頭，以強壯的前足環抱我，一躍而上，飛快織起幾張蛛網，懸掛在不遠處並未倒塌的捷運高架軌道殘蹟。

軌道上的視野遼闊，能夠一眼望見十八份坑山和有著「天下第一山」之稱的牡丹心山，也能看見十八份坑山腳已廢棄的新莊第一公墓，那是我和朱綉姊過去的藏身處。

機捷事件發生之後，附近荒煙蔓草，人跡罕至，周遭黑暗閴寂，陰森的環境令人相當不安。

「朱綉姊，妳看見什麼了嗎？」

她搖搖頭，「什麼也沒有。」

「那為什麼剛才……」

話才說到一半，牡丹心山的方向傳來震耳欲聾的嘎嘎聲，一隻身大如雁、有著鳳凰般五彩羽毛的鳥，直直飛向東北方的十八份坑山。五彩大鳥身後，跟著數量龐大的墓坑鳥群，撲天蓋地一般籠罩整片山林。

我正試圖理解眼前的狀況，五色大鳥驟然右轉，帶著鳥群飛向此處。

鳥妖的速度太快，我趕緊抱住朱綉姊，嘗試靈裝。

下一秒，高聳的冰牆憑空出現，無數鳥妖閃避不及，迎頭撞上，在透明的冰牆留下一灘又一灘的鮮血。

「刺青女啊，雷霆只是放我們自由行動，並沒有放棄追蹤。」

九降妹妹不知何時已來到我們身邊，腳下踏著懸浮半空的冰板，一邊挑起左眉，一邊召喚冰彈，逐一擊落繞過冰牆的鳥妖。

「藏在山裡的某種媒介誘發了非常嚴重的失序，連『婆娑鳥』這種不祥的災厄妖怪都引來了，規模怕是遠遠超過之前那該死的白虎宮印。」

九降妹妹咂咂嘴，張開左掌，召喚一柄冰長槍，瞇眼瞄準。

「規模越大的時變反應，就越容易招引強大的靈屬，甚至可能破壞現實、撕裂空間界域。不管是誰，用了什麼方法，造成如此劇烈的時變反應，都是不可原諒的。」

她臂膀一揮，長槍迅速飛出，準確刺穿五色大鳥的軀體。

行雲流水般的靈術與武術一氣呵成，一連串太過華麗的戰鬥震懾住我。

九降妹妹揚起嘴角，露出俏皮無邪的自信笑容。

「就算被軟禁了，還是該偷偷反抗一下，對吧？」

——書末彩蛋　醞釀的陰謀　完——

後記　相見時難的愛侶

時隔兩年，《玄靈的天平》正統系列作出爐了！

謝謝各位的支持與鼓勵，請大家放心，未來我會繼續發展這個系列，讓故事一直走下去的！

讀過前兩作的讀者們，請容我強烈推薦本次的故事！雖說同樣波折，但詩櫻和雁翔的關係卻出現前所未見的變化，必須一讀！尚未接觸本系列的各位，感謝你們翻閱本書，倘若喜歡作品的風格與人物，還請多多支持，謝謝！

按照慣例，打頭陣的是最重要的感謝環節。

《玄靈的天平Ⅲ——永眠的甦醒與無冕的帝王》（下稱《天平Ⅲ》）的出版，必須感謝長年支持我寫作的父母、細心協助挑錯的母親、專文撰寫推薦序的諸位朋友、熱心推薦且傾力相挺的尹崇恩會計師、所有按讚支持「秀弘今天依舊寫不出來」粉絲專頁的各位、曾購買《玄靈的天平——白虎宿主與御儀靈姬》（下稱《天平Ⅰ》）和《玄靈的天平Ⅱ——蛛絲、冰晶與熾焰的大地》（下稱《天平Ⅱ》）的眾多讀者們、信任《天平》系列並為我出版的秀威出版社，以及購買本書的各位讀者。

沒有你們，就沒有這本書，也就沒有名為秀弘的我。萬分感謝！

※　※　※　以下文字有劇透之風險，建議讀完本書再行閱讀　※　※　※

這是「天平系列」的第三本書，定位上卻不是三部曲中的第三部，反而是位於中間的關鍵轉折。若以「拯救心柔」為主題，本書或許可以看作是第一個三部曲的完結，但故事結構上，《天平Ⅱ》與接下來的兩本書也是一組三部曲——以「追擊梟貓」為核心主題的故事。

依照慣例，先來聊一聊與本書有關的冷知識。

首先，第一個冷知識承繼前面所述的三部曲話題，《天平Ⅲ》原本是以一本沒有伏筆、完全解決心柔與梟貓等關鍵問題的「休止冊」。換言之，本書除了有雁翔與詩櫻的對峙，還會一併解決心柔與銀狐的寄宿問題，破解梟貓自《天平Ⅱ》起留下的陰謀與隱藏的詭計。聽起來很龐大，對吧？這樣的安排，雖說能夠一次性地解決至今為止全部的伏筆，卻也同時有個明顯的問題：故事太急促、情節太單調。

急促的部分，從所用篇幅僅有一冊（約十二至十三萬字）的量便能輕易查知，畢竟上面提及的各項情節，每一個都有外在與內在個別需要處理的衝突與矛盾；例如，雁翔與詩櫻的對峙，外在層面是追捕銀狐時「治標」或「治本」的手段差異，雁翔的內在層面卻是像個成長中的孩子一般，分不清楚自己是想擺脫詩櫻，還是保護她；詩櫻的內在衝突則略有不同，她是個在九降家接受傳統教育的女性，顯現出來的行為與決策多半較同齡者成熟，但面對雁翔時，偶爾卻「反常」地採取乍看合理，實則不通人情的手段——也許她的確有一勞永逸解決梟貓的辦法，但一意孤行地將犧牲銀狐甚或犧牲心柔作為潛在的選項，很難得到雁翔及其他門派的認同。

話說回來，本書是系列三冊以來，第一次深入描寫兩人如履薄冰，卻又相互依存的特別關係，是非常值得注目的一大看點。

接回前述，《天平Ⅲ》第一版初稿寫於二〇二〇年十二月二十六日至二〇二一年一月十六日間，共計十三萬字，雖然有頭有尾，第一位讀者即我的堂弟沈士閔卻認為「步調太快，動作場面過於死板」，讓我不得不警覺本書存在的顯著問題。原來的故事中，除了目前的主線「雁翔為了救回妹妹而站在詩櫻的對立面，成功潛入玄女宮，以九天令劍斬斷妹妹與銀狐間的聯繫，卻意外使梟貓趁虛而入，奪去了實為九尾狐的銀狐並揚長而去，雁翔頓時成為雷霆與中央政府的眼中釘，脫逃後必須設法先一步找出梟貓」之外，還有「雁翔揭穿梟貓的身分，並在新莊某私立大學發生殊死鬥」的橋段。

光用看的就覺得很複雜……沒錯，如此龐大的結構，勉強擠進十三萬字的篇幅，將會是一場災難——事實上，二〇二一年一月的初稿也確實是場災難，所幸有堂弟把關，才成功避免一次嚴重的品牌危機。

解決方案很簡單，就是「打掉重練」。

二〇二三年決定交稿前，我重新安排了後續系列作的故事結構，其中最重要的變化，就是將《天平Ⅲ》切分成兩冊，雖說仍能單獨閱讀，但《天平Ⅲ》的故事將在雁翔徹底失敗、銀狐落入梟貓之手的劣勢中結束，算是比較「低潮」的結局；按照現有規劃，《天平Ⅳ》是後半段的故事，目前初稿已經完結，正在確定整體節奏是否妥當。無論如何，目前的切分讓故事變得更加飽滿，同時也讓雁翔在本書的危機成為「與詩櫻對立的暫時結果」，算是得到一些教訓吧。

第二個冷知識，與前述內容有點關聯，是有關某位登場人物的變動。各位應該知道本書最後，雁翔口中家裡有「專門接送上下學的凱迪拉克」的某位人物是誰吧？以下先將這位神祕人物（？）稱為甲，在系列定位中，甲的「再次出場」改動了很多次。最初的安排是，第一冊故事結束之後，雁翔在某個「詩櫻缺席[1]」的情境下，必須獨自面對九尾妖狐的威脅，由於認知到自己力量與速度上稍有不足，便興起了尋找各路夥伴、無所不用其極的念頭；其中一位力量強大的夥伴，就是這位某甲，當然，甲是不太牢靠的夥伴，尤其對雁翔懷有私怨，甚至恨意，但因為對詩櫻無可抹滅的敬意，在特定情況下是個面對共同敵人時非常有力的幫手。

1 九降詩櫻在「聖眷的候鳥系列」中，乃至於其他各作品的世界觀中，都是至為強大且能夠輕易解決問題的角色，正因如此，「如何抑制她的力量」成為故事衝突明確化的首要目標，這也使得「詩櫻缺席」幾乎成為每一本書「事件成立」的必要條件。

計畫總是趕不上變化[2]，二〇二〇年末著手撰寫第一版《天平Ⅲ》時，我創造了用來補充玄靈道體系及玄女宮的人物紀元臻，一來作為書楟的宿敵[3]，二來能更快、更有效地將《天平Ⅰ》以來始終沒有確立的靈道信仰龐大世界觀導入故事，故而在初稿中捨棄了某甲的登場，聚焦於雁翔對詩櫻、書楟對元臻的對峙。但或許是我潛意識對情節推進的密度感到不滿，又或許是某甲這名角色在我腦中動了什麼手腳（？），二〇二三年確定加長分冊時，某甲又重回故事主線了。這也不算爆雷，畢竟本書最後，雁翔直接揭示該角色的回歸了嘛。

第三個冷知識，是系列作的出版順序問題。

誠如過去所言，「聖眷的候鳥系列」是一個形同「漫威電影宇宙」（MARVEL CINEMATIC UNIVERSE，MCU）的共同世界觀框架，《天平Ⅰ》大約等於候鳥宇宙的《鋼鐵人》，此後的《天平Ⅱ》和《虛無的彌撒：破邪異端與炎魅魔女》（下稱《彌撒》）則是相應的《鋼鐵人2》和《雷神索爾》的定位，也就是保持「各別系列均有續作，而各系列作又屬同一系列」的狀況。

簡言之，《天平Ⅰ》、《天平Ⅱ》和《天平Ⅲ》是「玄靈的天平系列」作品，也是「聖眷的候

2 我的計畫好像常常趕不上變化呢（笑），除了後面會提到的第三個冷知識外，臺灣克蘇魯神話運動的發起時間與《死靈之書：臺灣克蘇魯神話短篇集》的出版，也因故提前了兩年，詳情請參考《死靈之書》後記。

3 至少書楟是這麼想的，元臻大概沒有這種念頭。

鳥系列」作品；前者之於後者，是「子系列[4]」，而候鳥系列則是一切子系列的「母系列」，母子相依，母系列能夠包含全部的子系列，但子系列無法回頭涵蓋其他子系列。

相信了解漫威電影宇宙的讀者，應該能夠很快了解這幾本書之間的關係。

依照原訂計畫，以及原訂的世界觀時間表，《彌撒》與《天平Ⅲ》之間應該還有一本書，不是《彌撒Ⅱ》，而是由全新角色擔綱演出的全新子系列作品。若有追蹤我的粉絲專頁，應該曾在二〇二一年三月二十八日（粉專成立日）發布的封面相片[5]，以及二〇二一年四月發布的自印刷本相簿中，找到那本書的身影。該書的書名改過非常多次，未來出版時，再當作冷知識與各位分享。

說起共同世界觀，鑑於目前的共同設定越來越龐大，且後續作品也將逐步增加，為了減少讀者閱讀時可能產生的疑惑與困擾，並增加讀者閱讀時搜索時間線相關彩蛋的樂趣，我在本書的附錄放上一份相對詳盡，但絕對不夠完備的「聖眷的候鳥系列時間表」，整理目前為止發生的事件順序，以及相應的影響，供讀者參考。

值得一提的是，本系列並未設定確切的時間，即使各位能夠透過書中的某些描述推測大概的年分，也絕對不是正統的時間點，還請注意。另外，所謂的「基準年」指的就是《天平Ⅰ》之「機場

4 目前的子系列有「玄靈的天平系列」和「虛無的彌撒系列」，不久後會有其他子系列出爐。

5 有趣的是，當時的發文內容寫著「一套沒有辦法出版的不連續作品」，想都沒想到，該系列作如今已是我手中最熱門的系列，且正逐步發展為系列宇宙了。

捷運劫持事件」發生年度，此後的年分均以「第二年」、「第三年」表述；基準年的九月，同時是《彌撒》、《天平Ⅲ》和即將出版之第三子系列作品第一冊[6]的發生月分，也是李輕雲在幕後行動中最繁忙、最辛苦的月分，因此又定名為「李輕雲的麻煩月」。

時間表的作用是輔助讀者閱讀，而非束縛，若讀者認為其中某些資訊與自己的理解不同，也無需強硬記下或強行解釋，畢竟這只是一份備忘錄而已，未來還有修正、調整或補充的可能。

第四個冷知識，雁翔被九天令劍拉進界域的夾層時，有一段特地把貓爺爺放到頭上的情節，對吧？原先的初稿中，雖然我心中知道那是用來「騙」令劍的一個重要障眼法，卻沒有很明確地寫出來，乍看之下變成雁翔莫名其妙地把貓爺爺擺到頭上，然後也沒發揮什麼作用，就這樣成功地騙過了九天令劍。之後，我母親協助校對時，問我：「為什麼沈雁翔要把貓爺爺放到頭上？感覺沒有什麼意義啊？」我才驚覺自己漏寫了這層關聯，趕緊補進故事裡。這個小插曲告訴我們，有時候作者鋪陳故事的時候，會過度聚焦於「想寫的東西」，而忽略「該寫的東西」，讓某些作者覺得合邏輯的橋段變得不合邏輯；要想避免或解決這種問題，就必須把自己的稿子交給別人過目，也就是讓「第二雙眼睛」幫忙校對，才能有效防免重大失誤[7]。

6 由於該書尚未出版，相關事件於時間表的記述，以塗黑的形式遮蔽。

7 但那名校對者至少要有基本的中文程度，也必須是常讀小說的人，否則太過艱難的錯字和太過深入的問題，可能會抓不出來。

第五個冷知識，本書確定出版之前，我本來打算製作一份與《深淵禮讚：詭祕穹宇的妄執演繹》相同的附錄設定集，記載沈雁翔、九降詩櫻等人的資訊，以及截至今日所有關於「聖眷的候鳥系列」的內容（如清羅天宮七法器和三大超常事例應變組織等），最後考量本書字數已經很多了，預計的附錄篇幅又很龐大，只得作罷，留待未來出版更多系列作品後，再統一彙整。

第六個冷知識，本書登場的紀元臻，是身穿丁香紫道袍的強勁靈巫，不過……各位有發現嗎，她在《天平Ⅰ》就有短暫登場囉，雖然沒有明文提及，但某處的敘述段落，顯然就是這名角色！之所以如此，是因為《天平Ⅰ》確定出版時，《天平Ⅲ》的初稿早已完成，紀元臻的存在亦已登場，就以彩蛋的形式「補」進《天平Ⅰ》了。

不曉得各位有沒有注意到，書末彩蛋中，書楟說了一句很有意思的話：「規模越大的時變反應，就越容易招引強大的靈屬，甚至可能**破壞現實**、**撕裂空間界域**。」這段話搭配《彌撒》裡泡泡熊口中的「這個世界」等關鍵字，在在顯示系列宇宙的共同世界觀存在著「其他世界」的真相。這邊就不多做解釋了，未來的子系列會有更詳盡的描述，還請稍微期待一下。

說起來，距離本書初稿創作之時，已有三年之久，時間本身倒不是什麼問題，筆觸、詞彙與敘述風格的變化與成長才是問題。各位應該有發現，《純粹理論：狂狷丞樹的滑坡實證》、《深淵禮讚》、〈奉天行搶〉、〈大千慈悲嬰仔母〉和《赤月紅蛾》的筆觸、詞彙和敘述風格，比《天平

I》成熟多了吧，那是因為二〇二一年之後，我完全放棄了淺顯直白的單薄文筆，改為採用接近平時用語和筆觸的厚實文筆，敘述段落變得比較長，詞彙也比較難一些，故事情節隱含的哲學理論也變得明顯，算是強迫符合自己年齡層和生活環境的調整。有沒有比較好，我不清楚，但至少書寫時的抗拒感比較低，也能給予讀者更多的思辯角度[8]，我自己很喜歡就是了。

也因為筆觸、詞彙與敘述風格改變許多，本書的修正與調整工作，變得特別繁重，幾乎每一頁、每一行、每一句對白都有修正的必要，而且也刪除不少過於冗長或無用的重複性句子，去蕪存菁，費了大量的時間，把校對的時程拉得很長，過程中也非常辛苦。

希望各位喜歡現在的風格，也許未來還會改變，但我相信自己總是會越變越好的。

※　※　※　以下文字沒有劇透風險，請安心閱讀　※　※　※

接下來是慣例的道歉環節。

首先必須向意珺責編道歉，本書確定過審時，本人恰好進入工作與育兒的繁忙期，加上本系列

8 候鳥系列當然也有隱藏的哲學（法學）理論，但故事內容比較輕鬆，情節也比較正向，沒有使用沉重的社會性現實，逼迫讀者面對書中想要傳達的資訊。（反之，《純粹理論》等書就很沉重了，甚至有讀者私訊告訴我，她讀得很難過）

在我心中重之又重，不想馬虎，因此在提交原稿及各項校對過程都多有延誤，實在非常抱歉！

再來則必須向韭方老師道歉！本書封面早在二〇二二年便已委託，且韭方老師在二〇二二年十月二十日前後就已交付定稿，作品卻一直到二〇二四年才出版，間隔實在太長，等到花兒都謝啦！真是非常非常不好意思！

當然，一如既往地必須向詩櫻道歉！這次雖然讓妳展現了壓倒性的強大力量，卻也扮了一次黑臉，讓妳作為「相對角色」（ANTAGONIST），實在非常抱歉！

至今，聖眷的候鳥系列已出版四本書，發展了兩個子系列，個中的聯繫各位有充分掌握嗎？系列宇宙的共同世界觀，從最初圍繞著妖怪、靈術與法器的「陰與陽」二元規模，逐步變成平凡與超凡、主世界與異世界、妖怪與惡魔等多元宇宙，如同漫威電影宇宙那般，聖眷的候鳥系列有必須由多位主角、多名英雄共同面對的「大事件」，相信不久後的未來，當我們湊齊足夠的英雄之後，就會送到各位讀者面前了。這當然仰賴各位讀者的支持，畢竟要有足夠的市場價值，才能確保系列作的光明未來。

希望大家喜歡這個在我心中擁有特殊地位的共同世界觀。

感謝你們的購買與閱讀，我是秀弘，期待於下一本書相見。

附錄　聖眷的候鳥系列時間表

事件時間表

年分	日期	發生事件	備註／影響	收錄作品
十年前	?	師呈小學幽隱事件		赤月紅蛾
	?	穎辰的母親死亡		虛無的彌撒
	?	心柔昏迷		玄靈的天平
兩年前	5月20日	新任中華民國總統就職	新任總統指派輕雲為雷霆總長	
一年前	6月6日	月兔小美首次上線	月神美成為直播主，開始尋找白穎辰	虛無的彌撒
基準年	4月11日	玄女宮竊盜未遂事件		玄靈的天平
	4月12日	御儀宮蛇侵事件	丟失玄穹法印	
	4月14日	願景館囚禁事件		
	4月15日	**機場捷運劫持事件**	1. 御儀姬之名廣為人知 2. 新北大道七段捷運軌道崩落事故 3. 邱琴織受蒼溟容留司管制	
	4月下旬	神靈妖魔大規模異動	神獸朱雀來到下新莊地區，當地勢力改動	玄靈的天平II

事件時間表

年分	日期	發生事件	備註／影響	收錄作品
基準年	4月30日	御儀靈姬出巡	沈雁翔遭遇棘蛛精	玄靈的天平 玄靈的天平II
	5月1日	新莊公墓雷霆突襲任務	九降詩櫻病倒	玄靈的天平II
	5月2日	特二高架斷橋事件	1.白虎吞噬朱雀 2.虎騎士的身份曝光 3.玄靈道各鎮開始搜索朱雀事件的罪魁禍首	
	6月30日	東明高中學生會長當選與結業日	1.九降詩櫻成為東明高中學生會長 2.銀狐帶走甦醒的沈心柔，並在深山中與梟貓相遇	
	7月1日	東明高中暑假第一天	沈雁翔開始在御儀宮修行	玄靈的天平III
	7月8日	[redacted]	[redacted]	[redacted]
	9月	李輕雲的「麻煩月」	1.沈雁翔、九降詩櫻、熒雨潼等人升高二 2.九降書檮升高一	虛無的彌撒
	9月10日	杏恩中心魔附事件	隔日白穎辰退出雷霆特募專校	
	9月14日	九降南院魔附事件	丟失天妃奏板	
	9月15日	臺中車站封城事件	1.巴弗滅肉身消滅，殘骸由蒼溟容留司管制 2.御儀姬與虎騎士出面防止魔附現象北傳	
	9月16日	御儀姬與虎騎士蒞臨九降南院	九降詩櫻回收天妃奏板（魔魂環）	

事件時間表

年分	日期	發生事件	備註／影響	收錄作品
	9月17日	[redacted]	[redacted]	[redacted]
	9月18日	[redacted]	[redacted]	
	9月19日	[redacted]	[redacted]	
	9月21日	東麓山妖狐殺戮事件	1.李輕雲率領的雷霆特勤隊在東麓山遭到殲滅 2.沈雁翔阻止九降詩櫻捕捉受妖狐寄宿的沈心柔	玄靈的天平III
	9月22日	玄女寶殿叛逃事件	1.沈雁翔入侵玄女宮，取得九天令劍 2.沈雁翔、熒雨潼、紀元臻列入雷霆通緝對象與蒼溟管制對象（僅沈雁翔成功脫逃） 3.玄靈道與超常事例應變組織的合作中止	

釀奇幻81　PG3081

玄靈的天平III
——永眠的甦醒與無冕的帝王

作　　者	秀　弘
責任編輯	邱意珺
圖文排版	陳彥妏
封面插畫	韭　方
封面完稿	李孟瑾

出版策劃	釀出版
製作發行	秀威資訊科技股份有限公司
	114 台北市內湖區瑞光路76巷65號1樓
	電話：+886-2-2796-3638　傳真：+886-2-2796-1377
	服務信箱：service@showwe.com.tw
	http://www.showwe.com.tw
郵政劃撥	19563868　戶名：秀威資訊科技股份有限公司
展售門市	國家書店【松江門市】
	104 台北市中山區松江路209號1樓
	電話：+886-2-2518-0207　傳真：+886-2-2518-0778
網路訂購	秀威網路書店：https://store.showwe.tw
	國家網路書店：https://www.govbooks.com.tw
法律顧問	毛國樑　律師
總 經 銷	聯合發行股份有限公司
	231新北市新店區寶橋路235巷6弄6號4F
	電話：+886-2-2917-8022　傳真：+886-2-2915-6275

出版日期	2024年10月　BOD一版
定　　價	400元

讀者回函卡

Printed in Taiwan

國家圖書館出版品預行編目

玄靈的天平. III：永眠的甦醒與無冕的帝王/秀弘著. -- 一版. -- 臺北市：釀出版, 2024.10
面；　公分. -- (釀奇幻；81)
BOD版
ISBN 978-986-445-995-7(平裝)

863.57　　113013938